魔法騎士団長様(仮)は転生した公爵令嬢を離さない！ 下

The Temporary Magical Knight Commander won't let go of the reincarnated Daughter of a duke!

夜明星良
Seira Yoake
illust 唯奈
Yuina

eR
eロマンス ロイヤル

CHARACTER

アマーリエ（16歳）

ローゼンハイム公爵家の令嬢。前世が魔法学者ナターリエであったことを思い出し、自分に魔力があることを確認して忍び込んだ魔法書庫でオズワルドと出会う。オズワルドの正体が、実は王太子アレクサンダーと知り自分の転生についても明かす。

アレクサンダー（25歳）

ゾンネンフロイデ王国の王太子。17年前のナターリエ毒殺事件以降、病気を理由に一切公の場に姿を見せていない。本来は金髪碧眼の見た目だが、黒髪暗色の瞳のオズワルドの姿に変身して騎士団に入り、事件の真相を探っていた。

オズワルド（27歳）

グリュンシュタイン公爵家の長子で、若き魔法騎士団長。だがその正体は、王太子アレクサンダー。姿と歳を偽って騎士団に入り、リースリング先生に師事して魔法の教えを乞い、ナターリエの暗殺事件の黒幕を追っていた。

The Temporary Magical Knight
Commander won't let go of the reincarnated Daughter of a duke!

エーリカ(42歳)

ディートリッヒ伯爵夫人で、ナターリエの親友だった女性。当時は貴族令嬢としては変わり者で裏表のないとてもはっきりとした性格。現在は、ナターリエの元教え子、クラウスの妻。アマーリエの母のお茶飲み友達でもある。

ルートヴィヒ(22歳)

リリエンタール侯爵家の次期当主。王立研究員として王宮で植物学を研究している。アマーリエの親友のシエナの兄で、優しい性格。どうやら、アマーリエに好意を抱いていたようだが全く気付いてもらえていない。

シエナ(16歳)

リリエンタール侯爵家令嬢。アマーリエの小さい頃からの親友で、明るくてお喋り、特に恋バナをするのが大好きな少女。少しおてんばだが、兄の恋の行方を心配するところもある、とても優しい心の持ち主でもある

CONTENTS

プロローグ

とても美しい夢を見た。ナターリエがまだ、生きていた頃《ころ》の夢だ。昼寝から目を覚《さ》ますと、私の隣《となり》で眠っているナターリエを見つけるのだ。

私がせがんで、また添《そ》い寝《ね》をしてもらったのだろう。彼女を見つめるように横向きに眠る私の腕《うで》の上には、そっと置かれたままの彼女の手がある。いつものように、私が眠りについた後もずっと優しく撫《な》でてくれていたのだ。そしてそのまま、彼女も眠ってしまったのだろう。

私は彼女の寝顔を見ながら、幸せを噛《か》みしめる。ああ、貴女《あなた》さえいれば、私はなんだってできる。愛する貴女が側《そば》にいてくれるなら、私は必ず素晴《すば》らしい王になってみせる。そして貴女とともにこの国をよりよくしながら、ずっと二人で生きていくのだ――と。

だがその瞬間《しゅんかん》、はっと気づいてしまう。これが、夢の中だということに。

なぜなら、ナターリエはもういないのだから。あの日、私の目の前で、私の腕の中で、彼女は死んでしまったではないか。

――全てが悪い夢ならば、どんなによかったか。こんな幸福な夢を見るたびに、あの日から幾度《いくど》の朝を私は虚無《きょむ》と絶望《ぜつぼう》の中で迎《むか》えたことだろう。

私の目の前で未《いま》だ幸せそうに眠る貴女を見つめながら、この胸は深い悲しみに囚《とら》われる。夢だとわかった今、こんな夢を見続けるのは苦痛《くつう》でしかないはずだ。なぜならこの夢が幸福であればあるほどに、目覚めた時の孤独感《こどくかん》と絶望感は計《はか》り知《し》れないものとなるのだから。

それでも愚《おろ》かな私は、このあまりに残酷《ざんこく》な夢をまだ見ていたいと願ってしまうんだ。たとえ夢の中だけでも、こうしてまた愛《いと》しい貴女に会えるのなら——いっそのこと、私をこの夢の中に永久に閉じ込めてくれたらいいのにとさえ、切《せつ》に願ってしまう。

だが、それは決して叶《かな》わぬ夢だ。夢が、遠ざかる前触《まえぶ》れを感じる。嫌だ。まだ、消えないでくれ。たとえ夢だとしても、あともうしばらく……少なくとも、貴女が目覚めるまでは——。


ふわりと意識《いしき》が覚醒《かくせい》するのを感じ、美しい夢から覚めてしまったことに気づく。悲しみの余韻《よいん》が、まだ閉じたままの瞼《まぶた》をじわりと濡《ぬ》らす。

だが、なぜだ？　自分の腕の中に、確かな温《ぬく》もりを感じる。貴女が側にいるときのあの特別な安らぎを、今はっきりと感じるのだ。そうしてまもなくその温もりの正体に思い至《いた》り、たとえようもない大きな喜びが、胸の奥底《おくそこ》から込《こ》み上《あ》げた。

鼓動《こどう》が、一気に速くなる。期待と不安の入り混じった気持ちで、そっと、目を開ける。そして——自分の腕の中に、私はその最愛《さいあい》の人を見つけた。

これは、やはり夢だろうか。意識の覚醒とともに、昨日一日の記憶《きおく》が徐々に、しかし鮮明《せんめい》に蘇《よみがえ》ってきても、やはりまだ到底《とうてい》信じられない。

ああ、夢よりもなお一層《いっそう》美しいこの現実を、私は信じてもよいのだろうか？　もしその全てが夢だったとしたら、彼女との出会いそのものが、全て私の夢だったとしたら——そのときは私は今度こそ、正気を保ってはいられないだろう。それでも本当に、信じてもよいというのか？

朝の光が、アマーリエの長く美しい亜麻色《あまいろ》の髪《かみ》を濡らしている。私は空いているほうの手でその美しい髪を一房《ひとふさ》持ち上げて自分の口もとに寄せると、そっとそれに口づけた。

唇《くちびる》にはっきりと感じるやわらかな髪の感触《かんしょく》、そしてその甘い香りに——自然と、涙が溢《あふ》れる。

ああ……本当に、夢ではないのだ。私の最愛の貴女《ナタ－リエ》は君《アマーリエ》となり、私のもとに戻ってくれた。心の奥底から込み上げる歓喜《かんき》に胸は打ち震《ふる》え、涙が止まらなかった。

私の腕の中で安心しきって、気持ちよさそうに眠る君を見つめながら、このまま時が止まってしまえばいいのにと思う。ようやくこうして再び巡《めぐ》り会えたのだ。もう二度と離れずに済むように、永遠にこの時が続くように、今この瞬間で時が止まればいいと願ってしまう。

そうすれば、私たちを引き離すことなど誰にもできないから。こうして抱《だ》きしめ、二度と離さなければ……たとえ私からナタ－リエを奪《うば》った人間《にんげん》がまだ生きているとしても、私からアマーリエを奪うことは、絶対にできないだろうから。

まつ毛がきらきらと震え、夜明けの空を思わせる美しいその瞳《ひとみ》が私を見つける。頬《ほお》が一瞬で薔薇《ばら》色に染まり、私が声をかけると、甘く愛《あい》らしい声が恥《は》ずかしそうに、だがとても嬉《うれ》しそうに答える。

その瞬間、思うのだ。ああ、やはり、時を止めてしまうのは惜《お》しいと。その美しい瞳に私が映り、その甘い声が私の名を呼び、この上なく愛らしく微笑《ほほえ》むその姿は、時を止めれば決して見ることが叶わないのだから。

それならば——私の為《な》すべきことは、ただひとつ。私の全てをかけて、君を守る。

今度こそ、絶対に貴女を守ってみせる。だから……ただ、私の側にいてくれ。

アマーリエ、愛している。君がかつての貴女のように、いや、それ以上にいきいきと輝《かがや》きながら私の隣で微笑むことのできる未来の実現ために、私は私の全てをかけるから。

だから、ずっと側にいてくれ。君がいてくれさえすれば、私は世界一幸せな男になれるんだ。

一章　レガリア

とても幸せな夢を見ていた。あれは私がナタ一リエだった頃《ころ》、幼《おさな》い王太子殿下《おうたいしでんか》にせがまれて隣《となり》に横になって、寝かしつけて差し上げたときの美しい記憶だ。

甘《あま》えん坊《ぼう》の王太子殿下は、お昼寝のときにたびたび私に添《そ》い寝《ね》をしてほしがった。天使のように愛らしい殿下にあんなふうにお願いされては断れるはずもなく、「今回だけですよ」と言いつつも、結局は何度も何度も寝かしつけたものだ。

あの日も、そうだった。殿下のベッドに二人で横になってとても嬉《うれ》しそうな殿下を前にすると、深い愛《いと》おしさが込《こ》み上《あ》げた。

『ナターリエ、いつまでも私の側《そば》にいてくれ』

不意《ふい》に殿下が真剣《しんけん》な表情でそんなことを言うので、少し驚《おどろ》いた。

いつまでもこうして一緒に寝て差し上げることはできないけれど——などと、至極《しごく》当然なことを考えてしまい、自分で思わず笑ってしまう。でもこれから先もずっとこの素晴《すば》らしいお方《かた》の臣下《しんか》としてお側にいることが許されるのなら、これほど幸福なことはないだろうと思う。

許されるのなら、いつまでも一番お側で殿下にお仕《つか》えしたい。そうして、いずれ殿下が国王になり、この国を立派《りっぱ》に治めるお姿をこの目で見たい。そのとき私が微力《びりょく》でもお力添えできるのなら、それ以上に光栄なことなどないだろう。

だから「ええ、いつまでも殿下のお側におります」と答えた。すると殿下はとても満足《まんぞく》げに微笑《ほほえ》み、安心してそっと目を閉じた。本当に天使にしか見えない殿下のその小さな身体《からだ》を優しく撫《な》でていると、規則的な静かな寝息《ねいき》が聞こえてきた。

寝かしつけるだけなのだから、私はもう用済《ようず》みでベッドから出るべきだと思う。でもそのあまりに愛らしい殿下の寝姿をもう少し、あと少しだけ見ていたいと思ううちに、結局いつも、そのまま隣でうっかり眠ってしまうのだ。

優しく、美しい記憶。でもそのとき、気づく。私は、あの約束を守れなかったのだということに。いつまでも側にいると言ったのに、殿下を残し、私は死んでしまったのだから——。

ずっと、殿下のお側にいたかったのに。辛《つら》い時こそ、なんとしてもお側で支えて差し上げたかったのに。ほかでもない私が、その死によって殿下を深く悲しませ、苦しめることになってしまうなんて……。

そっと静かに、夢が遠ざかる。意識がゆっくりと覚醒《かくせい》し、あの美しくも悲しい夢から覚《さ》めたことに気づく。夢の悲しみの余韻《よいん》は、今も確かに胸に残っている。

それなのに、不思議《ふしぎ》だ。とても温かな大きなものに包まれている感覚にこの上ない安心感を覚え、悲しみがじんわりと溶《と》けて消える。ああ、この感覚……つい最近も感じたっけ。あれは、いつのことだったろう？

――あ、そうだ。庭先で、オズワルド様が私を優しく抱《だ》きしめてくださったときの、あの感覚だ。あのときもやはり、悲しみと罪悪感《ざいあくかん》に胸が押しつぶされそうだった。だけどオズワルド様に優しく抱きしめられた途端《とたん》、その悲しみがすうっと和《やわ》らいで、ものすごく安心して、満たされて……。

ああ、本当に気持ちいい。とっても温かいし、まるで本当に、誰かに優しく抱きしめられているみたい。強く大きな存在に守られているという、絶対的な安心感。

本当に、素敵《すてき》な感覚だ。この匂《にお》いもすごく落ち着く。だって、オズワルド様の匂いがするもの。この匂いに包まれているだけで、本当に幸せな気分になる。

でも……私はなんで、オズワルド様の匂いに包まれてるんだ??

「おはよう、アマーリエ」

その甘い声にはっと目を開けると、目の前に恐《おそ》ろしく美しい顔があった。つい先程《さきほど》夢の中で見たあの天使のような少年がそのまま大人になった姿をした男性が、とても優しく私を抱きしめていた。

一瞬《いっしゅん》、脳内が混乱状態《こんらんじょうたい》になる。だが、まもなく昨日《きのう》一日の衝撃《しょうげき》の記憶《きおく》が蘇《よみがえ》ってきた。ああそうだ、このオズワルド様だけどオズワルド様ではない、金髪碧眼《きんぱつへきがん》の超絶美男子《ちょうぜつびだんし》は――!

「お、王太子殿下……!」

「……アレクサンダー」

あ、そうでした……。

「おはようございます……アレクサンダー」

直後に彼が見せた輝くような笑顔《えがお》は、十七年前に私が見たあの天使の微笑みと驚くほど変わっていない——のに、どうして私の心臓《しんぞう》は今、こんなにもうるさいんだ!?

いや、なんだこの状況《じようきよう》!!

確かに昨日、私は殿下にプロポーズされてそれをお受けし、それを彼のお父上である国王陛下《へいか》にご報告《ほうこく》して、大いに祝福《しゆくふく》していただいた上で正式に殿下の「レガリア」にもなったのである。

とはいえ——こんなふうに異性《いせい》に抱きしめられながら一夜《いちや》を過ごすというのは、未婚《みこん》の公爵令嬢《こうしやくれいじよう》として、いかがなものだ?

なお念《ねん》のため。昨夜、私たちはなんらやましいことはしていない。そもそも「レガリアの選定《せんてい》」を受けた後、本当はそのまますぐ自宅《じたく》に戻るはずだったのだ。

——だが、昨日はあまりにいろんなことがあったせいか、思ったより疲《つか》れていたらしい。彼に優しく抱き寄せられて、そのなんとも言えぬ安心感から、急にものすごく眠《ねむ》くなってしまった。

それに気づいたアレクサンダーが「このままあの頃のように私の隣で眠ればいい」と私に言った。

いつもの私なら、たとえ隣で寝るだけでも、未婚の男女が同じベッドで一夜を明かすなど絶対にあってはならないと断固《だんこ》として断ったはずだ。

——ただ、昨夜《さくや》はいろいろ普通《ふつう》ではなかったのだ。昨日一日のできごともだそうだが、そのあとで彼の「レガリア」となって、そのまま二人きりであんな素敵な夢のような時間を過ごして——たぶん、すでに夢でも見ているような気にでもなっていたのだろう。

そうだ、そうに違いない。だからこそ「まあナターリエの頃だってこのベッドでよく一緒に寝ていたのだ、今更《いまさら》そんなこと、大きな問題でもないだろう」などとぼんやりした頭で考えて、こくん

と頷《うなず》いてしまったのだ。

いや、何をやってるんだ私は⁉　問題がないだと？　大アリではないか‼

「ああ、目が覚めたときこうして腕の中に愛する君がいるなんて、なんという幸福だろう！」

くうっ――！　こんなに嬉しそうな顔で笑うアレクサンダーを見たら、「まあ別にいいか」とか思ってしまう自分が、本当に恐ろしい……。

「夢を見たんだ」

「えっ？」

「ナターリエに……貴女《あなた》に、添い寝をしてもらっていた頃の夢だ」

「まあ……奇遇《きぐう》ですね。実は私も、まだ幼い頃の貴方《あなた》を寝かしつけて差し上げる夢を見ました」

「本当か⁉」

「ふふっ！　ええ、あの頃の貴方は本当に天使みたいに愛らしくて！　ですが……こうして見ると、今もあの頃と少しも変わっておりませんね？　今も変わらず本当に天使のようで――」

「……それって、褒《ほ》められてるのか？」

天使と言われたことに不満《ふまん》げな彼の表情が、幼い頃にやはりなにか不満があるときの表情と全く同じで、思わず笑ってしまう。

「ええ、もちろんです！　見た目もそうですが、天使のようにお優しいのも変わりませんし」

「天使、か。だがそれなら、私よりも君のほうがはるかに天使に似ていると思うが……」

「あら、幼い頃の貴方は天使そのものでしたよ？　今だから申し上げますが、もしや本当に純白《じゅんぱく》の翼《つばさ》でも生えているのではないかと、お昼寝中の貴方のお背中に少し触《さわ》ったこともあるんです」

そう言って私が笑うと、アレクサンダーは驚いた顔をした後で赤面《せきめん》し、恥ずかしそうに俯《うつむ》いた。

その表情がまたなんとも幼い頃とそっくりで可愛《かわい》かったのだが、それは黙《だま》っておこう。

「本当に……懐《なつ》かしいです。あの頃の貴方はとっても甘えん坊さんで、一人で寝るのは寂《さび》しいから嫌だと仰《おっしゃ》って、私にいつも添い寝をしてほしがって」

「はあ……。あれは別に、本当に一人が寂しかったわけじゃない。貴女と一緒に寝たかっただけだ。父上が仰っていたこと、もう忘れたの？　貴女が気づいてなかっただけで、あの頃から私は貴女を異性として好きだったんだ。君は私があのアレクサンダーだとわかった途端にやたらと子ども扱《あつか》いしてくるが、今は私のほうが君より九つも年上だ。わかってるのか？　あの頃とは違って、身体もしっかり大人の男だ」

そう言うと彼は、すでに抱きしめていた私の身体をぐっと抱き直した。その力強さも身体つきも、確かにあの頃とは全く違う。あれから十七年経《た》ったのだ、そんなの至極当然のこと……なのに――だめだ！　この状況でそんなことを言われて、意識《いしき》するなという方が無理というもの――！

「これは……嬉しいな」

「は、はいっ!?」

「今、思いっきり私のことを男として意識してくれただろ？」

「そ、それはその――！」

そのとき部屋に響《ひび》いた甲高《かんだか》いノックの音に、私は本気で心臓が止まるかと思った……。

「王太子殿下、お目覚めですか？　おはようございます。すでに朝食の準備も整っておりますので、お召し上がりくださいませ。いつも通り、人払《ひとばら》いは済ませております」

「――ああ、わかった。ありがとう」

あれは国王付き執事《しつじ》の声だ。極めて有能《ゆうのう》だが、少し毒舌《どくぜつ》だ。懐かしいな。しかしなるほど。アレクサンダーが王太子として王宮で過ごす際は、事情を知る人以外の人払いをするのか。正体を隠《かく》すのも大変だ。

そういえば昨日は早朝に朝食こそ食べたものの、その後は昼食も夕食もうっかり食べ損《そこ》ねてしまったのに、空腹《くうふく》を感じなかったな。胸がいっぱいだとお腹《なか》も減らないと言うが、本当にそう――。

はっ……翌朝!?

「私、無断外泊《むだんがいはく》を――！」

「その件だが、昨日の夕方の時点で君が私のもとにいるということは、念のため君の屋敷《やしき》のほうに伝えさせた。君は昨日早朝《そうちょう》から出ていたから、ご両親もきっと心配されているだろうと思って」

「あっ――ありがとうございます!!」

「それでも無断外泊には変わりないが……まあ、誰といるかわからないよりはいいだろう。それにのちほど君のご両親が王宮にお越《こ》しになったら、そこで君が『レガリアの選定』を受けたことも伝える必要があるからね。――婚約《こんやく》発表のことなども早めにご相談したほうがよいだろうし」

そうだった、国王陛下も私の両親を今日にも王宮に招《まね》くと言っていた。

「あっ、でもまだしばらくは魔法騎士団長《まほうきしだんちょう》オズワルド・グリュンシュタインとして生きられるのでしょう？　でしたら、婚約発表はまだ先のお話ですよね？」

「いや、もうアレクサンダーに戻ろうと思う」

「えっ、そうなのですか!?」

「ああ。いずれにせよ、もう父上との約束の期限なんだ。私がオズワルド・グリュンシュタインでいられるのは二十五歳まで。それ以降は、王太子アレクサンダーに戻る約束になっていた。本当言うと、君と会うまでは少しでもこの期日を先延《さきの》ばしにして、それがもし可能なら王太子にはもう戻らないつもりだった。私には、王になる資格《しかく》などないと思っていたからね」

「どうしてそんな……」

「父上との約束の期日が近づくなかで、私は焦《あせ》っていた。このままでは、真実が永久に闇《やみ》に葬《ほうむ》り去られるのではないかと。それは私にとってなにより恐ろしいことだった。なぜなら、私から貴女を奪ったものがこの国民の中にいるのだと思うと、私は王になってもこの国の国民を心から愛することはできないと思ったからだ。故に私は王として国民のために生きることは諦《あきら》め、少なくとも魔法騎士団員の一人として国を護《まも》りつつ、あとはナターリエの復讐《ふくしゅう》のためだけに生きようと思っていた。『呪い』で後継《こうけい》を望《のぞ》めないことを明かせば、たとえ父上がそれを許さずとも議会を通して私の王位継承権《けいしょうけん》の放棄《ほうき》が承認《しょうにん》される可能性《かのうせい》は十分にあると思った。——だがアマーリエ、君と出会って、私の時間は再び動き出したんだ」

彼の真っ青な目が、私の目をまっすぐ見つめる。

「君といると、自然とあの頃の幸せな感情を思い出せた。君が笑うと心が満《み》たされ、君とキスすると、ただ君を幸せにするためだけに生きられたら、自分はどんなに幸せだろうと思った。そのことに、実は強い罪悪感も感じたよ。私は君といるとき、復讐のことを忘れていることがあったんだ。そんなこと、これまで一度もなかったから……自分はなんと薄情《はくじょう》な人間なのだと思った。幼い頃の自分が、私に言うんだ、『お前はナターリエのことを忘れたのか？』と。過去の私が、ナターリエのための復讐よりも君との幸せを選ぼうとしている今の私を責《せ》めたんだ」

彼は、すでに抱きしめている私をさらに自分に引きつけるように抱き直した。

「だが、どうしても君を諦められなかった。むしろ、君への想いは日に日に募《つの》るばかりで……一日でも早く、君を自分だけのものにしたかった。君のことになると私はひどく欲深《よくぶか》く、嫉妬《しっと》深い男になってしまうんだ。君はもう、よく知っていると思うけどね。それで私は父上に、アマーリエに結婚を申し込むつもりだ、と告げた。父上は私のあまりに早い決断にかなり驚いていたよ。今思えば、異様に喜んでもいたけど。本当は一昨日、グリュンシュタイン邸《てい》に招いた日に、君にプロポーズするつもりだった。それなのに君が突然帰ってしまったというから、すごく焦った」

「あっ！　それであのとき、あんな風に私を誘惑《ゆうわく》なさって――！」

「あ、やっぱり気づいた？　あれだよほら、『色仕掛《いろじか》けで既成事実《きせいじじつ》を』ってね！」

この人は――！

「ははは！　冗談《じょうだん》だよ！　――いや、まあそれでいけるなら、それもありかなとは思ってはいたけどね」

彼が言うと、なぜか冗談に聞こえない……。

あっ、ではもし彼がグリュンシュタイン邸で私にプロポーズしていたら、あの場に例の「黄金《おうごん》の竜《りゅう》」が現れたのだろうか？　だとしたら……うん、それは避《さ》けられて本当によかった。

「でも昨日、君の気持ちとか自分の気持ちとか、あんな風に感情的になって、はっきりとお互《たが》いにぶつけ合って……それで自分の中の君の大切さ、君への愛の深さを改めて実感した。そしてまた、君は私の頬《ほお》を引《ひ》っ叩《ぱた》いて思い出させてもくれた。私には天に与えられたこの力を人々のために還元《かんげん》する責任があり、そのために誰よりも立派な王になると心に誓《ちか》ったことを。他でもないナターリエが、それを望んでいたではないかと。――二度目だ。私が王になるのを諦めようとしたとき、君がそれを引き止めてくれたのは。一度目は、『魔法学を学ぶ者へ』に貴女が残したメッセージだった」

「あの本、見ましたわ……あの勉強部屋で。あんなに何度も何度も読み返してくださったのですね。そして――最後のメッセージも、貴方の涙の跡《あと》も」

彼は私の額《ひたい》に、とても優しくキスをした。

「読んでくれたのか、あのメッセージを。決して、貴女には届かないと思っていたのに。そうか……だからあのとき、君は泣いていたんだね。ああ！　貴女にずっと伝えたくて伝えられなかった言葉と想いの全てをこうして今、何度でも君に伝えられる喜びよ!!　貴女と一緒にしたかったこと、ずっと夢に見続けてきたこと、いつか未来に誓った、もう決して叶《かな》わないと思っていたその全てを――アマーリエ、私は全て、君としたい。いや必ず、する！　そのためにも、私は王太子に戻るよ。そしてこの特別《とくべつ》な力を使ってこの国の民を守り抜く、誰より立派な王になってみせる。他でもない貴女が、その未来を信じてくれたから。そしてそんな私の隣にはいつも、妃《きさき》である最愛《さいあい》の君がいるんだ。君の存在《そんざい》は、私にとって不可欠《ふかけつ》だ。君が隣にいてくれるなら、私は無限《むげん》の力を出せる。君が、私を真《しん》の王にするのだ」

そう言うと彼は私に甘いキスをし、私も彼に応《こた》えた。夢のような、最高に幸福な二人だけの時間。と、ここでまたノックの音が。

「王太子殿下、ローゼンハイム公爵ご夫妻《ふさい》はまもなくお見えになるようです」

おっと。まだ朝食も済んでいないというのに、お父様とお母様ってば実にお早いご到着《とうちゃく》で……。

「わかった、すぐ向かう。──ああ、本当は君と、ずっとこうしていたいのにな」

「あっ、そういえば本日は、魔法騎士団の訓練《くんれん》はないのですか？」

「今日は祝日だからね。だから、この話が終わったらまた二人でゆっくり──」

──はっ！

「そうだわ、祝日！　今日はリースリング先生とエーリカとの報告会！」

「あ、やっぱりあれは、そういう集まりだったのか。いや、最初は驚いたな。リースリング先生はともかく、なぜあの場に君とディートリッヒ伯爵夫人《はくしゃくふじん》が一緒にいるのかと……」

「リースリング先生とエーリカは、私が殺されてからずっとお二人で真の黒幕《くろまく》を追ってくださっていたそうです」

彼は少し驚いたように言った。

「そうだったのか──。リースリング先生とはあんなに一緒にいたのに……気づかないものだな、互いにこっそりと、ナターリエの死の真相《しんそう》を追っていたとは。今日集まるなら、私も行く。君の前世のことを知る彼らには、私たちのことを伝えておいたほうがいい。それに、情報を共有《きょうゆう》し合えば、真の黒幕に一気に近づけるかもしれない」

そこで、私たちは私の両親が国王陛下を待つ部屋に、陛下よりも先に通されることになった。

アレクサンダーは一応、魔法騎士団長オズワルドのスタイルだ。確かにいきなり本来の姿で登場したら、両親への衝撃が大きすぎるか。

それにしても、無断外泊後の両親との初対面か。やましいことは何もしていないにもかかわらず、なんだかものすごーく気まずいのですが……。

陛下がいらっしゃるのを待っていた両親は、予想外の私たち二人の登場にすっかり驚いている。

「なっ……アマーリエ!?　お前がなぜここに……王宮にいるのだ!?　それに、昨日はいったいどうしたのだ!?　早朝から屋敷の馬車で出かけたと思ったら、馬車だけ早々に返してお前自身は丸一日帰らない！　私たちがどれだけ心配したと思ってる!?」

「お父様、お母様、ご心配をおかけして本当にごめんなさい……」

「魔法騎士団長、貴方もです！　夕方にご連絡くださった時には貴方が一緒だと聞いたから、じき戻るだろうと安心していたのに……結局、朝になっても戻らない！　二人のことは私たちも決して反対するつもりはないが、婚約すらまだなのにまさかうちの娘と――!?」

「ローゼンハイム公爵、本日はその件でわざわざお越しいただきました。ご連絡が遅くなり、本当に申し訳ございません。それについてはこれから――」

と、そこに国王ご夫妻が入室してみえた。

「国王陛下！　王妃殿下《おうひ》！」

深々と頭《こうべ》を垂れる父と母。

「我が友らよ、顔を上げてくれたまえ。今日はこの国の王と王妃としてではなく、一人の子の親として、お二人をお呼びだてしたのだ」

「はっ？　それはいったい、どういうことでしょうか……」

両親は困惑《こんわく》している。

「──そうだな、まずはお前から話しなさい」

国王陛下がアレクサンダーに向かって微笑むと、アレクサンダーは静かに頷いた。

「ローゼンハイム公爵ご夫妻、本日はお二人に、私とアマーリエとのことで極《きわ》めて重要なご報告が二点あります。まず昨日ですが、私はアマーリエに正式に結婚を申し込み、彼女はそれを受け入れてくれました」

二人はすっかり驚いてしまった。

「なっ──しかしそれはまた急な……！　いえ、二人が愛し合っていることは我々も承知しておりますが、この子はまだ十六になったばかりで──！」

「そして二つ目ですが──昨夜、彼女は『レガリアの選定』を受けました。つまり、彼女がすでに我が唯一の『レガリア』となったことを、国王陛下、王妃殿下および『レガリア』のご両親であられる御二方《おふたかた》に、謹《つつし》んでご報告申し上げます」

両親は、ぽかんとしている。もちろん「レガリア」を知らないわけではない。ただ、彼の言ってる意味がわからないのだ。

「魔法騎士団長……それはいったい、どういう意味ですか？　娘が――なんですって？」

「本件、つまり王家にとっての最重要事項《さいじゅうようじこう》である王太子と御息女《ごそくじょ》の婚約および『レガリアの選定』に関しては、ご両親である貴方方には真っ先にご報告すべきであろう」

「陛下、それはいったいなんのお話ですか？　王太子殿下との婚約と『レガリアの選定』……？」

ここでようやく、アレクサンダーはその目と髪を本来の姿に戻した。両親はそれを見て「あっ」と小さく声を上げ――やっと、その意味を理解し始めた。

「私は訳あって、長らく魔法騎士団長オズワルド・グリュンシュタインとして生きておりました。ですが、本来はこの国の王太子、アレクサンダーなのです。皆様を騙《だま》すような形になってしまったこと、心よりお詫《わ》び申し上げます。私はオズワルドとしてアマーリエと出会い、彼女と恋に落ちました。私はもう、彼女なしでは生きられない。もう決して、彼女と離れたくないのです。順番が逆になってしまいましたが、お二方《ふたかた》の愛娘《まなむすめ》であるアマーリエをこの国の未来の王妃として迎えることをお許しいただき、彼女を妻とする最高の栄誉《えいよ》を私にお与えください。どうか、お願いいたします！」

アレクサンダーは、私の両親に深く頭を垂《た》れた。ようやく両親は、その意味を完全に理解した。

「ああ、王太子殿下！　どうか、頭を上げてください！　正直に申し上げますと、あまりに突然のことでまだ混乱しております。ですが、二人が深く想いあっているのは、私どももすでに存じ上げております。そんな二人を誰が引き裂《さ》けましょう！　どうか、どうかうちの娘を大切にしてやってください！」

「はい！　なによりも大切にいたします、我が命に代えても！」

彼は父と母に深く礼をすると、騎士が忠誠《ちゅうせい》を誓うように跪《ひざまず》いて私の手を取り、手首の紋章《もんしょう》にキスをする。すると、私の身体がやわらかな光に包まれた。

「おお……！」

驚嘆《きょうたん》の声があがる。

「『レガリアの証明《しょうめい》』！　私たちの娘は本当に『レガリア』になったのか――」

深く感動した様子の父と涙ぐむ母――と国王ご夫妻。ああまさか、国王ご夫妻がこの日を密《ひそ》かに夢見てくださっていたとは。それも、すでに十七年以上もの間――。

こうして私たちの婚約は、両家承認による正式なものとなった。

「ところで、すでに『レガリアの選定』を受けたとはいえ、うちが魔力《まりょく》を持たないローゼンハイム家であることは、問題ないのでしょうか。これまで魔力を持たない家系《かけい》から王太子妃を出した例はないかと存じますが……」

父は真剣な表情で言った。そうだ、この件はやはり有耶無耶《うやむや》にはできない大きな問題なのである。

それに対し、国王陛下はしっかりと頷いて言った。

「うむ、それについてだが、この非科学的で馬鹿《ばか》げた『不文律《ふぶんりつ》』を、民心を理由にこれまで不問《ふもん》にしてきたことこそが、一番の問題なのだと思っている。多少は反発を受けることになるだろうが――このあたりで、この件自体に決着をつけたい。魔力は必ず父方から受け継ぐ。この事実は、魔法遺伝学的《いでんがくてき》に疑《うたが》いの余地《よち》はない。にもかかわらず未《いま》だ民の中にあの『迷信《めいしん》』を信じる者が数多く存在するのは、むしろこの『不文律』の存在そのものが原因ではないかと思う。これを非科学的だと言いながらも、実際のところ王家は魔力を持たない家系から妃を選ばない。これにより、そこにはやはりなにか大きな意味があるのだと人々は勘《かん》ぐってしまうわけだ。だからこそ、魔力を持たぬ家系であるローゼンハイム公爵家の令嬢と王太子が婚姻《こんいん》を結ぶことでそれを完全に否定し、その上でこの二人が魔力の強い子を成《な》せば、それがやはりただの迷信に過ぎなかったことを自ずと証明することにもなるはずである」

陛下の仰ることはもっともだ。非科学的で単なる迷信に過ぎないものが王家の婚姻という極めて重要な事項に影響《えいきょう》を与えているなど、時代遅れとしか言いようがない——のだが、陛下がさらっと言及された私とアレクサンダーの子がなんとかっていうお話に、私は地味《じみ》にダメージを受けてます。いや、もちろんいずれはそういうことにもなるのだろうが、今の私にはまだ免疫《めんえき》が——！

と、この流れで陛下が私のほうを向いた（それで軽く狼狽《うろた》えたのをアレクサンダーに思いっきり気づかれ——っていうか、たぶん私が狼狽えた理由も察されて、くすっと笑われた……くっ！）。

「アマーリエ、以前君がアレクサンダーに『民心を気遣うことは非常に大切だが、それが誤《あやま》った方向に扇動《せんどう》されようとするときは、たとえ反発が起ころうとも貴方が正さねばならない。それが真の王のあるべき姿だ』と教えているのを、私は聞いたことがある。また別のときには『考えることをやめてはならない。常に理由を考えることだ。人から与えられたものをそのまま受け取るのではなく、なぜそれが必要か、本当に必要なものか、あるいはもっとよいものに改良《かいりょう》できないか、常《つね》に頭を働かせなさい』とも言っていたな。私は、非常に感心した。私自身も理解しているつもりではいたが、今の私が当然のように受け入れてきたもののなかにも、そういったものはなかったか、反発を恐れるが故《ゆえ》に、あえて無視してきたものはないだろうかと、深く考えさせられた。今回の件は、まさにその例ではないか！　これまでどうしてこんな無駄《むだ》なことを続けていたのか。この件でせっかく気がついたのだ、今変えずに、いつ変えよう！」

「……アマーリエ、お前、王太子殿下相手にそんなご高説《こうせつ》を垂れているのか……？」

「は!?　あ……いえ、そういうわけでは……」

陛下！　お願いですから、ナターリエの頃の話をうっかり混《ま》ぜないでください……！

「いやはや……ゴホン。それにだな、今回に関しては、我々にとって有利な状況だと思っている。というのも、これは意図《いと》したことではなかったが、『魔法騎士団長オズワルド・グリュンシュタインと公爵令嬢アマーリエ・ローゼンハイムの秘めたる恋物語』は、もはや国中に広まっており、若い世代《せだい》から絶大な支持《しじ》を集めているらしい」

「……は!?　なんですか、それは!?」

驚くアレクサンダーと私。

「曰《いわ》く、『これまで女嫌いと言われていたこの国最強の魔法騎士団長は、長きにわたってうら若き公爵令嬢と秘めたる恋をしており、彼女の社交界デビューとともにようやくその事実を公表したのだ』と。噂《うわさ》によると、お前たちはアマーリエがまだ幼い頃に出会い、お互いに強く惹《ひ》かれあったが、歳《とし》の差ゆえにその想いを秘め続けていた――ということになっている。尾鰭《おひれ》がついた結果、そういったストーリーにまとまったらしいな。若い世代に人気の恋愛小説みたいだといって、いろいろ妄《もう》想《そう》が膨《ふく》らみやすいらしい」

「『長きにわたる秘めたる恋』、か。ふむ、あながち間違ってもいないな。妄想とはすごいものだ」

何を感心しているんですか、アレクサンダー!?

「ついでに言うと、『王子と魔女』という有名な恋愛小説を書いた有名小説家は、今度はお前たちの噂を主題に小説を書くそうだ。――実は、その小説家と個人的に知り合いでな」

えっ、意外……じゃなくて、なんだそれは!? たった数日のうちにそんなことになっているのか! 噂って、怖い。あるいは単に、オズワルド様人気がすごいのか……?

「だが、これは好機《こうき》だと思わないか? 世間は二人の恋物語を好意的に捉《とら》えている。お前たちの恋は、若い世代から応援されている。そこに最後の仕上げとして、実は魔法騎士団長は王太子だったというのは、なかなかドラマチックな展開《てんかい》じゃないか! うまくいけば、民から予期される反発を大きく減らせるのではないかと思っている」

「確かに、これだけのお膳立《ぜんだ》てが整っていれば、民心を動かすのもそれほど難しいことではないかもしれませんね!」

なにをお父様とお母様まで感心してるんですか……。あっ、そうか、この二人はバリバリの恋愛結婚だったから、そういうの大好きなんだった――。

「よし、では決まりだな! 婚約発表は……そうだな、来月初めの私の誕生祝賀会《たんじょうしゅくがかい》がいいだろう」

「素晴らしいですね！　国王陛下の誕生祝賀会で王太子殿下の婚約発表とは、実にめでたい！」

「ええ、本当に！　ああ、私はすぐにアマーリエの婚約発表用のドレスを用意しないと！　本当に楽しみですわ！」

超ノリノリなお父様とお母様。でもご存じでしょうか、もう月末なので、来月の初めって本当にすぐなのですが……？

私の不安をよそに、親同士でどんどん話がまとまっていく。

それにしてもこの話し合い、いったいいつまで続くのだろう？　ここ一時間ほどは親たちだけで盛り上がっていて、私たちはただ横で聞いているだけの状態だ。

正直言うと、私はリースリング先生宅での定期報告会が気になっている。馬車で行くなら時間的にそろそろなのだが、いったいどうやってこの場から抜ければいいんだ？　国王陛下と王妃殿下もいらっしゃるこの状況で、私事で抜けたいとは言い出しづらいし――。

アレクサンダーはこの間もずっと優しく私の肩を抱いていてくれていたが、不意に私の頬を撫でた。どうしたのだろうと彼のほうを見ると、彼は私にウインクする。

……？

「父上、アマーリエと私はこのあと人と会う約束があるので、お先に失礼してもよろしいでしょうか？」

「そうなのか？　それは構《かま》わない、重要な報告は終わったし、もう行きなさい。あとは親同士の方が進めやすいからな！」

察しのよいアレクサンダーのお陰《かげ》で、永遠に続きそうだった両家顔合わせからなんとか抜け出すことができたのだった。

「ありがとうございます！　実は、どうやってあの場から抜け出そうか、すごく悩んでました……」

「ははっ！　そうだろうと思ったよ。君がわかりやすく困っているのがわかったからね」

「そういえば、いつも私の感情や表情の変化に敏感《びんかん》でいらっしゃるのは、やはり例の感知《かんち》魔法の力なのですか？」

「ああ、それもある。だが……そうでなくても君のことはすぐわかるよ」

「えっ、なぜですか？」

「君の側にいると、私は君のことばかりを目で追ってしまうからね。だから些細《ささい》なことにも自然と気づいてしまう」

そんなことを言いながら、私の髪にそっと口づける。それだけでもすごく恥ずかしいのに……

「それにしても――親っていうのはすごいな、子に対するパワーが。――私たちも親になったら、ああなるのかな？」

親になったら、という彼の言葉に、ぶわっと顔が熱くなる。くっ……またか！　さっきもこの流れで地味にダメージを受けたというのに！　ここはさっさと話を逸《そ》らさねば……！

「そ、そういえばアレクサンダー！　貴方まだ、目と髪の色をお戻しになっておりませんよ!?」

「おっと、忘れるところだった。忘れてるといえば、私は今すごく空腹なんだが、アマーリエは？」

「あっ……確かに私たち、結局まだなにも食べておりませんね」

「朝食の用意はあると言っていたから、馬車で軽く食べられるようにまとめさせよう」

アレクサンダーの指示ですぐさま軽食がバスケットに準備された。そして森へ向かう馬車の中、私たちはほぼ丸一日ぶりの食事をとったわけで。

こうして食べてみて、初めて気づく。うん、めちゃくちゃお腹減ってた。

「――こうして馬車で一緒に食べていると、ずいぶん前に二人で行ったデートを思い出すな」

「デート……ですか？」

「シェーン湖畔《こはん》で、貴女と二人きりで過ごした日があっただろう？」

「あれはデートではなく、貴方の魔法の特訓《とっくん》でしたよ？　貴方が外なら『集中』しやすいかもって仰ったから、国王陛下に特別に許可をいただいて、早朝から出たので馬車の中で朝食をいただいて――」

「ああ、これだからなあ！　本当にこれほど私の気持ちに気づいてなかったなんて！　私は貴女とどうしても湖畔デートがしたかったから、口実をつくってあそこに連れて行ってもらったんだよ。覚えてない？　二人で寝転がって星を見上げて、私は貴女に言ったんだ、『一生、一緒にいてくれる？』って。そうしたら貴女は『もちろんですよ』って。『ナターリエ、愛してるよ』って言ったら、『私もですよ、殿下』って。プロポーズのつもりだったんだけど？」

「そんなの、わかるわけないではありませんか！　そもそもあの頃、貴方はたったの七歳で、私は二十四歳だったんですよ!?　そんな意味にとるわけないじゃないですか……」

「そうやっていつも子ども扱いするから、私も気が気じゃなかったんだ。どんなに愛してると言ってもどんなに抱きついても、貴女から感じられるのは私への親愛の情ばかり……。だが、今は違う。仕えるべき主君《しゅくん》としてでも、教え子や弟のような存在としてでもなく、『一人の男』として君が私を想ってくれているのをはっきりと感じられる。それが私にとって、いったいどれほど嬉しいことか！　私の感じているこの喜びと感動が、君にもそのまま伝わればいいのに……」

彼は私の手を取ると、その指先にそっと口づけた。彼のその言葉にも行動にも全部、心臓がおかしくなってしまいそうなほど、私はドキドキさせられてしまう。

「……狡《ずる》いです」

「えっ？」

「私は、幼い頃の殿下も本当に大好きだったんです。とっても甘えん坊さんで、ずっと私と一緒にいたがって、毎日何度も何度も抱きしめてほしいって――」

「だ、だからそれは――！」

「本当にお優しくて、心もお美しくて、まさに天使のようなお方だと――こんな素晴らしいお方の側にいられるなんて、私はなんて幸せだろうって」

「それは……買《か》い被《かぶ》りすぎだ」

わかりやすく恥ずかしがっているアレクサンダーは、やっぱり可愛い。

「でも生まれ変わって……オズワルド様と出会い、一人の男性としての貴方に出会って、私は恋を知りました」

「アマーリエ……」

「ご存じの通り、ナターリエの頃の私はそういう感覚は持ち合わせてなかったものですから、本当に初めての恋なのです。だからどうしようもなく戸惑《とまど》って、自分が自分ではないみたいで――ですが、それはとても幸せな感覚で。前世の死は無念《むねん》だったけれど、こうして転生《てんせい》することができたことを私はなんと幸福なのだろうと思いました。それすら、全て貴方のおかげだったのです。本当に、狡いわ。何より大切だった大好きな小さな殿下が、こんな風に誰よりも素敵な殿方《とのがた》になって現れて――私を恋に落とすなんて。すでにこれ以上ないほど貴方を好きだったはずなのに、こんなの、本当に想定外です」

次の瞬間、私はアレクサンダーにぎゅっと抱きしめられた。どうしようもなくドキドキするのに、本当にどうしてこんなに安心するのだろう。

「……全部、貴方だったの。アレクサンダー、私を転生させてくれて、こうして再び貴方と一緒に生きる機会を与えてくれて、本当にありがとうございます」

「それは私のセリフだ。全部……君だったんだ。前世の貴女も、今世の君も――常に君こそが私の一番の喜びであり、愛と幸福そのものなのだ。こうしてまた私のもとに戻ってきてくれて、本当にありがとう。もう決して、君を離さない」

どちらからともなく、唇を重ね合う。先程食べた蜂蜜《はちみつ》よりももっと甘いキスの味にうっとりして――そのとき急に馬車が止まり、気づけばもう魔法の泉《いずみ》に着いていた。

うわあ、なんとも甘々な時間を過ごしてしまった……この後のことをもっと二人できちんと相談しようと思っていたのに。

軽く反省しつつ馬車を降りると、予想だにしなかった表情のリースリング先生とエーリカに出会《でくわ》すことになった。まさか、またこの二人にキスシーンを見られてしまったのか——!?

「アマーリエ！　オズワルド！　ああ、お前たちが一緒に来たということは、きっとあれは何かの間違いなのだな!?　本当によかった!!　先程《さきほど》王宮から機密《きみつ》連絡があったのだが、なんと言ってきたと思う!?　アマーリエ・ローゼンハイム公爵令嬢がアレクサンダー王太子殿下の『レガリア』として昨夜選定が済まされたなどと通告してきたのだ！」

——おっと、そっちか！

「私たち、すっかり驚いてしまって……！　だから私はてっきり貴女が王太子殿下との接触《せっしょく》を試みた結果、殿下に見初められて手籠《てご》めにでもされたのかと——！」

「て——手籠めっ!?　失礼な！　そんなことしませんよ、私は！」

「さあ、どうでしょう？　少なくともベッドには押し倒《たお》されましたけど」

「だが、ちゃんと堪《こら》えたじゃないか！」

「……ん？」

困惑するリースリング先生とエーリカ。そりゃあそうだ。ああ、予定とはかなり違う流れになってしまったが、仕方ない……。

「はあ……確かに重臣《じゅうしん》への報告義務《ぎむ》はあるから、この国の特別魔法顧問官《とくべつまほうこもんかん》であるリースリング先生にも連絡が行ったんだ。——ここでは話せないので、失礼ですが、先生のお家の中でお話ししてもよろしいでしょうか」

「あ、ああ……」

そして私たちは先生のお宅《たく》に移動《いどう》し、前回同様になんか気まずい空気でテーブルを囲んだ。まあ今回は前回のような五分間もの拷問沈黙《ごうもんちんもく》タイムはなかったが。

「本当は、順を追ってきちんとご説明したかったのですが、先に連絡が来てしまったのなら仕方がないですね。――まず、連絡があった通り、昨夜アマーリエが『レガリアの選定』を受けたのは事実です」

「なんだと!?　しかしそんな勝手なこと……！」

「いいえ、もちろん同意《どうい》の上です！　昨夜、彼女は『レガリア』となり、先程正式な婚約も済ませました。ただし私、アレクサンダーとです」

「??」

「あ、あの、つまりオズワルド様がアレクサンダー王太子殿下だったということなのです！　ちょっと唐突《とうとつ》な話ですが……」

「――!!」

やっとその意味を理解した二人は、大きな衝撃を受けている。

それもそのはずだ。まさか十七年間も寝たきりだと信じられてきた王太子殿下が、実は我が国最強の魔法騎士団長だったなんて、誰が信じられるだろう？

私たちはこれまでの経緯《けいい》と、昨日のナターリエの墓《はか》で起こった出来事、それによって明らかとなった事実および国王陛下が例の謎《なぞ》の魔法使いであったことを全て、二人に報告したのだった。

「信じられん――！　ではつまり、ナターリエを転生させたのもオズ……いや、王太子殿下だったのか！」

「はい。ただ、私は昨日まですっかり失敗したと信じておりましたが。それから――先生にお伝えしていたあの呪《のろ》いも『転生魔法』によるものだったため、原因をお伝えできずにおりました」

「そうだったのか……だが、では今やその『呪い』も無事解けたということだな!?　これは実にめでたい！　しかし何も、わかったその日のうちに『レガリアの選定』まで行う必要はないだろうに……言っただろう、お前は性急《せいきゅう》に過ぎる！」

「お言葉ですが先生！　彼女がナターリエだった頃から数えれば、私はもう二十年近くこの時を待っていたんです！　十分過ぎるほど待っているではありませんか！」

アレクサンダーと先生のやりとりをエーリカは少し呆《あき》れ顔《がお》で、でもとても嬉しそうに見ている。

彼女も、私たちがこうして真の意味での再会を果たせたことを本当に喜んでくれているのだ。

「アマーリエ、それにしても貴女、凄《すご》い人から愛されてしまったものね……。アマーリエなだけでもああだったのに、ナターリエの分まで愛されたら、身がもたないんじゃない？」

「エーリカったら！」

「でもまさか、当時から王太子殿下が貴女を想ってらしたなんて。あ、でもそういえば当時も一度、貴女と殿下の件は問題になったのよね……」

「問題――？」

「ええ。まだ貴女がナターリエの頃、幼い王太子殿下が貴女にばかり懐きすぎているって、一部の貴族から批判的《ひはんてき》意見が上がっていたのよ。貴女は知らなかったでしょうけど。まして、王太子殿下が『ナターリエと結婚する』と仰るのを聞いたという人の話もあって。もちろん皆、いくら王太子とはいえ子どもの言うことだからとただ微笑ましく思っていたのだけれど、ごく一部の貴族はそれをすごく問題視したの。貴女は新参《しんざん》貴族の、しかも男爵《だんしゃく》の爵位《しゃくい》しか持たないのに、幼い王太子を手懐《てなず》け王太子妃の座を狙《ねら》うのではないかとね。殿下が成長したら誘惑する気だから、すぐに辞めさせろなんてそんな意見まで」

「な……!? 誰がそんなことを!」

確かに、新参貴族であることで馬鹿にされたことは何度かあったし、女性であることで嫌《いや》みを言われることもなかったわけではない。だが、そんな屈辱的《くつじょくてき》な噂があったと知り、怒りを通り越して唖然《あぜん》とした。

「私が貴族の世界を嫌う理由がわかるでしょ? 男性優位の完全なる縦社会。そのうえ下世話《げせわ》な話やゴシップ好きばかりよ。貴女を批判していた人たちは、貴女が新参貴族に過ぎないのに国王陛下からも王太子殿下からも信頼《しんらい》されているのが妬《ねた》ましかったのよ。だから貴女が女性であるのを利用して、貴女のイメージを落とそうとして――」

「はっ! 愚《おろ》かを通り越して滑稽《こっけい》だな! 私からの猛烈《もうれつ》アピールにもほんの少しも気づかなかった超鈍感《ちょうどんかん》ナターリエが、私を誘惑だと!? そんな夢みたいな話があってたまるか!」

「ア、アレクサンダー!?」

「うむ、まあ優秀《ゆうしゅう》な女性には敵が多いものだ。特にナターリエは当時、地位と能力の高さのわりにあまりにも若かった。それをよく思わない者、妬む者がいたとしてもおかしくない。もしかすると、そうしたものが真の黒幕だった可能性もある。特に王太子からの寵愛《ちょうあい》というものは、大きな政治的影響力を持つものだからな」

「なっ……私が懐いていたから、ナターリエと結婚したいと言ったから、貴女が殺された可能性があるということなのか!? そんな……！ もしそれが事実なら、私は――!!」

アレクサンダーは驚くほど感情的になり、怒りに打ち震えていた。彼は自分の行動や発言のせいでナターリエが殺害《さつがい》された可能性があるということに、大きなショックを受けたのだ。

震《ふる》える彼の手を私は両手でそっと握《にぎ》る。はっと私のほうを見たアレクサンダーは、私の握った手をぎゅっと握り返した。

「アレクサンダー、全ては仮定に過ぎませんし、もしたとえそれが事実だったとして、貴方が責任を感じる必要は少しもないではありませんか。どんな理由にせよ、悪いのは自分勝手な目的のために人の命を奪ったその黒幕です。それも自分では手を下さず、他の者を扇動し殺害させた卑怯者《ひきょうもの》です。その者が全ての責を負うべきであって、貴方がそのためにほんの少しでも自責《じせき》の念を感じられては、私はとても悲しいです。それに貴方がいらっしゃったから、私はアマーリエとして転生できたのですよ？ それをどうか、決してお忘れにならないでください。私は今、ナターリエの頃よりもっと幸せなのです。貴方を一人の男性として、心から愛することができるのですから」

私の言葉に一瞬、彼は泣きそうな顔をしたが、ぐっと引き寄せると強く抱きしめた。

「アマーリエ……！　私はもう二度と、決して、君を失いたくないのだ！　貴女を失った日々は、地獄《じごく》の苦しみだった。今こうして再び君を手にした今、本当は一瞬だって離したくない！」

「アレクサンダー……」

「真の黒幕は、必ず私が見つけ出す！　そして、断じて生かしてはおかない！　だから君は危ないことは絶対にしないでくれ！　私が守れるところに、必ずいるんだ！　わかったね⁉」

彼はまた、私を強く抱きしめる。彼は不安なのだ。無理もない。私は一度、彼の目の前であんな死に方をしてしまったのだし、本来ならそれでもう二度と会えないはずだったのだから。

そうだ、あのときアレクサンダーが側にいなければ、私は本当にあそこで終わりだった。ただ急に人生を奪われ、なにもわからぬまま、死んでいくしかなかったのだ。そう思うと……今この時が幸せな分だけ、言いようもない恐ろしさを一層強く感じる。

「殿下、私たちもナターリエの命を奪った黒幕を決して許しません。幸いアマーリエがナターリエであることは、黒幕も全く気づいていないはず。私とリースリング博士とでこの十七年間に集めたさまざまな情報とデータがございます。これと、殿下が魔法騎士団長としてお集めになった情報とを共有させていただければ、なにか新しい事実がわかるかもしれません」

アレクサンダーは頷いた。

「今日はもとよりそのつもりで参加したのだ。特に一昨日新たに得た情報は、もしかすると大きな手がかりになるかもしれない」

「一昨日というと、エーミール様が貴方に急用としてお伝えになった……」

「まさにその件だ。実は、闇売人を捕まえたところ、ある魔法薬の密輸《みつゆ》をしていたことがわかった。それは私が長らく探していたもので、これは人を殺せるが、『解毒《デトキシフィカ》』では解毒《げどく》できない可能性がある。なぜなら、それ自体は毒ではないからだ」

なっ――「毒」ではない!?

「それはいったい、どういうことですか!? 私は、毒殺《どくさつ》されたのではなかったのですか!?」

「実を言うと、わしらもその線を疑っておった。毒薬であれば『解毒《デトキシフィカ》』が効かないということは考えられない。そこで考えられるのは――『非合法混合魔法薬《ひごうほうこんごうまほうやく》』であった可能性だ」

「非合法……混合魔法薬!?」

「混合魔法薬」とは通常は病気の際に処方される魔法治療《ちりよう》薬で、複数《ふくすう》の薬草《やくそう》を魔法で調合《ちようごう》することで薬効を強化させることができるものだ。しかし「非合法混合魔法薬」とはいったい……?

「お前が知らんのも無理のないことだ。この存在が知られ始めたのはごく最近、ここ半年ほどだ。それすら裏の世界での話で、それ以前には裏社会でも全く知られていなかったものなのだ。故に、十七年前のお前の死に関係があるかもわからぬ。――だが少なくともこれは、人を殺せる薬だが、毒で殺すわけではない。一応毒も入っているが、あくまでカモフラージュ用だ」

カモフラージュ……?

「毒だと思えば、魔法使いは必ず『解毒魔法』を使う。しかし魔法で解毒に成功しても、症状が出続ける。なぜか? これが、二種類以上の混合薬だからだ。一つは、確かに毒薬だ。しかしそれで殺せるとは端《はな》から思っていない。致命傷《ちめいしよう》となるのはもう一つの――ウイルスだ」

「ウイルス!?」

どういうことだ!?　魔法薬にウイルスなど、聞いたことがない――!

「そうだ。このウイルスはものすごい速さで人を死に追いやる。とはいっても通常の毒よりは少し時間がかかる。そこで先に、毒薬の効果を出すのだ。すると魔法使いはまず間違いなく『解毒魔法』で解毒する。しかしあとからその毒薬と酷似《こくじ》した症状《しょうじょう》がウイルスによって引き起こされる。するとその者は『解毒魔法』が効いていないと思い込み、再度『解毒魔法』を試《こころ》みたり、君のように血の巡りや呼吸《こきゅう》を制御《せいぎょ》して毒の巡りを悪くしようとする。しかし、それでは駄目《だめ》なのだ。もはやその症状は毒からではなく、ウイルスによって生じているのだから」

これが本当なら、衝撃の事実だ。つまり私は毒殺されたのではなく、ウイルスで殺されたのか。

「それでは……もしや、抗《こう》ウイルス系治療魔法『滅菌《ヴァクシナエ》』でなら、治療できた可能性があるのでしょうか!?」

「その可能性はある。しかし、わしらも話に聞くだけでまだ現物を見たことはないのでな……」

確かに、現物がなければ調べようがないか。とはいえ――。

「ですが、そもそもウイルスを魔法薬に封《ふう》じ込《こ》めるなど、可能なのですか?」

「そこがよくわからぬ。どういう方法で行うのか――まあ、なんらかの特殊《とくしゅ》な魔法を使うのだろうが……しかしオズ――じゃなかったな、王太子殿下が手にされたという新しい手がかりがどんなものか、まずはお聞かせいただこう」

アレクサンダーは、一枚の紙を取り出した。

「これは、その捕《と》らえた闇売人が持っていた紙です。ただ、これが意味する内容について自白《じはく》する前に死んだそうです。それも——あのときと、全く同じように」

「！」

つまり国防大臣《こくぼうだいじん》たちと同じように、自白直前に血を吐いて死んだということか——。重要な証《しょう》拠《こ》を握っていたかもしれない闇売人が、あのときと全く同じ死に方をした。それも、この紙に書かれたものの意味を自白しようとした、まさにその時に。もしかするとこれは、本当に重要な手がかりなのかもしれない。

しかし、紙にはただ一文。

〝あるべきところへ戻せ〟

たったこれだけか。これが、いったい何を意味するのだろう——？

「この紙切れの意味するものがなにか、現時点でまったくわからない。だが、きっとこれは大きな手がかりだ。是非《ぜひ》、皆様のお知恵《ちえ》を拝借《はいしゃく》したい！」

謎が謎を呼ぶ——。しかし、これは今までにない、なにか重要な糸口《いとぐち》になるかもしれない。

「紙の素材は……羊皮《ようひ》紙《し》か」

「よい物です。単なるメモ書きとは思えません」

「殿下、この紙自体になにか特殊な魔法はかかっていないのですか？　なんらかの呪文で他の文が出現するような——」

「いや、それが何もないようなのだ。それに、これを所持していた闇売人の指紋《しもん》以外はゴミひとつ付着《ふちゃく》していない」

「筆跡《ひっせき》はいかがですか」

「魔法で記入されている。故に、筆跡による個人特定は不可能だ。また、記入されてから時間が経ちすぎていて、私の感知魔法でも記入者の魔力レベルを感知することはできなかった」

――やはり紙切れ一枚では、わからないことが多すぎる。

それでも、これが紛《まぎ》れもなく大きな手がかりだといえるのは、これを所持《しょじ》していた闇売人の男にあのときと同じ自白を阻止《そし》するための「殺傷系魔法《さっしょうけい》」が使用されたからだ。

この魔法がこの国で使用されたのは、確認されている限り今回と、あの十七年前の事件の際のみ。つまり、同一犯の可能性はかなり高い。

それにしても……この国において、殺人はそもそも超厳罰対象《ちょうげんばつたいしょう》である。魔法に関しても魔物討伐《まものとうばつ》以外での殺傷系魔法の使用・習得・教授は、全面的に禁じられている。

魔法騎士団を含む国防軍さえ、戦場であっても対人間に攻撃《こうげき》魔法を使用することはなく、基本的に防衛《ぼうえい》魔法のみで応戦するのである（我が国の国防軍には、防衛魔法だけでも相手を退却《たいきゃく》させるのに十分な威力《いりょく》があるのだ）。

そんな徹底《てってい》した平和主義国家において、あろうことか幼い王太子殿下と国王陛下の面前《めんぜん》で生《しょう》じたのが、あの十七年前の二つの殺人事件だった。

一つはもちろん、魔法学者にして魔法大臣であり、王太子専属《せんぞく》魔法指導《しどう》官でもあったナタ一リエ・プリングスハイム、つまり前世の私が毒殺されたあの事件（少なくとも、今のところまだ毒殺ということになっている)。

そしてもう一つが、その事件の首謀者《しゅぼうしゃ》とされたクリーク元国防大臣の自白直前に起こった、呪いによる殺害事件だ。さらにその後、この事実は公表されていないとはいえ、尋問室《じんもんしつ》にいたこの男の手下たちも同じ死に方をしている。

自白をしようとしたら血を吐《は》いた——ということは、ある特定の名前や言葉を発することで発動する、呪術系魔法が予《あらかじ》めかけられていたということになる。

確か、自白は国王陛下直々の「魔法尋問」で引き出されたはず。だが、それはあくまで「尋問」。陛下は「拷問」などで自白を強要する方ではない。つまり最終的にクリークは、自分の意思で自白しようとしたはず。

だとすればクリークは、この恐ろしい魔法が自分にかけられていることは知らなかったのだろう。そうして自白しようとして——呪いが発動し、死んだ。

つまりその真の黒幕というのは、かなり疑い深い奴《やつ》ということだ。仲間にさえ、そんな魔法をかけるのだから。まあ、そもそも利用するためだけの存在で、仲間とも思っていなかったのかもしれないが……。

そんなことを漠然《ばくぜん》と考えながら、私はこの羊皮紙を手に取り、言った。

「紙そのものから現時点でこれ以上の情報が得られないのだとしたら、あとはこの『あるべきところへ戻せ』という言葉の意味を考えるしかありませんね。ただの伝言《でんごん》なら——口頭《こうとう》で伝えた方が安全です。それをわざわざ高価な羊皮紙に書いたということは、この言葉には何かもっと重要な意味合いがある。可能性として、重要な『合言葉』か、何かの『スローガン』かもしれない」

「……『スローガン』か。もし黒幕が組織的なものならば、十分ありえることだ。だとしたらこの『あるべきところへ戻せ』は、政治的思想などの可能性もある」

とはいえ、全ては仮定に過ぎない。現時点でわかっているのは、十七年前に私の殺害に使われた可能性のある薬を密売《みつばい》していた男が捕まり、しかしその男は自白する直前に、当時私を殺した首謀者とされた男と同じ方法で殺されたということと……その男が所持していた唯一の手がかりが、この紙切れ一枚ということだけ。

「王太子殿下、闇売人は、どこで捕らえられたのですか？　また、その者の身元は？」

「捕らえたのは王都だ。つまり、我々の目と鼻の先でこのような恐ろしいことが行われているのだ。また、この男の身元は不明。しかしその振舞いからして、もとは貴族だったと思われる」

「貴族!?　その闇売人がですか!?」

「私が直接対応に当たったわけではないが――そうだ、私がいない日だったので、クラウスが代わりに対応してくれたんだ」

「まあ、主人が……」

「ええ。彼曰く、その者は闇売人というにはそもそも所作《しょさ》が美しかったと。話し方もそれらしくしてはいるが、使用する語彙《ごい》やイントネーションの正確さなどから高い教養《きょうよう》が窺《うかが》えたそうだ。しかし本人に貴族なのか問うと、はっきり『違う』と答えたという。家門《かもん》に処罰が及ぶことを恐れたのだろう。この国の貴族は下級貴族も含めればその数は相当数に上るから、特定には時間がかかるだろうし、知らぬ存ぜぬを通されれば、身元を割り出すことは一層困難《いっそうこんなん》となる」

「しかし貴族というのなら——やはりこれは真の黒幕に繋《つな》がっているのかもしれぬ。ナターリエは『魔法大臣』であった。つまり、政治的な意図で殺されたと考えるのが妥当だ。とするとこの言葉も、お前たちの言うようになにかの秘密組織の『スローガン』かもしれんな」

「ではこの『あるべきところへ戻せ』とはいったい……？」

しばらく羊皮紙を見つめていたエーリカが、ふっと顔を上げた。

「もしこれが貴族の組織なら——次の報告会までに貴族の中になにかそうした政治的な秘密組織が存在したことはないか、私のほうで調べてみます。『貴族の歴史』は、私の専門ですからね」

それから私たちは、これまでにリースリング先生とエーリカが調べた毒物の調査記録と国内への薬草の輸出入記録、そしてアレクサンダーの調べていた闇売人たちの情報および「非合法混合魔法薬」の使用が確認された事件の詳細《しょうさい》を共有し合った。


報告会が終わってリースリング先生の家からの帰りの馬車の中、アレクサンダーは私の肩をぐっと抱き寄せ、静かに呟《つぶや》く。

「それにしても——どうしてこのタイミングなのだろう」

「えっ？」

「この十七年間ほとんど動きがなかったのに、半年前になって突然『非合法混合魔法薬』の存在が知られはじめ、一昨日その闇売人を捕らえると、例の魔法――。そして昨日、私は君がナタ―リエであったことを知った。――止まっていた時間が、全て急に動き出したようだ」

偶然《ぐうぜん》なのか、必然《ひつぜん》なのか。

彼は馬車に乗ってから、ずっと私の肩を抱き寄せている。ただ、それは行きのときの抱き方とは、少し違う。私は感知魔法でわかるわけではないが、彼がいま大きな不安を感じているのがはっきりとわかる。

――報告会の最中もそうだった。あの報告会は、当然ながらナタ―リエの死の真相を追い求め、真の黒幕を見つけるためのもの。だからこそ、ナタ―リエの死の記憶を必然的に何度も思い返し、見つめることになるわけだが、彼はナタ―リエの死を彷彿《ほうふつ》とさせる言葉が出るたびに、繋いでいた手をぎゅっと握った。まるで、私がそこにいるのを確認するかのように。

そんな彼の無意識とも思われる行動が、私の胸を詰まらせた。

あのとき私が目の前で死んだことで、彼の心に大きな傷を負わせてしまった。今こうして戻って来られたとはいえ、十七年もの間、彼は私を失ったと信じていたのだ。

私がナタ―リエだと気づいたのは昨日。アマ―リエと出会ったのだって、ほんの一週間前だ。

彼にとって私は、またいつ消えてしまうかわからない存在――きっと無意識に、彼はそう思っているだろう。

彼は今、私を再び失うことを何よりも恐れている――。

彼がどれほど長い間、どれほど深く私を想っていてくれたかを知った今、彼が感じているだろうその恐怖《きょうふ》と不安を思うと、胸が痛む。

幼い彼の腕の中で死んだあの日、私は確かに心から申し訳ないと思った。

だが、今もし再び彼を残して逝《い》かねばならないとしたら、私はそれをあの時よりもさらに辛く、心苦しいと感じるだろう。

それは、彼の想いを知ってしまったから。彼の私に対する、あまりにも深い愛を知ってしまったから。

私は堪《たま》らない気持ちになった。どうにかして、彼の不安を取り除いてあげたい——。

その結果、自分でも全く予想外のことをした。

私は突然彼のほうを向くと、彼をぎゅっと強く抱きしめ、そしてその唇にそっとキスをした。

「……アマーリエ？」

彼は、私の突然の行動にとても驚いているようだった。そんな彼に、私は言った。

「もう決して、貴方を残して死んだりしません。だからどうか、そんなに不安をお感じにならないでください。お忘れですか、私はもう貴方の『レガリア』なのですよ？　貴方の強く優しい魔力が、私をいつも守ってくださっている——。おかげで、私は少しも怖くありません！　そうでなくても、自分の身を守るくらいの魔力は十分すぎるほど持ってます。アマーリエは、ナターリエよりも強い魔力を持っているんですからね！　——貴方はこの国の魔法騎士団長様で、そのうえこの国の王太子殿下なのです。誰よりも強く、誰よりも勇敢《ゆうかん》な方ではないですか！　そんな立派な方が、まだ起きてもいないことをそんなふうに怖がったり不安がったりなさっては、みんなに笑われてしまいますよ！」

アレクサンダーは私の話を聞いている間、ずっと泣きそうな顔で私の顔を見つめていたが、そのあとで私を少し痛いほどに強く抱きしめた。

「アマーリエ！　ああ、君に心配をかけてしまったんだね！　わかってる、あの頃とは違う。あの頃は、私はまだほんの子どもだったし、魔法学の知識も今とは比べ物にならないほど少なかった。今なら君を守れる！　そう、強く信じている！　それなのに……どうしてこんなに不安なんだ!?　あの日のことがフラッシュバックするんだ、ほんの一瞬前まで笑っていた貴女が、急に目の前で血を吐いて――何をしてもその血が止まらなくて――貴女の鼓動が――徐々に弱まって――そして、永遠に、動かなくなった。訳が分からなくて、頭は真っ白で、全部夢ならいいと思って、でも夢ではなくて、それが逃《のが》れ難《がた》い現実で――。あの時の恐怖と絶望が、今もどうしても頭から離れない！　忘れられない!!」

強く抱きしめられているせいで、彼の表情は見えない。でも、彼の身体ははっきりと震えている。

「ああ本当に――本当に恐ろしくて堪らないのだ！　君が今、私の隣にいて、それが幸福であればあるほど、かけがえのなさを思い知れば知るほど、一層恐ろしいのだ。黒幕がもし貴女の転生に気づいたら？　そうして再び、君の命を狙ったら？　そのとき私が――側にいなかったら!?　それだけじゃない……今までその必要がなかったから考えなかったが、私が王太子である以上、そしていずれ王になる以上、常にある種《しゅ》の危険がつきまとっている！　貴女のお父上がそうだった。私の父を守って、代わりに亡くなった。私が守るから私の隣にいろと言っておきながら、その私の隣が必ずしも安全とは限らないなんて！　私が王太子であるが故に、いずれ王となるが故に、君がまた何かしらの危険に晒《さら》されることがあるのだとしたら、もしそんなことがあったら、私は――！　できることなら……できることならこのまま、もう全てを捨てて、君だけを連れて、誰もいないところに逃げてしまいたい。そうして永遠に、二人だけでいられたら。君さえいれば、私は他に何もいらないのに――！」

彼は泣いていた。こんなに強く気高《けだか》い人を、小さな子どものようにまた泣かせてしまった……。私自身も涙を堪えきれず、ただ、何も言わずに彼を抱き返し、彼もまた、私を強く抱き続けた。

しばらくして、ようやく彼が落ち着いてきた頃に私は言った。

「まだ、夜までには時間がありますね。よろしければもう一か所、お付き合いいただけますか？」

彼の承諾《しょうだく》を得て、私は行き先の変更を御者《ぎょしゃ》に伝えた。

その場所とは、ナターリエの父母の墓のある墓地《ぼち》だ。プリングスハイムの祖先が王都に移り住んで以降、ナターリエ以外のプリングスハイム家の者たちは皆、ここに埋葬《まいそう》されている。

ナターリエの墓は大きな公園の中にあるため、とりわけ豊かな自然に囲まれているが、この国の墓地はどこも花で溢《あふ》れて美しい。墓地そのものが緑豊かな公園のようになっており、通路に沿《そ》って植樹《しょくじゅ》されたさまざまな種類の薔薇《ばら》の木は、今の時期、どれも見事な花をつけている。

父が亡くなったあとは、母とそれこそ頻繁《ひんぱん》にここを訪れたものだ。死者への弔《とむら》いにバイオリンの演奏《えんそう》を行う者や、墓の前で亡き人に捧《ささ》ぐ愛の詩を朗読《ろうどく》する人を見かけたこともある。散歩のためにここを訪れる者も多く、静かではあるが寂しさは感じない、穏《おだ》やかな空気を感じられる場所だ。今は私たち以外誰もいないが、当時とほとんど変わらぬこの場所に、深い懐かしさを覚えた。

だが、プリングスハイム家の墓の前に来たとき、ナターリエの頃には見ることのなかったその人の名が新たに刻《きざ》まれている墓を目にして……頭ではわかっていたのに、胸が強く締めつけられて、目の奥がツンとするのを感じた。

私の感情の揺れに気づいたのか、アレクサンダーが繋いでいた手をそっと引き、私の肩を優しく抱き寄せた。

「アマーリエ、大丈夫？」

「……初めて来たんです。ナターリエだった頃には父の墓参《はかまい》りに何度も来ましたが、アマーリエとしてここに来るのは本当に初めてで――」

それが意味することをすぐに理解したアレクサンダーは私をそっと抱きしめ、背中を優しく撫でてくれた。その温かさに、胸を満たしていた深い悲しみが、じんわりと和らいでいく。

感情が落ち着き、彼にもう大丈夫だと伝えると、彼は姿勢を正して両親の墓の前で深く礼をした。

「貴女のお母上の話をずいぶん前に聞かせてくれたことがあったね。身体があまり強くなかったが、笑顔を絶やさない、明るく朗《ほが》らかな方だったと。お父上が私の父を庇《かば》い亡くなった後も、どれほどお辛かったかしれないのに、『残された者がずっと悲しみに暮れていては、先に逝った者を心配させてしまうから』と仰って、ずっと気丈《きじょう》に振舞っていらしたと……」

アレクサンダーはナターリエの両親に会ったことはない。だが、ナターリエの父が彼の父である国王陛下を庇って死んだことを彼は当時から知っていた。それで幼い彼に父母のことを尋《たず》ねられたことがあり、その時に少し、母の話をしたのだった。それを今も、彼は覚えていてくれたのか。

「当時の私はまだ身近な人の死を経験《けいけん》したことがなかったが、それでも貴女のお母上は立派な方だと思った。だが貴女を失い、最愛の人を失うという経験を実際にしたことで、貴女の母上がいかに強い人だったかを思い知った。私には……無理だった。貴女を失った悲しみの中に囚《とら》われたまま、そこから抜け出すことができなかった。そのことであまりに多くの人に心配をかけてしまったし、転生して記憶を取り戻した君にも、罪悪感を覚えさせることになってしまった。自分という人間の弱さを痛感《つうかん》するよ」

「アレクサンダー、いったいなにを仰るのですか！　貴方は私の毒殺事件の黒幕と真相を魔法騎士団長になってまで追い続けてくださっているばかりか、私との約束も覚えていてくださり、その力でこの国をずっと力強くお守りくださっているではありませんか！　貴方は誰よりも強いお方です。魔力以上に、誰よりも強く気高い心をお持ちの方です！」

アレクサンダーはやはりどこか悲しげな表情を浮かべたまま、とても優しく私を抱きしめると、静かに語った。

「父は――ずっと深く後悔《こうかい》していた。あの日の奇襲《きしゅう》の際に、自分で自分の身を守れなかったことを。それができていれば、貴女のお父上は自分の身代わりにならずに済んだはずだと。それもあって、父は私が魔法騎士団員になることを認めてくださったんだ。国王は強くなければならない、国民を守らなければならないのだからと。誰よりも強くなれ、私のように守るべきものに守られるような弱い王にはなるな、と」

　国王陛下がそんなことを――。胸が詰《つ》まる。

　それから私たちはもう一度、墓を前に二人で並んだ。

「……私が今ここに来たいと思ったのは、母の言葉を思い出したからです。貴方もご存じの通り、母はとても身体が弱かったので、いずれ父を残して自分が先に逝く日を思うと本当に恐ろしかったそうです。でもそれは死ぬのが怖いのではなく、愛する人を残して逝くことが――そして残された者が嘆《なげ》き悲しむ姿を思うのが、怖かったのだと。ですがその予想に反し、先に逝ったのは父でした。父の死の報《しら》せを受けた母は何も言わず、ただ静かにその場に座り込み、それから声もなく泣き続けました。父の死からかなり経って、母は私に言いました。『愛する者を残して逝く辛さも、愛する者に残して逝かれる辛さも私は知ったけれど、残された者の悲しみはこんなにも長く続くのね』と。それを聞いて、私は絶対に母を残して死ぬまいと思っていた。それなのに、あのようにあっけなく殺されて――その結果、母は失意《しつい》のうちに亡くなりました」

　アレクサンダーは私の肩を抱き寄せた。私は肩に乗せられた彼の手に手を重ね、ぎゅっと握った。

「私は私を殺した者に、心からの怒りを感じます。私の人生を奪ったことはもちろん、私の大切な人たち、つまり、貴方をこれほどまでに長く苦しめ、母を失意のうちに死なせることになったその元凶《げんきょう》を決して許すことができません。私はもう二度と殺されたりしません。貴方を残して逝くことは、絶対にありません！　ですから心を強く持ってくださいませ！　そして必ずや真実を白日《はくじつ》の下に晒すのです！　私の願いはただひとつ、貴方が私を残して逝かないこと。貴方が感じた苦しみを、私には決してお与えにならないでください！　よろしいですね!?」

私の言葉に少し驚いたような表情を浮かべたアレクサンダーだったが、先ほどまでの苦しそうな表情がふっと穏やかな笑顔に変わり、ぎゅうっと、でも、とても優しく私を抱きしめた。

「貴女は昔からそうだった。聡明《そうめい》で、公正《こうせい》で、正義感《せいぎかん》が強くて――そして勇敢だ。ああ、わかった！　約束する。もう全てを捨ててどこかに逃げようなんて無責任なことは言わない。必ず真相を明らかにするし、強く、立派な王にもなる。その代わり、君も必ず約束を守ってくれ。絶対に、もう二度と私を残して逝くな！　それだけは、絶対に許さない！　そうしたら私だって、決して君を残して逝かない！　君と共にいられるこの時間を誰が手放すものか！　一分でも一秒でも長く君といたい、君をこの胸に抱き、キスしていたいからね！」

そう言って優しく微笑むと、私にとても優しく口づけた。そこにもう何の迷いも不安も感じない。よかった。免疫のない私には彼の激甘はなかなか大変だが、彼が悲しんでいる姿を見るくらいなら、一生この「激甘」に悩まされるほうがずっといい。

と、急にアレクサンダーが私の手を引いた。

「アマーリエ！　ちょっとこっちに！」

私たちは近くの草むらに隠れた。予想外の人物が現れたからだ。

「リリエンタール侯爵《こうしゃく》……？」

「隠れる必要はないかも知れないが、私たち二人がこの墓地にいるというのも変だからね。しかし、リリエンタール侯爵家の墓はここにはないはずだが……」

王立研究所の名誉所長《めいよしょちょう》でもある彼が立ち止まったのは、あまりにも予想外の場所、私の両親の墓の前だった。

彼は、一輪《いちりん》の白百合《しらゆり》の花を墓に供えた。そしてしばらくそこに留まり、去っていった。

いったい、なんだったんだ……？

彼が行ってしまったのを確認してから再び両親の墓に近づくと、その白百合の花は母の墓標《ぼひょう》の前に置かれていた。

「どうしてリリエンタール侯爵が、私の母に花を？」

「面識《めんしき》があったのだろうか？」

「いえ……少なくとも私の知る限り、交流はなかったかと。そもそもあの方は、ナターリエの頃の私ともほとんどお話しになりませんでしたから」

「私も、あまり彼とは話したことがないな」

「……この墓にしか立ち寄らなかったということは、母の墓参りのためにわざわざいらっしゃったのでしょうか」

「不思議だな……」

夕暮れの墓地をあとにして、私たちは再び馬車に乗り込んだ。時間も時間だ、昨日は無断外泊をしてしまったのだし、今日はさすがにあまり遅くなる前に帰らないと――。

「ところで、アレクサンダーは今夜、グリュンシュタイン邸にお戻りですか？　それとも王宮に？」

「王宮に戻るつもりだよ」

「では、よろしければ先にローゼンハイム邸にお寄りいただけますか。王宮までの通り道にありますから、屋敷の前で降ろしていただければ――」

「屋敷に、何か取りに帰るの？」

「えっ？　いえ、そうではなく、もう時間も時間ですので、そろそろ家に帰らなければと」

「……駄目だよ」

「はい？」

すでに繋いでいた手をぎゅっとさらに強く握られる。えっ、いったいどういうことだ？

「このあとまだ、どこかに行くご予定があるのでしょうか？」

「もう決して離れないと、そう言っただろう？」

「――は!?」

ええとこれは……本気で言ってらっしゃるのか、冗談なのか？　うん、絶妙《ぜつみよう》にわかりにくいな。

「あの、確かにそうは申し上げましたが、あれは物理的距離《ぶつりてききより》のお話では……ないですよね？」

私の問いに対し、無言のまま悪戯《いたずら》っぽく笑うアレクサンダー。えっ、まさか本気ですか!?

「さ、さすがにそれは無理かと……！　第一、未婚の令嬢が連日外泊など――！」

「外泊先が婚約者の家なら特に問題ないだろう。それに君が王宮に泊まったところで、それを外に漏《も》らすような人間は、私の周囲にはいないよ。もしいたら、オズワルド・グリュンシュタインの正体が今までばれなかったはずないだろう？」

「それはそうかもしれませんが……あ、ですがさすがに私の両親が――！」

「君のご両親には、今朝《けさ》の時点ですでに許可《きょか》をいただいてある」

えっ、いつの間に!?

「ほら、軽食の準備をさせているときに、『予定が長引く可能性が高いので、帰るのが遅くなるようならアマーリエにはこちらに泊まっていただきます』と君のご両親に伝えさせたんだ。そうしたらご両親からすぐに了承のお返事をいただけたよ」

お父様とお母様……いくら私たちが婚約したからって、緩《ゆる》くないですか？

「――本当はわかってるよ。これは、ただの私の我儘《わがまま》だ」

「……えっ？」

「十六年間、君はローゼンハイム公爵令嬢として、今日まで何事もなく生きてきた。このまま君を公爵邸に返しても、きっと明日も君に会えるだろう。――だが私は、君があのナターリエの転生者であると知ってしまった。そしてナターリエの命を奪った真の黒幕が未だにわからない中で、その黒幕と関係する可能性の高い怪《あや》しげな動きが、ここ王都で見られるのを知ってしまっているんだ。こんな状況で、私が君の側を離れている間にもし万一のことがあったらと思うと、私は恐ろしくてたまらないのだ」

「アレクサンダー……」

「私の側にさえいてくれれば、私は君をどんな危険からも守り抜いてみせる。だからアマーリエ、今だけは、何も言わずに私に守られていてくれないか？　私の側にいて、私を安心させてくれ。子どもっぽいと思ってくれても構わない。もしあの頃のように『一緒にいて』とせがむことで今夜も君が私の側にいてくれるというのなら、格好《かっこう》は悪いが、私は喜んで子どものように君に駄々《だだ》を捏《こ》ねてみるつもりだ」

ああ、アレクサンダーは本当に狡いな。私を守るために私の側にいたいと言うこの人のことを私が子どもっぽいと思うはずがない。格好悪いと思うはずがない。この人の我が儘は、なんと優しく温かな我が儘なのだろう。

私はそっと、彼の肩にもたれかかった。

「アマーリエ……？」

「それなら私からもひとつ、我が儘を申し上げてもよろしいですか？」

「えっ？　ああ、もちろん構わないが——」

「私も、まだ貴方と一緒にいたいです」

「……えっ？」

「今日は、まだうちに帰りたくないです。恋人であり婚約者でもある貴方と、もっと一緒にいたい。だから——よろしければ今夜も、素敵な大人の貴方ともっと一緒にいさせていただけますか？」

「……ああ、喜んで」

彼は本当に嬉しそうに微笑み、私にとろけるほど甘いキスをした。

王宮に戻ると、国王陛下と王妃殿下に夕食を一緒にと誘《さそ》われた。私が今夜も王宮に泊まることは、最初から想定済みだったらしい。陛下曰く、「アレクサンダーが君を離さないのは今に始まったことでもあるまい？」とのこと。うーん。

国王ご夫妻とこうして夕食をご一緒させていただくのは、十七年ぶりのことだ。もちろんそれはナターリエだった頃の話であり、アマーリエとしては当然ながら初めての経験である。

「ナターリエ……本当に、貴女なのね」

アレクサンダーによく似たリタ王妃殿下が、目を潤《うる》ませながら私の両手をそっと握った。

「はい。本当にお久《ひさ》しぶりでございます、王妃殿下」

王妃殿下はその美しい青い瞳から涙をぽろぽろと溢れさせながら、私をとても優しく抱きしめた。

王妃殿下とは今朝すでにアマーリエとして会っているが、あの時は私の両親も同席していたので、ナターリエとしての再会は実に十七年ぶりである。

ナターリエだった頃、王妃殿下は私を実の娘のように可愛がってくれていた。といっても当時は私とアレクサンダーの年齢差よりも私と王妃殿下の年齢差のほうが小さいくらいだったので、少し年の離れた姉妹くらいの年の差だったのだが。

「ああ、本当に今度こそ、貴女が私の娘になってくれるのね。ずっと、このときが来ることを夢見ていたの。一度は永遠に潰《つい》えたかと思ったこの夢を。貴女が今度こそ本当にアレクサンダーと一緒になることを選んでくれて、本当に嬉しいわ！」

王妃殿下のあまりに温かい言葉に、胸がいっぱいになる。前世も今世も、私はなんと幸せな人間なのだろう。このように温かく優しい方々から、こんなにも愛していただいて——。

それにしても、お二人は本当に当時から私とアレクサンダーが結ばれることを望んでくださっていたのか。当時は露《つゆ》ほども気づいていなかったから驚きだが、今思えば、思い当たる節《ふし》はある。

というのも、王妃殿下と国王陛下は夫婦仲が大変よく、私はよく惚気話《のろけばなし》を聞かされていたのだ。敬愛《けいあい》する国王ご夫妻の仲睦《なかむつ》まじい様子を間近で見守れるのはとても嬉しかったが、当時の私はそういうこと全般に恐ろしく疎《うと》かったので、王妃殿下にとって決してよい話し相手ではなかったはずだ。

にもかかわらず王妃殿下はよく私に「恋も結婚も本当にいいものよ。間違いなく、人生の最高の喜びのひとつなの。だからナターリエ、貴女も仕事や研究ばかりではなくちゃんと幸せな恋もして、誰よりも幸せになってね」などと言っていた。私には全くその気がないのだと何度も伝えたのだが、王妃殿下はいつもそう話を締め括《くく》っていたのだ。

今なら、わかる。あれは恋愛願望《れんあいがんぼう》も結婚《けっこん》願望も全くなかった私を少しでもその気にさせるための、王妃殿下のなんとも優しい策略《さくりゃく》だったようである。

「アマーリエ、今日はアルノルトとクリスタのお墓参りに、アレクサンダーと行ってきたのよね？」

「左様でございます」

「私にとってクリスタは、本当に大切な友人だった」

そう、私の師《し》であるリースリング先生を介《かい》して出会った国王陛下と父アルノルトは主君と臣下の関係を超えた友情を育《はぐく》むことになったが、アルノルトの妻でナターリエの母であるクリスタもまた、王妃殿下のよき友となったのだ。そして陛下を庇って父が亡くなった後も、二人の友情は変わらず――いや、一層強い友情で結ばれることになった。

「……私が、彼女を看取《みと》ったの」

「王妃殿下が、母を看取ってくださったのですか!?」

王妃殿下は悲しい微笑みを浮かべ、私の手をそっと握った。

「クリスタの最期《さいご》はね、笑っていたの。その理由を――どうしても貴女に、話しておきたかった」

母が……「悲劇の人」と呼ばれた母が、最期のときに笑っていた……？

「貴女が毒殺されたあとクリスタは憔悴《しょうすい》しきって、以前にも増して病床《びょうしょう》に伏《ふ》しがちになっていたの。だけどエドワードが――陛下がね、アレクサンダーが『転生魔法』を使ったようだと、彼女に伝えたのよ。本当はその時点ではまだ『転生魔法』が成功しているかどうかわかっていなかったのだけど、それでも、それが少しでも彼女の生きる希望になればと思ったの」

この話を聞いた母は、泣いて喜んだという。それでアレクサンダーにお礼を言いたいと懇願《こんがん》したらしいが、そのときまだアレクサンダー自身が「転生魔法」の反動《はんどう》から回復《かいふく》していなかった。初めお二人は禁忌《きんき》の魔法である「転生魔法」を使用したことで彼らの息子《むすこ》であるアレクサンダーが寝込んでいることを私の母に伝えるつもりはなかったようだが、彼女に会わせられない理由を説明するためにやむなくその事実をお伝えになると、私の母は本当に申し訳ないと言って泣きながら、心からの感謝の言葉を何度も述《の》べたそうだ。

「彼女はね、貴女が再びこの世界に転生してくるということはもちろんだけど、自分の命をかけてまで転生を切望《せつぼう》されるほど、貴女が深く愛されていたことがなにより嬉しいと言って、泣いたのよ。アレクサンダーや私たち、そして国中の人たちが貴女の死を心から悼《いた》んでいることに、貴女がどれほど多くの人に愛されていたかを実感するのだと。そんな貴女を心から誇《ほこ》りに思うと」

——涙が、溢れて止まらない。

「クリスタは言ったわ。愛する人と一緒になり、あの子の母親になれて、本当に幸せな人生だったと。もっと長く一緒にいたかったけれど、それでも二人と生きた全ての時間が私の宝物だったのだと。結局、彼女はアマーリエ、貴女が生まれる前に亡くなってしまったけれど、それでも最期のときに、とても幸せそうに微笑みながら、私に言ったの。もし本当にナターリエが転生してきたら、伝えてください。母は貴女と、貴女のお父さんと一緒に生きることができて、本当に幸せだったと。そして貴女を心から誇りに思うと。ナターリエ、愛しているわ。今度こそ誰よりも幸せになってね……と」

母の残してくれた愛に満ちた言葉と、母の最期を看取り、私を優しく抱きしめながらその「最期の言葉」をこうして私に伝えてくださった王妃殿下の温かさに、とめどなく涙が溢れてきた。

——本当はもっと、ずっと、一緒に生きていたかった。父とも、母とも。でも運命は時に残酷《ざんこく》で、私たちのそんな思いなんてお構いなしに、突然の終わりを私たちにもたらすことがある。

でも、それで全てが消えてなくなるわけではないのだ。だって、父と母と私が共に生きたあの日々が、あの幸福な過去までもが、消えてなくなるわけではないのだから。私とアレクサンダーの中に、国王陛下や王妃殿下の中に、あの二人の残した言葉が、記憶が、確かに残っているのだから。

「王妃殿下、本当に……本当にありがとうございます。母の最期を、看取ってくださって。そして、母の最期の言葉を――私に、伝えてくださって……」

「貴女にちゃんと伝えられる日が来て、本当によかった。貴女とアレクサンダーが一緒になる日が来なくとも、貴女が誰かと結婚する時に伝えるつもりだったの。でもこうして……貴女を私たちの家族として迎えることができる、もっとも喜ばしいかたちで貴女にこの言葉を伝えることができて、私は本当に嬉しいわ」

国王ご夫妻への深い感謝の想いを感じつつ、その後もナターリエの頃の思い出話や私の両親との思い出話に花を咲かせた。一時、アマーリエとしての私とアレクサンダーとの馴《な》れ初《そ》め（といっていいのだろうか？）に興味津々《きょうみしんしん》のお二人による猛烈《もうれつ》な質問攻撃に気恥ずかしさで死にそうになったものの、その夜、私はとっても幸せな気持ちに包まれながら、十七年ぶりの国王ご一家との晩餐《ばんさん》を心ゆくまで楽しんだのだった。

二章　捜査

　さて翌朝、私はなぜかまたアレクサンダーのベッドの上にいて、しかもまた彼にしっかりと抱きしめられた状態で目覚《めざ》めることになった。

「おはよう、私の愛《いと》しいアマーリエ」

「お、おはようございます……アレクサンダー」

　――さて、昨夜はどうしてこうなったんだっけ⁇

　国王ご夫妻との晩餐会《ばんさんかい》のあと、そのまま王宮に泊まることになるというのは理解していたものの、どこかにお部屋をご用意いただき、そこで休ませていただくことになるのかなと思っていた。

　だがそれではいざという時に守れない、少なくとも同じ部屋にいてくれないと、などと彼が言うので、それもそうかと昨夜同様に彼の部屋に泊まることになった。ただ、当然ベッドはひとつしかないから、やむなくまた同じベッドで一緒に寝ることに。

　でもまあ大きなベッドだし、二人で寝ても十分な広さがあるだろうと（内心ドキドキしていたが、昨日も一日盛りだくさんで疲れていたこともあり）、わりとすぐに眠り込んでしまった――のだが、どうしてまた、今朝《けさ》もこんなにしっかりと抱きしめられているんだ⁉

「あっ――あの、確か昨夜は普通に並んで眠ったと思うのですが、いったいどうしてこんなことになっているのでしょうか……？」

「なんだ、すっかり忘れてしまったのか？」

「えっ？」

「君から先に、私に抱きついてきたんだよ？」

……は!?

「う、嘘《うそ》っ――！」

「本当だよ？　君って人はベッドに入って十分もしないうちに、(人の気も知らないで) 完全に安心しきった顔で気持ちよさそうに眠ってしまったわけだが……私のほうは、なかなか寝付けなくてね。それで、一時間ほど経《た》った頃《ころ》だったか。寝返りを打った君がころんと転がってきて、そのまま私の胸に飛び込んできたんだ」

なっ――なんてことをしてるんだ、自分!?　だが、思えば心当たりがないでもない。夢の中にアレクサンダーが出てきて、とっても甘い笑顔《えがお》で「こっちにおいで」と言うものだから、思わず抱きついてしまったのだ。もしやあれって、半分くらい現実だったのだろうか……。

「そのあと、君が寝言でなんて言ったか、教えてあげようか？　『アレクサンダー、大好きです。私、貴方《あなた》の匂いが本当に大好――』」

「わーっ！　もうそこまでで大丈夫です！」

「あっ、思い出してくれたんだ？」

とっても満足げに笑うアレクサンダーと、自分では見えないものの、たぶん恐ろしいほどに顔が真っ赤になっているだろう私……。

くっ……でも仕方ないじゃないか！　だって本当にうっとりするようないい匂いがするんだもん、この人！　こうして抱きしめられている今だって、ものすごく落ち着くし……。まあ、だからって「貴方の匂いが大好き」なんて本人に直接伝えてしまったなど、恥ずかしすぎるけども。

「おかげで、昨夜はなんとも幸せな拷問《ごうもん》を受けているようだったよ。あんな可愛《かわい》いこと言われても、そっと抱きしめるだけで、一晩耐え抜いたんだ。本気で誰かに褒《ほ》めてもらいたい気分だよ」

「幸せな……拷問？　あっ！　やはり二人で寝づらかったのですね!?　まさか一晩眠れなかったのですか!?　ああもうっ、ですから私は別のお部屋に泊まらせてくださいと申し上げたのに！」

「……ナターリエからアマーリエになったことで鈍感《どんかん》さはましになったと思っていたが、どうやらたいして変わってないようだな。ああ、これでは先が思いやられるな」

アレクサンダーはなぜか呆《あき》れ顔《がお》で笑うと、私の額《ひたい》に優しくキスをした。でも、私が鈍感とは……？

朝の身支度《みじたく》を済ませた私たちは、すでに朝食の準備ができているという食堂へと向かう。

「いくら人払いを済ませているとはいえ、私もご一緒してよろしいのですか？」

「もちろん、問題ない。そもそも君はもう『レガリア』なのだから、すでに王族入りしているのだ。だからこれからはもう、王宮のどこでも自由に出入りして構《かま》わないんだよ？」

「ですがまだ婚約も、貴方の『レガリア』になったことも、公表したわけではないですし……」

「ああ！　早く婚約発表の日が来ないかな!?　そしたら君はもう私のものだということを世界中の奴《やつ》らに宣言できるのに！　それに婚約発表後は私ももう王宮での生活に戻る訳だから、君もここに住んで、毎日一緒だ！　夢みたいだ」

「えっ!?　婚約を発表したら、私もすぐこちらに移り住むのですか!?　それはちょっと……」

「嫌《いや》とは言わせないからね。私の側《そば》を離れないと言ったじゃないか」

「で、ですが……！」

「王太子殿下《おうたいしでんか》、ローゼンハイム嬢《じょう》、おはようございます。本日は朝食を時間通りに食堂にてお召し上がりいただけますこと、誠に嬉《うれ》しく存じます」

　さすがは毒舌執事《どくぜつしつじ》。この完璧《かんぺき》主義の執事は昨日の朝も私たちのために朝食を完璧な状態で準備していたのだろうが、私たちがなかなか食べにいかなかったばかりか、結局食堂では食べずに急遽《きゅうきょ》軽食としてまとめ直させて馬車で食べたものだから、ちょっとばかり嫌みを言っているらしい。

「ところで王太子殿下、本日は通常通り、朝から魔法騎士団《まほうきしだん》の訓練があることをお忘れではないですね？」

「あっ――そうだった」

「はあ……。すでに制服などの準備はできておりますので、お食事が終わりましたら直接訓練場へお向かいください。目と髪の色をお変えになるのをお忘れなく」

　なんか、小言《こごと》の多いお母さんみたいだな、と笑ってしまう。

ポートマン執事は、昔からそうなのだ。「大変有能《ゆうのう》なのだが、その毒舌と小うるさいところがたまらん！」と国王陛下《へいか》がいつも言っていた。

「魔法騎士団の訓練に行くのが嫌なんて、はじめてだな。はあ、もう少し君とゆっくりしていたかったのに」

私たちは一緒に食事をとった。時間がなくなったのでアレクサンダーは準備のために先に行ったが、「君はゆっくりしてね」と言って、また不意打《ふいう》ちでキスされた。

「デザートは、いつものでよろしいですか」

「ええ、ありがとう」

――あれ？　聞き間違えかな？

ポートマン執事は、ラズベリーのタルトを持ってきた。

「お口に合いますでしょうか？」

「はい、とても美味《おい》しいですわ！」

やはり聞き間違いか。しかしこのラズベリーのタルトは、とても懐《なつ》かしいな。ナターリエの頃に大好物だったが、今食べてもやはり最高に美味しい。

「今もお料理は苦手《にがて》で？」

「失礼ね！　これでも今はわりと――」

「やはり……貴女《あなた》、プリングスハイム先生ですね」

「えっ!?」

「おかしいと思ったのです。あの方のあの表情は、幼い頃から貴女にしかお見せになりませんでしたから」

「あ、あのっ——！」

「殿下は変わりませんね、ずっと貴女様から離れない。——お隠しになっても無駄《むだ》です。最初から、おかしいと思っていたのです。あの方が急に『パートナー』を連れて舞踏会に出ると仰《おつしや》り、しかも、そのお相手の方に公衆《こうしゆう》の面前《めんぜん》でキスをしたというのも伺《うかが》いましてね。最初は気でも触れたかと思いましたが……今朝、あの方の貴女に向ける表情を見て、確信しました」

なぜバレたんだ⁉

「……どなたからお聞きになって？」

「ただの、勘《かん》です。細かい事情は存じ上げませんが、貴女のご年齢などから、転生されたのかな、と容易に推測できました。オズワルド様がアレクサンダー様として転生されたのも、存じ上げております。私は王太子殿下を赤子の頃から見ておりますので、あの方の表情からお心を読むことなど造作もないことです。ましてや、殿下は転生されたので二回分ですよ？」

そんなものなのか——⁉

「それにしても……あの執着心《しゆうちやくしん》の強い王太子殿下からせっかくお逃げになれたのに、わざわざ若く、お美しくなってお戻りとは……。殿下には、これ以上ないご褒美《ほうび》ではございませんか」

「ちょっ——ポートマン執事！」

「はははっ！　まあ、言わせてください。私も嬉しいのです。殿下は貴女の死後、貴女を殺した者たちへの復讐心《ふくしゆうしん》だけで生きていらしたのです。ですから、たとえお相手がどんな女性であっても、あの方を再び笑顔にした方に会ってみたかった。しかし先程この部屋にお二人がお入りになった瞬間、私はとても懐かしい空気を感じました。そして殿下の表情を見て、すぐにわかりました。あれは殿下が、プリングスハイム先生にだけお向けになる特別な表情でしたから。もちろんはじめは、殿下は愛する方にだけあの表情を向けるのだろうとも思いましたが、貴女とお話しする殿下のご様子はもちろん、貴女の反応もプリングスハイム先生とそっくりでしたからね。ご安心ください。もちろん誰にも言いません。ただ、どうか言わせてください。おかえりなさいませ。私たちはずっと、貴女のお帰りをお待ちしておりました」

まさか、こんな形で転生がバレるとは思わずとても驚いたが、ポートマン執事の温かな言葉に、胸がじんわりと温かくなった。それにしても、勘のいい人がいるものだ。彼が有能執事な訳だ。

さて、久々に今日は何もする予定がない。もちろん真の黒幕の調査はするのだが、いったいなにから手をつければいいだろうか。

ひとつ思い浮かぶのは……そうだ、気分転換もかねて、あそこに行ってみるか！

準備のために一度屋敷に戻ると、ローラが凄《すご》い勢いで現れた。

「お嬢様！　二日間も全くお屋敷にお戻りにならないなんて、いったい、何があったのですか⁉　ご主人様や奥様は『心配しなくていい』と仰るだけでなにも教えてくださらないですし！　もしや魔法騎士団長様となにか――」

「ローラ、その話はあとにしましょう。それよりもね、今から少し町に出ましょうよ！　ちょっとお買い物がしたいの。それも――お忍《しの》びで！」

「お忍び」というのはときどきローラと一緒に町娘っぽい格好《かっこう》をして行う、「お忍び散策」のことだ。

公爵令嬢《こうしやくれいじよう》の姿はどうしても目立つので、これが気楽でいい。

今は特に魔法騎士団長様との噂《うわさ》のせいで、そうでなくとも有名になってしまった。だからこそ、お忍びスタイルが最適というわけだ！

ローラは事情を教えてもらえなくて不満《ふまん》げだが、「お忍び散策」は彼女も大好きなので、結局は機嫌《きげん》よく付き合ってくれることになった。

「お嬢様！　今日はどこへ参りますか？」

「ええと、たとえば露天商《ろてんしよう》が多いのって、どのあたりかしら（本当は知ってるけどね）」

「……露天商ですか？　でも露天商なんてぼったくりばかりですし、その辺は治安《ちあん》もそんなによくないですよ？」

「大丈夫よ！　危ないところには行かないから、ねっ！」

「……仕方ないですね。では、安全なところだけですよ!?」

こうして私たちは、王都の西側にある有名な大通りにやってきた。美しい青空の下、通りの至る所に露天商が大きな布を広げ、国内外から集められたさまざまな物を売っている。

明らかに偽物《にせもの》の宝石や、絶対に効果のないような呪《のろ》いグッズなどもあってすごく胡散臭《うさんくさ》いのだが、それが逆に魅力的で、アマーリエとしては初めて来るが、ナターリエの頃はしばしばここを訪《おとず》れたものだ。

「ほら！　おもしろいものばかりじゃない！」

「でも偽物も多いですから、気をつけてくださいね！」

十七年以上ぶりか――。品揃《しなぞろ》えもかなり変わっている。だが雰囲気《ふんいき》は当時のまま、活気に溢《あふ》れた民の生活を直《じか》に感じられる場所だ。

とはいえ、今日はただこの雰囲気を楽しみに来たのではない。可能であれば――魔法薬の売買をしている人たちと接触したいのだ。全くの無駄足になるかもしれないが。

「……アマーリエ？」

驚いて振り返ると、そこにはエーリカがいた。

「エ……ディートリッヒ伯爵《はくしゃく》夫人！」

「貴女、そんな格好して、ここで何をしているの!?」

「あ、あの……侍女《じじょ》のローラと一緒に『お忍び散策』をちょっと……」

「はあ。ローラさん、ちょっと彼女とお話しがあるから、ここで待っていてちょうだいね」

「承知しました、伯爵夫人！」

エーリカが私を人気《ひとけ》のないところへ連れて行った。

「はあ……それにしても貴女、どうやってここの情報を摑《つか》んだの？　まだ、クラウスしか知らないと思ってたのに」

「えっ、なんのこと？」

「あら、例の闇売人《やみばいにん》の件で来たんじゃないの？」

「あ、そうだけど、適当に当たりをつけて来てみただけよ」

「さすがのナターリエね。勘がいいわ。貴女、恋愛と料理以外はなんでも天才的だったものね」

「……。それで、情報を摑んだって、どういうこと？　やっぱりここになにかあるの⁉」

「ねえ、王太子殿下は今日貴女がここに来てるのをちゃんとご存じなのよね？」

「彼は知らないけど——でも、わざわざ報告することでもないでしょ？　ローラとの『お忍び散策』はいつもしてるし！」

　エーリカは深くため息をついた。

「はあ。貴女、本当にわかっていないわね。どうしてそんなに恋愛に関してだけ疎《うと》いのよ？」

「……？　どういうことよ？」

「王太子殿下の性格をわかってなさすぎる！　そんな町娘の格好で護衛もなくこんな場所を歩いているのがあの殿下に万が一にもバレたら……。ねえ、悪いことは言わないから、今日はもう貴女はこのまま帰りなさい」

「えっ⁉　だって、今来たばかりなのに！　私がここを好きなの知ってるでしょ⁉　大丈夫よ。危ないことはしないし、ローラだっているんだから。それに、私には魔法があるもの！」

「はあ……貴女は昔から言い出したら聞かないのよね。なら、少し見たら帰るのよ？」

「帰る帰る！　それより、さっきの情報って何？」

「貴女には教えられないわ。教えたらどうせ、自分で探そうとするでしょう？」

「しないわよ！　あとでアレクサンダーに伝えるだけにするから！　ね、だから教えて！」

「……まあ、いいわ。そもそもこの情報だけじゃ、どうにもならないだろうし」

エーリカは例の闇売人を捕らえた場所をクラウス様から上手《うま》く聞き出し、露天商の集まるこの大通りから入った小さなどこかの路地《ろじ》だったらしいこと、そしてその路地のどこかに彼らの拠点《きよてん》がある可能性が高いというところまでは突き止めたそうだ。

「私もただの様子見で来たのに、貴女がいるから驚いたわよ。とはいっても、小一時間くらい見たけど特に怪しいものもなかったし——私はこのあと用事があるから帰るわね。貴女も、少し面白いものを買ったら帰るのよ？　昔みたいに、わざと変なものばかり買わないように！」

……。

エーリカと別れてすぐにローラのもとに戻ると、そこにはまさかのルートヴィヒ様がいた。

「ああ、やっと戻って来たね。ローラを見かけたから、アマーリエ嬢もいるのではないかと思って声をかけたんだけど……それにしても、まだやっていたのか、『お忍び散策』」

「あら、ルートヴィヒ様、ご存じだったんですね……」

「貴女はどうしても目立つからね。だから、気をつけないといけないよ。いくら変装しても、所作《しよさ》っていうのはなかなか隠せない。貴女が貴族のご令嬢であることは、わかる人には一瞬でわかってしまうんだから。俺は用事でもう行くけど……すぐ帰るんだよ？　そうでないと、魔法騎士団長様もご心配なさるだろうから」

なんで皆、アレクサンダーのことばかり言ってくるんだ？　私が自由時間に何したって構わないじゃないか！　――恋人がいるって、そういうものなのか？

あ……そういえば、その闇売人は貴族的だったと言っていた。さっきから商品ばかり見ていたが、もしかすると、貴族っぽい売人を探してみるのもアリかな？

というわけで私は、露天商の商品ではなく露天商本人を見て歩く、謎《なぞ》のウインドウショッピング（？）を開始した。

こうして改めて見ると、異国人も多い。異国人は、顔立ちや肌の色的に南の国からの商人が多数を占めるようだ。確かにその辺りの商品は、大陸の北の方に位置するこの国では珍《めずら》しいからよく売れるのだろう。

かれこれ二時間くらい見ただろうか。やはりそう簡単には見つからない。ローラもそろそろ疲れてきたはずだ。今は……十五時過ぎ。うん、そろそろ帰ろうか――あれ？

――!!　ああ、確かにすぐわかる。あれは少なくとも、平民ではない。

その商人はごく普通の商品を布の上に並べ、愛想《あいそう》よく接客していた。しかし、この二時間の間、ずっと商人ばかりを観察してきたからわかる。他の人とは違い、明らかにその所作が洗練《せんれん》されている。あれは間違いなく、貴族の出の者だ。

私はバレないようにその商人の接客の様子を観察した。口調、仕草《しぐさ》など、それらしい雰囲気を出しているが――やはり、上品すぎる。

「お嬢様、先程から長いことこちらにいらっしゃいますが、他はご覧《らん》にならないのですか？」

「ちょっと待ってね。少し買おうか悩んでいる物があって」

「……そうなんですか。まあいいですけど、あまり遅くなるのもなんですし、そろそろ帰りましょうね？」

「お願い！　あともうちょっと……あっ」

「……べきところへ戻せ」

「承知した」

今、なんと言った!?　はっきりは聞こえなかったが、確かに「……べきところへ戻せ」と――。

そしてその直後、露天商は並べた品からではなく、自分の懐《ふところ》から小さな包みを取り出し、それを金銭と交換した。

……！　やはりあれは合言葉かなにかなのかもしれない。となると……アレクサンダーか誰かに伝えるべきか？　いやしかし、露天は陽の落ちる前の十六時までだ。遅くなれば――取り逃がす。

よし、今行くしかない。賭《か》けにでるか。

「あの……」

「どれが欲しいんだい、お嬢ちゃん」

「『あるべきところへ戻せ』」

「――！　お前。意味はわかっているのか？」

「はい」

「……ちょうど、今はもうない。あとで渡す。しばらく待ってくれ」

「わかりました」

やはり、なにかある。

「……お嬢様？」

「ローラ、私ちょっとこの人から買うものがあるんだけど、今ここにはないんですって。それだけ貰《もら》ったら帰るから、貴女はしばらくどこか好きなところを見ててね」

「駄目《だめ》ですよそんな、現物がここにないようなもの、絶対に怪《あや》しいです！」

「大丈夫、私はそれが何か知っているもの」

「……お嬢様、またなにか隠していますね？」

「……」

「仰っていただけないなら仕方ないですが……では、私も一緒にいます。こんなところでお嬢様をお一人にはできません」

しばらくして、先の露天商の男が早めに店じまいして、こちらにやって来た。

「君も来るのか？」

男はローラに言った。

「駄目でしょうか」

「……別に構わない。それでは行くか」

男は路地裏の店に私たちを案内した。この通りは薄暗く、人気がない。ローラを連れて来たのは失敗かもしれないな。もし危険な状況になったら、魔法を使わねばならないから。

「ここの地下だ」

「……地下ですか？」

「ああ」

地下に誘い込まれるのは……さすがに怖いな。

「あの、ここで受け取りたいのですが」

「……どうやって知った？」

「は？」

「あの言葉だ。誰から聞いた？」

「言わなければいけませんか？」

「言わないなら、売らない」

「……そうですか。なら、出直します」

これ以上は危険だ。店の場所もわかったし、このまま退散――。

「そんなこと、できると思うか？」

「えっ？」

「お前が怪しいから、なぜあの言葉を知っているか聞いたんだ。それで、理由を言わない奴を……どうしてただで返すと思うのだ？」

おっと……これはよろしくない展開だ。

ガチャ！

出入り口から、明らかにならず者っぽい男たちが入ってきた。ああ、これはガチなやつだな。

「お嬢様……！」

「ふっ、やはり貴族のご令嬢か。そんな格好をしていてもすぐにわかるな。それに、非常に美しい顔をしている。すぐに殺すつもりだったが——せっかくだから存分に楽しませてもらおうか」

はっ！　馬鹿な奴め。私を誰だと思ってるんだ。元ナターリエ・プリングスハイムだぞ？　魔法を使えば、お前たちなど一瞬で倒せる。ただ……ローラに魔法を使う姿を見られるのだけは困るが。

「なんなんだその、人を馬鹿《ばか》にしたような目は!?」

「貴方も貴族でしょう？　どうしてこんなことをするのです？」

「——貴族ではない」

「嘘です。貴方が私を貴族令嬢だとわかったように、貴方がどんなに乱暴な言葉遣いを真似《まね》ても、その発音の美しさ、洗練された所作から、貴方が貴族、それも上位貴族であることがわかります」

「そうか。……なら、ますます生かしてはおけないな」

そう言うと、その男は私の腕をガッと摑んだ。その突然の行動に私は一瞬だけ強い恐怖を感じたが、すぐに魔法で応戦しようと構えた。もうこうなれば、ローラがどうとか言ってられまい！

その瞬間、バンッ！　と男が壁に跳《は》ね飛ばされた。

「お前、魔法使いか……！」

あれ？　まだ使ってないのに……？

その次の瞬間に私が目にしたのは、私を守るように抱く、アレクサンダーの姿だった。

「私の妃《きさき》に手を触れるな！」

「ア……オズワルド様!?」

それとともに、目の前の男たちが泡を吹いて倒れた。彼の魔法攻撃を受けたのだ。

「アマーリエ！　怪我《けが》はないか!?　奴らに――なにもされていないか!?」

「ええ、腕を掴まれただけです。でも、どうしてここが……？」

「君は『レガリア』なのだ！　君に危険が迫れば、私にわかるに決まっている！」

ああそうか、さっきの魔力はアレクサンダーのものだったのだ。彼の「レガリア」である私の身に危険が迫ったために、私の中に留まっている彼の魔力が発動した。その強力な魔力の発動によりアレクサンダーは私の居場所を感知し、一瞬でここに転移することができた、ということだろう。

「お……お嬢様……！　怖《こわ》かったです……!!」

「ローラ！　本当にごめんなさい。貴女まで巻き込んで、怖い思いをさせてしまって……」

アレクサンダーが私を一層強く抱きしめた。その身体《からだ》は――はっきりと震《ふる》えている。

「なぜ……！　なぜこんなところにいた!?　それも、そんな庶民の格好で！」

「あの、これには訳が……」

「いや、いい。ここで話すようなことではない。少し待て」

「……」

おおっとこれは、ものすごく怒ってらっしゃる……？

「団長！」

そこへクラウス様を筆頭に、魔法騎士団員たちが部屋の中になだれ込んできた。

「来てくれたか。急に呼び出してすまない。この男たちを全員捕らえてくれ。それから、この店にあるものを全て回収し、捜査を行うように。こいつらは犯罪者集団だ——そのうえ、もっともしてはならないことをしようとした。考えるだけでも、万死《ばんし》に値《あたい》することを」

「——！　承知しました！」

「それと、このローゼンハイム家の侍女を屋敷に返してやってくれ。私は本件に関し、ここにいるローゼンハイム公爵令嬢にいくつか聞きたいことがある。この場は君に任せるが、いいか？」

「はっ！　承知しました！」

それから彼は終始無言のまま、私を「移動《テレポルタティオ》」で、ある場所に移動させた。

ここは……広い個室の、仕事部屋のようだ。大きな机には書類の山、壁際には数々の賞状や勲章《くんしょう》、トロフィーなどが飾られており、天井付近には我が国の国旗と国章などが、高々と掲《かか》げられている。

「あの……ここはどこですか？」

「——魔法騎士団長執務室《しつむしつ》だ」

ほお、そんなのがあったのか。確かに魔法騎士団長は執務を行う必要があるから、こういう部屋もなければ困るか。

「あの、アレクサンダー……？」

「ここでは私はオズワルド・グリュンシュタイン魔法騎士団長だ。そして貴女、アマーリエ・ローゼンハイム公爵令嬢は、私から尋問《じんもん》を受けることになる」

「……尋問」

これは……予想以上に本気で怒っていらっしゃるようだな。あっ、それとも、ガチの尋問案件ということなのだろうか⁉　あれか！　一般人は捜査行為をしてはいけないというやつ――！

「そもそも貴女は今日、どうしてあそこにいたのです？」

いつもよりも低めのその声は、怒っているからなのか魔法騎士団長として尋問しているからなのかわからないが（どっちもな気もする）、いつになく威圧感がある。今まで優しくて甘い彼しか知らなかったが、確かにこの雰囲気だと噂通り、ものすごく近寄りがたい人に感じるな……。

「私の尋問を受けているときにほかのことを考える余裕があるとは、大したものです」

笑顔が、怖い怖い！　確かにこの笑顔で凄まれたら、普通の人なら震えあがるだろう。とはいえアレクサンダーがどんなに優しい人か知ってる私は、やはり本気で恐ろしいとは思えないわけだが。

「お恥ずかしながら、侍女のローラとはときどき『お忍び散策』というのをしているのです。貴族令嬢の格好ですと目立ちますし、ああいった場所では鴨《かも》にされます」

「だからそんな庶民の、無防備な格好で？」

「え？　……ええ、まあ」

無防備というか……動きやすい服装、と言ってほしい。普段の令嬢のドレスは着るのも脱ぐのも大変だし、動きも制限される。ナターリエの頃だって、非常に簡素《かんそ》な服を着ていたではないか。

「ではどうして、あんな『ならず者たち』に囲まれるようなことになったのです？」

「あ――それは、あの露天商のところに来た客が例の、『あるべきところへ戻せ』というフレーズと思われる言葉を発するのを偶然耳にして、そうしたらあの男が、懐から客に何か渡すのを見て……」

「何!?」

「それで、試《ため》しに私もあの男に例のフレーズを言ってみたのです。もしかすると例のものを買えるのではと思って。そうしたら今ここにはないと言われたので、それを受け取りに、あの店に――」

「なっ――！　やはり自分からついて行ったのか！　なぜ奴との接触を図る前に、その情報を私に伝えなかったんだ!?　私にやらせればよかっただろう!?」

「それは……まだ魔法騎士団の訓練のお時間でしたし、時間がかかれば取り逃がすと思い――」

「訓練など――！　私は、君が呼べばすぐに行く！　それなのに、どうしてこんな無茶を!?」

「お言葉ですが、あれくらいの男どもでしたら、私の魔法でもすぐに倒せます！」

「腕を掴まれていたではないか！」

「あれは、突然のことだったので避《さ》けられなかっただけです。もちろん助けに来ていただいたのはありがたかったですが、あれくらいのこと自分でも対処でき――きゃっ!?」

気づくと、アレクサンダーが私を痛いほど強く抱きしめていた。

「突然、どうなさったのです!?　これは、魔法騎士団長の尋問ではなかったのですか!?」

「君は――わかっていない。何もわかっていない！　昨日私にあんなことを言っておいて……安心しろと、もう決して私を独りにはしないと言っておいて！　私がさっき、君をどんな想いで探していたと思う!?　いったい私が、どんな想いで――！　ああ、君はわかっていないのだ、何も！」

ぎゅうっと、少し痛いくらいに彼は私を強く抱きしめ、そのまま沈黙してしまった。

「……アレクサンダー？」

「――訓練の休憩時間に、ディートリッヒ伯爵夫人がクラウスを訪ねてきたんだ。そのとき彼女から、今日偶然あの大通りでアマーリエと会ったのである情報を伝えたが、もう聞いたかと尋《たず》ねられた。まだだと答えたら、彼女は私にその情報を教えてくれたが……その内容を聞いて、嫌な予感がしたんだ。君の、というかナターリエの性格上、そういうことを知ったら、誰にも言わずに自分で調べに行きそうな気がして。案《あん》の定《じょう》、君は昼過ぎに出かけたきり、まだ屋敷に戻っていないという。私は急いであの場所に行って、君を探し回って――だが、どこにもいない！　本当に、不安で死にそうだった！　そんなときに『レガリア』の守りが発動して――君がすでに、何者かに襲われていると思った。そのときの私の気持ちが、君にわかるか!?」

「で、ですが先程も『レガリア』の守りが発動して、貴方の魔力が私を守ってくださいました！　そうした危険は、私が『レガリア』であることである程度は回避できるのでは――」

「そういう問題じゃないだろう!?　実際、さっきだって腕を掴まれていた！　たった一瞬でも、相手を傷つけることはできるのだ！　それが決定的なものでなくとも、深い心の傷として残るようなことだってできるんだぞ!?　それなのに君はそんな格好で護衛すら付けずに出歩いて、あまりに無防備だ！　いくら魔法が使えたって――たとえば睡眠薬をもられたらどうする!?　抵抗する隙《すき》すらなかったら!?　君は君が自覚している以上に美しく、魅力的な女性なんだ！　あの男たちが君をどういう目で見ていたのか、わからなかったのか!?　もしあいつらが君に何かしていたら、八《や》つ裂《ざ》きにしても飽き足りないところだ!」

激しい怒りの感情を露《あらわ》にした彼の様子に驚くが、そのときようやく私は気づいた。彼の身体は、今もはっきりと震えている。そっと彼の手に触れると、その手は驚くほど冷え切っていた。

不意に、彼の手に触れている私の手が、ぎゅっと握《にぎ》りしめられる。すでに身体も強く抱きしめているのに、私が本当にそこにいることを確かめるみたいに握りしめるのだ。それから聞こえてきたのは、小さくすすり泣く声……。

——ああ、私はなんてことをしてしまったのだろう。

本当に、平気だと思ったのだ。実際、魔法を使えばあんな奴ら、私の敵ではなかったはず。でも、たとえそうだとしても、私は絶対にこんなことすべきではなかった。

私はまた彼を不安にさせたのだ。また私がいなくなるかもしれないという恐怖を、彼の心に呼び起こしてしまった。ああ、どうして思い至らなかったのか。私を再び失うことを彼が何よりも恐れていると、わかっていたのに。昨日あんな風に涙する彼を見て、もう絶対に彼を悲しませるまいと心に誓ったのに——。

「本当に……本当に、ごめんなさい。貴方の気持ちをちゃんと考えるべきでしたのに……。貴方をまた不安にさせて悲しませるようなこと、もう絶対にしたくなかったのに……!」

一度溢れ出した涙は、もう止められなかった。私が泣き出したことに驚いたアレクサンダーが、何度も何度も優しく涙を拭《ぬぐ》ってくれたが、それでも涙は止まらなかった。それどころか、私が彼に酷《ひど》いことをしたのに、泣き続ける私をものすごく心配して慰《なぐさ》めようとする彼の優しさで、もっと涙が溢れた。

　涙が止まってしばらく経ってからも、私はまだアレクサンダーの胸に抱かれている。

　実を言うと、ちょっと今、気恥ずかしくなっていたりする。というのも、そもそも勝手なことをして彼に心配をかけて、それで叱られて泣いてそれを彼に慰めてもらった挙句《あげく》、そのままこうして彼に甘えているなんて、あまりに子どもっぽいじゃないか。

　だがこの状況……とっても心地《ここち》よいのだ。思いっきり泣いたことで適度な疲労感があるとともに、なんだか胸がすっきりしていて。そんな状況で、大好きな彼が私を優しく抱きしめたまま、背中をとんとんと叩《たた》いてくれていて。

　絶対的安心感と深い愛情に包まれて、本当に赤ちゃんにでもなってしまったような気分だな……どうやら私、かなり甘《あま》えん坊《ぼう》な性格なのかもしれない。

「ふふっ」

「……今、笑ったのか？」

「あっ……い、今のはその――！」

「人を散々心配させて、それで私が怒ったら泣き出して、やっと泣き止《なや》んだと思ったら今度は笑うとは……君って人は本当に――」

「本当にごめんなさいっ！　その……しっかり反省すべきだとわかっているのに、こうして貴方に優しく抱きしめられていたらすごく気持ちよくて、とても幸せだなとか思ってしまって……それで、そんなすっかり甘えた子どもっぽさを自分で笑ってしまった、といいますか……」

何言ってるんだ、自分？　ああ、ダメだ。しっかり謝罪するつもりだったのに、言い訳とも言い難《がた》いレベルの無様な言い訳をしてしまった……。さすがに呆れられちゃったかなと、そっと彼の表情を窺《うかが》おうとするが、なぜか抱きしめる力がちょっと強くなって、身動きが取れない……？　その上、なんか身体が——小刻みに振動してる⁇

「くっ……くくくっ……」

「……アレクサンダー？」

「ぶはっ！　ははははははっ！」

えっ⁉　アレクサンダーがなぜか、爆笑してる⁉

「えっ、ど、どうなさったのですか⁉」

「ああもうっ！　本当に、君って人は‼」

「はいっ⁉」

ようやく笑いが収まってきたらしいアレクサンダーに、またぎゅーっと抱きしめられた。

「え、えと……？」

「好きだよ、アマーリエ」

「は⁉　あっ、いえその、もちろん私も貴方のことが好きですが……でも、どうして突然……？」

アレクサンダーは抱きしめていた腕をそっと緩《ゆる》めると、まっすぐ私と向き合って優しく微笑《ほほえ》んだ。

「ナターリエだった頃も、いつもそうだったね」

「……えっ？」

「私より一応は十七も年上だったし、魔法大臣としても私の師としても、とても立派にその役目を果たしていたから、ものすごく大人で落ち着いてるのかなと思いきや……貴女は意外とおっちょこちょいで、何かに没頭《ぼっとう》するとすぐに周りが見えなくなるし、何かと無茶もして——見ているほうは、すごくひやひやさせられた」

なんと。当時十七歳も年下の少年からそんな風に思われていたとは……心外《しんがい》だ。

「だが、私はそんな貴女が好きだった。周囲が見えなくなるほど好きなことに夢中になって、毎日を心から楽しそうに生きている貴女が好きだった。それに、そんな貴女の姿に大いに励《はげ》まされた」

——励まされた？

「覚えてるかな……貴女と魔力のコントロールの訓練を始めてから、ずいぶんと経った頃のことだ。貴女は日々、本当に驚くほどの根気強さで私に指導してくれた。だが、目に見えた進歩は何もなく、先が全く見えないなかで時間だけが過ぎていって——」

当時の、まだ幼い彼の姿が目に浮かぶ。他のことはなんでも一瞬で習得できてしまう天才少年が、人生で初めてぶつかった大きな壁だった。目に見える成果は出なくとも、彼は私の言葉を信じて日々弛《たゆ》まぬ努力をし続けていた。普通なら、もうとっくに投げ出してしまっていてもおかしくない状況だったのに、それでも彼は必死でその壁を乗り越えようとしていたが——。

「私はあの日、今度こそ本当に諦《あきら》めるつもりだと、貴女に伝えた」

そうだ、あの日。訓練の時間になってもアレクサンダーが勉強部屋に来ず、彼の私室を訪ねたら、扉に鍵をかけたまま部屋の中で独り泣いていた。それまでも似たようなことはあるにはあったが、少し不貞腐《ふてくさ》れるくらいで、あんな風に完全に塞《ふさ》ぎ込《こ》んだことは一度もなかった。

「『もう、来なくていい。貴女は優秀な人で、貴女にしかできないこともたくさんある。それなのに、こんな無駄なことに時間を割《さ》いてはもったいない』、そう私は言った。決して無駄なことではないとすぐに貴女は言ってくれたが、あのときの私はもう、どうしても自分を信じられなかったんだ」

ああ、はっきりと覚えている。彼は部屋に閉じこもったまま、扉の向こうから涙声で、続けてこう言ったのだ。

『いいや、無駄なことだ。皆の言う通り、私には魔力がないのだ。だから貴女がどれだけ優秀な人で、私に素晴らしい指導と訓練をしてくれたとしても、それはすべて徒労《とろう》に終わる。貴女のような貴重な人材の時間、この国の国民のために大いに意味があるだろうその大切な時間を私のような者のために割くなど、無駄以外になんだというのだ？』

今や世界一といえる魔力を持つ彼が、かつて「自分には魔力がない」と思ってあんな風に泣いていたなど、当時を知らぬ人々には到底信じ難い話だろうな。思わず、笑ってしまいそうになる。

でもそれは、今だからこそ笑えるのだ。当時の彼の努力は並大抵のものではなかったし、なのにそれが全く報《むく》われないことの苦しみは、計り知れなかったはずだ。もっとずっと早くに音《ね》を上げていても、少しも不思議ではなかったのだ。

「だが、私が吐《は》いた弱音に対し、貴女は毅然《きぜん》とした態度でこう言ったんだ。『この世には無駄なことなど、なにひとつありません。私は殿下が魔力をお持ちであると確信していますし、それを露《つゆ》ほども疑っていません。むしろ、私は日々わくわくしているのです！　私は生粋の学者ですから、目の前にこれまでの常識が通用しない最高の研究対象が現れて、それを好きにしてよいと言われては、興奮せずにはいられませんから！』ってね」

　ええ、確かにそう申し上げましたね。はっきりと覚えています。――が！　一国の王太子殿下を「最高の研究対象」と呼び、それを好きにしてよいと言われたから興奮しているなどと殿下ご本人に申し上げるとか……今思えばなかなかな発言をしてないかな、私!?

「予想もしなかったことを言われて、私はすっかり驚いてしまった。しかも続けて貴女は、『それでもし万が一、このナターリエ・プリングスハイムですら殿下の魔力を引き出せなかったとしたら、それはそれでひとつの大きな成果です。ご存じですか殿下、最善を尽くした上で何かしらの答えが出たのなら、それがたとえ一番望んだ結果ではなかったとしても、それは立派な成果なのです!!　ですから、一緒にやってみましょう！　もし私が死ぬ直前までできなかったら、その時は私たちの共同研究として、私の人生最後に二人で学会発表をするのもいいですね！』――だってさ！」

　アレクサンダーは当時を思い出しながら、とても嬉しそうに笑った。

「ふふっ。申し上げましたね。すると貴方はそっと扉を開けて、私に抱きついて、しばらくそのまま泣いていらっしゃって。そしてそのあと……あっ！」

「思い出した？」

「ええ、思い出しました！　散々泣いた後で、貴方も急にお笑いになりましたね！　まさに先程の私みたいに！」

当時を思い出しながら、私たちは笑い合った。

そうだ、すっかり忘れていた。それで「殿下、どうして急に笑ってらっしゃるのですか？」と私がお尋ねすると――。

「『幸せだなと思ったんだ、貴女が側にいてくれて』さっきの君も、そう思ってくれたのか？」

私がこくんと頷《うなず》くと、とても嬉しそうに微笑んだ彼が、私をまたぎゅうっと優しく抱きしめた。

「あの日の貴女の言葉で、私の心はすごく軽くなった。ずっと、不安だったんだ。魔法が使えないこともだが……ある頃からはそれ以上に、最初から私が魔力を持つことを信じて疑わなかった貴女が、それでもいつかは私に失望して、私を見限《みかぎ》ってしまうのではないかということが怖かった。だが貴女のあの時の言葉で、『ああ、この人は決して私を見限らない人だ』と思った。この人は義務感や責任感からではなく、一研究者としてこの事態の解決に嬉々《きき》としてあたっているのだとはっきりと理解したし――」

なんと。私が異常なまでの魔法学マニアだったが故《ゆえ》にあの状況すら思いっきり楽しんでしまっていたことが、まさか彼の慰めになっていたとは。結果的によかったのだが、少し複雑な心境だな。

「でも、なによりね、もし最後までできなくても――たとえ死ぬまで魔法が使えなかったとしても、貴女が私を見捨てるつもりがないということが、本当に嬉しかったんだ」

アレクサンダー……。

「さっきは心配のあまりにあんな風に怒ってしまったが……君を責めたかったわけじゃないんだ。もちろん、泣かせたかったわけでもない。君が無鉄砲《むてっぽう》なのも、夢中になると周りが見えなくなるところも、私は好きだから。私を悲しませるからと君が自分を抑《おさ》え込《こ》んでしまったり、したいことを自由にできなくなって、君が君らしく生きられなくなるのは、絶対に嫌だ。ただでさえ私は、君を妃にすることで、ある意味君を縛《しば》り付けてしまうことになる。だから、それ以外のことはできる限り君の自由にしてほしい。もちろん危険なことは絶対にしてほしくないし、好きなことをするにしても私のそばにはいてほしいが……それでも、君には君らしくいてほしい」

ああ、彼は本当に優しい人だ。私が考えなしだったばかりに彼をまた不安にさせてしまったのに、それでも彼は私の気持ちを優先してくれる。それなのに、私は……。

──私も、彼の気持ちに応《こた》えたい。彼の想いに、優しさに、これからは少しでも応えていきたい。

「アレクサンダー、ありがとうございます。貴方の気持ちが、本当に嬉しい。だから……これからは私もちゃんと自覚を持ちます。貴方を不安にさせるようなことは、もう決してしません。だからといって、貴方が今ご心配くださったようにそのことで私が自由を失ったなどと感じるようなことも、決してありませんわ。それがどうしてか、わかりますか？」

私が笑顔でそう問いかけると、アレクサンダーは不思議そうに首を傾《かし》げた。

「今の私は……アマーリエは、何よりも『貴方』に夢中なので」

「えっ!?」

自分で言っておきながら、顔がものすごく熱い。でも私のこの想いを、ちゃんと彼に伝えたい。

「貴方も仰った通り、私は夢中になると周りが見えなくなるようです。でもナターリエはともかく、アマーリエである私が一番夢中になるのは、アレクサンダー、貴方なのです。だから、貴方と一緒にいられることが今の私の何よりの幸せであり、それを不自由だなんて思うはずありませんし、貴方の妃になれることだって、本当に嬉しいのです」

「アマーリエ……」

「アレクサンダー、私をずっと想っていてくださって本当にありがとうございました。ナターリエだった私が死んでからアマーリエとして貴方に再会できるまでの十七年、そのあまりに長い月日に貴方が感じていたであろう悲しみを思うと、私は今も申し訳なさでいっぱいになります」

「だが、それは君のせいでは――！」

「だからこれからは、目一杯《めいっぱい》貴方を幸せにしたいのです」

「……えっ？」

「十七年の時を取り返しても余りあるほどに、これから先ずっと、私は貴方を愛し、幸せにします。そしてもちろん、私自身も幸せになります。というより、私はもうすでにとっても幸せなのです。だってアレクサンダー、貴方に再び出会えた。そして今度こそ、ずっと貴方のお側にいることができるのですから」

私の言葉に、その真っ青な瞳を潤《うる》ませたアレクサンダーは、にっこりと笑った。

「私も――もう幸せだよ。すでにこれ以上ないほど幸福なんだ。貴女が――私のもとに帰ってきてくれたから。これから先ずっと、君が側にいてくれると言ったから。そして何より君と、こうして愛し合っている。これ以上に幸福なことなどあるはずがない。アマーリエ、愛している。だから君は君らしく、君のしたいようにしてくれ。但《ただ》し私が君の側にいることと、君を守ることだけは許してほしい。そして今日みたいな時には、私を頼ってほしい。したいことがあればなんでもしていい。ただそれを一人でなく、私と一緒にしよう。これから先はずっと、どんなときも、二人一緒に」

彼の優しさが、温かさが、私の身体を、心を、大きく包み込む。これからは決して、彼を悲しませるまい。そして決して、彼を独りにするまい。私だって——彼とひとときも、離れてなどいたくないのだから。


互《たが》いの想いを再び確かめ合い、決して離れないと誓った私たちは、そんなわけで今夜も昨夜同様、彼の寝室で二人一緒に眠ることになったわけだが——。

「ア、アレクサンダー？　本当に今夜はこの状態で眠るのですか……？」

「この体勢だと、寝づらい？」

「そ、そういうわけではないのですが……」

むしろ、寝心地としては最高だ。とっても温かいし、いい匂いがするし、このホールド感がなんとも心地よい。とはいえ……こんな風に思いっきり抱きしめられた状態で、はい、おやすみなさいと寝られるものですか!?

「あのっ……！　普通に横に並んで寝るのでは、ダメなのですか？　昨夜は確かそうやって……」

「ああ、そうだね。だがそのあと、君が何をしたか、覚えてる？　離れて寝ても、きっと明日の朝には今と同じ状態になってるよ」

「あれは寝ぼけていて……！　それにそのせいで貴方は昨夜、よく眠れなかったのですよね!?　ではやはり、今夜は別々に――」

と、彼がぎゅうっと強く私を抱き直した。

「アレクサンダー……？」

「……恐ろしかったんだ、また君を失ったらと思うと、本当に――。だから、今夜はこうして抱きしめていたいんだ。――だめか？」

……ああもうっ！　アレクサンダーにこんな表情でこんな風に言われてしまったら、私に断れるわけないじゃないか！

「――っ！　わかりました！　ではこのままで結構ですから、そのっ……お、おやすみなさい！」

かなり恥ずかしいが、これで彼の不安を軽減してあげられるのなら致《いた》し方《かた》あるまい！　そもそも今日のことは完全に私が悪かったのだし、こうして彼にぎゅっとされてるのは悪くないし……っていうか、すごく幸せだったりして。

とはいえ、アレクサンダーは抱きしめている私を微笑みながら見つめているわけで、この至近距離で見つめ合っているのは恥ずかしすぎる……。というわけで、少し俯《うつむ》いてみた。

――が、これはこれでなんだか気恥ずかしい。というのもこの状況だと、アレクサンダーの胸元にぐっと顔を埋《うず》めているみたいな感じになるわけで。これってすごく守られてる感があるし、彼のいい匂いもするしで悪くない。悪くはないんだけど……やっぱり恥ずかしい！　そもそもこんなにぎゅっとされてたら、この速すぎる鼓動《こどう》もはっきりと彼に伝わってしまってるだろうし――！

「くっ……くくっ……」

……ん？　また彼の身体が小刻みに震えてる――？

「あはははっ!!」

私を抱きしめたまま、突如《とつじょ》声を上げて笑い出したアレクサンダー。えっ、いったいなにごと!?

「アマーリエ！　君の反応、可愛すぎるだろう!?　せっかくこうして君をこの胸に抱いて眠れる喜びに浸《ひた》っていたというのに、そんな可愛い反応されたらっ……！　くくっ……！」

何がそんなにおかしいのかわからないが、少なくとも彼はもうなんの不安も感じていないようだ。そのことにほっとしたらなんだか私もおかしくなってきて、二人でくすくす笑ってるうちに、いつのまにか眠ってしまった。それはとっても温かくて、本当に幸せな感覚だった。

今日も、私はまた彼の腕の中で目覚めた。ただ、今朝の彼はまだ眠っている。

美しい、天使のような寝顔。今日はオズワルドの髪色のままだが、正直どうしてあんなに気づかなかったのだろうというほど、その寝顔は幼い頃と変わらない――。

今朝も魔法騎士団の訓練が朝からあるはずだし、そろそろ彼を起こしたほうがいいのだろうな。でもこうして彼に抱きしめられている感覚が気持ちよすぎて、正直なところもう少しだけこのままでいたくなってしまう。

ナターリエの頃も朝は強かったが、アマーリエになってからもこんな風にベッドから出たくないなんてこと一度もなかったのに。アレクサンダーと出会ってから本当に初めてのことばかりだなあなんて考えながら、自然と笑顔になってしまう。

……あともう少しだけ、このまま寝たふりしててもいいかな？　一度はぱっちりと開けていた目をまたそっと閉じて、彼の胸のあたりに少し甘えるみたいにすり寄ると――。

「……これは、幸せすぎるな」

おっと、どうやら起きてしまったようだ。

「おはようございます、アレクサンダー」

「さらっとなかったことのようにするつもりみたいだが、だめだよ？　あんな可愛いことしたくせに」

「えっ!?　……ええと、いったいなんのことでしょう？」

「一度しっかり起きて、私の顔をじーっと見つめて、時計も確認したくせに、もう一度目を閉じて私の胸元に――」

「お、起きてらっしゃったのですか!?」

「君が起きる前からね」

うわっ、恥ずかしすぎる――！

「ああもう……この流れからそんな可愛い反応されるとさすがに――」

と、ここでノックの音が。

「王太子殿下、ローゼンハイム嬢、おはようございます。本日も朝食の準備はすでにできておりますので、のちほどお二人でお越しください」

「あっ、ああ、わかった！　ふう、今回ばかりはポートマンに感謝かな……」

「あら、そんなにお腹《なか》が空《す》いてらっしゃったのですか？」

「……」

「あっ、そういえば！　ポートマン執事は私がナターリエだってこと、ご存じなんですよ！」

「えっ！　どうして!?」

「勘ですって……昨日、貴方の表情からわかったと仰っていたわ」

「恐れ入ったな……あの人、あれで魔法使えないなんて。一番魔法使いみたいな人なのに」

にしても、私とアレクサンダーが一緒に寝てるのって、ポートマン執事にはバレてるのか……。

なんだか気まずい。

いやまあ、もちろん本当に健全なる添《そ》い寝《ね》だけで、いかがわしいことはなにもしてないわけだが、この状況ではあらぬ誤解をされているような気も——かと言って、こっちから「やましいことは何もしてません！」とかって弁解するのも変だし……って、いったい何の心配をしてるのだ、私は。

朝の支度を済ませて、食堂へとやって来た。ポートマン執事のなんとも言えぬ笑顔に他意はないと信じたい。

なお、昨夜のうちに屋敷の方に私がまた王宮に泊まる旨《むね》の連絡と、翌日分の衣類の用意を使いに頼んだので、今日はもういつもの窮屈《きゅうくつ》な令嬢のドレスを着ている。町娘っぽいあの服は楽でいいのだが、過保護《かほご》なアレクサンダー的には完全にアウトらしいから仕方ない。

それにしても、こうも連日王宮に泊まっていると、なんだか感覚がおかしくなってくるな。まだ婚約しただけなのに、これじゃあまるで——。

「本当に新婚みたいだ！」

輝くような笑顔のアレクサンダーにまさに自分が今考えていたことを言われて、心でも読まれたのかと一瞬驚いてしまった。とはいえ、この状況ではそう思って当然か。

「ああ、すごく幸せだな。まあ、婚約発表さえ終わればあとは毎日一緒にいられるわけだが——」

「えっ、ですが婚約の段階で家を出るのはさすがに……！」

「だめだよ。今朝だって、あんな風に私を誘惑してきたくせに」

「ア……アレクサンダー！　そういう誤解を生《う》むような発言は——！」

「お二人で盛り上がっていらっしゃるところ恐縮《きょうしゅく》ですが、ディートリッヒ副団長から昨夜のことで急ぎの連絡が来ております。すぐ、お伝えしてもよろしいでしょうか」

「あっ、そういえば昨日は彼に全て任せてしまい、悪いことをしたな。しかし急ぎの連絡とは……どんな内容だ？」

「では、そのまま読み上げます。『団長、おはようございます。昨夜、例の店の地下室で探していた非合法混合魔法薬《ひごうほうこんごうまほうやく》と思われるものを発見しました』」

「なに!?」

「『また、前回のように自白時に死なれると困るので、現時点では罪人への尋問は行っておりません。私は本日は朝から王立研究所の魔法研究所におります。このあとのご指示をお待ちしております』とのことです」

「アレクサンダー！」

「ああ！　これはゆっくりしていられないな。アマーリエ、君も来るね？」

「ええ、もちろん！」

「ゴホン！　朝食は一日の活力源でございます、しっかりお召し上がりください！」

「あ、はい……」

私たちは急いで朝食をとると、すぐに魔法研究所に向かった。


魔法研究所の出入り口には、連絡を受けてアレクサンダーの到着を待つクラウス様がいた。

「クラウス！」

「ああ、団長！　……と、ローゼンハイム公爵令嬢もご一緒なのですね！　しかし昨日はいったいなぜあんなところにいらしたのです⁉　しかもあのような格好で」

「おはようございます、ディートリッヒ副団長様。それはええと……」

「彼女は侍女と『お忍び散策』をしていたそうなのだが、令嬢とバレて鴨にされそうだったようだ」

「ちょっと――！」

「合っているだろう？」

ううっ……違うけど、完全に間違ってもいない……。

「そうだったのですね！　団長がいたからよかったものの、ローゼンハイム公爵令嬢はただでさえ目立つのですから、もっと気をつけないといけませんよ⁉」

「……はい」

「ローゼンハイム？　あっ、アマーリエ嬢じゃないか！　魔法騎士団長様と一緒に来たんだね！」

「ルートヴィヒ様！　ああ、王立研究員でいらっしゃいますものね！」

ルートヴィヒ様はいつもの優しい笑顔で頷くと、すぐまた真面目《まじめ》な研究員の顔でアレクサンダーのほうを向いた。

「魔法騎士団長様、今回の魔法薬の分析は私が担当致しました。そして——確かにこれは、通常の混合魔法薬とは違います。ディートリッヒ副団長様から伺ったその『非合法混合魔法薬』と見て、間違いないでしょう」

「本当か!?　それで——分析結果は!?」

「大変興味深いのですが、一つは有名な毒薬です。内臓へダメージを与え、吐血《とけつ》の症状が出て、何もしなければそのまま死に至ります。但し、魔法を使えば簡単に解毒《げどく》可能です。内臓の損傷修復にも、大した時間はかかりません。しかし、そのもう一つが奇妙なのです。分析機器にも引っかからない謎の薬草の粉末で、試しにラットにそれだけを与えたところ、ものの数分で死に至りました。症状としては同じく吐血と内臓損傷ですが——」

「ウイルス性か？」

「——その通りです。この薬草は、ウイルスを保菌できます。そしてその効果を魔法で強化すれば、極短時間で体内でのウイルス感染を引き起こすことができるのです。ただし空気感染はないので、これを直接摂取した場合にのみ症状が出るとともに、薬物混入後、ものの十五分程度でウイルスは死滅しました。しかもウイルスの死骸《しがい》は他の薬草によって分解され、容易《ようい》には検知ができない状態になるのです。つまりこの薬物は、ウイルスが死滅するまでの間に相手に摂取《せっしゅ》させる必要こそありますが、それさえ成功すれば、体内に入れば短時間で相手を殺すことができる上、我々が調査する頃にはウイルスは消えていることになります。試しに別のラットにこの魔法薬を与え、最初の毒を解毒後、抗ウイルス治療系魔法『滅菌《ヴァクシナエ》』を使用したところ一命を取り留め、その後は通常の治癒魔法ですぐに完治させることができました」

やはり——！

「ああっ！　では、やはりあのとき『滅菌《ヴァクシナエ》』を使っていれば、もしかすると私は——！」

思わず、口に出してしまった。だが、どうしても堪《こら》えられなかったのだ。

あの解毒のあと、私が「滅菌《ヴァクシナエ》」さえ使っていれば、あそこで死なずに済んだかもしれない——そう思うと、私の身体は震えた。

それがどんなに無駄な後悔か、意味のない反省か、わかっているはずだ。それなのに、どうしても無理だった。

もしあのとき私が死ななければ、母は娘を失う苦しみを味わわずに済み、もっと長く生きられたはずだ！　アレクサンダーを十七年間もたった独りで苦しめずに済んだはずだ！　——そう思うと、悔しさと怒りと悲しみで、胸がいっぱいになった。

アレクサンダーはそんな私の感情にすぐに気づき、力強く抱きしめてくれた。

「アマーリエ！　あの場で『滅菌《ヴァクシナエ》』を使おうだなんて、誰も思いつかない！　断じて君のせいではない！　母上のことも、ましてや——私のことも！　だからどうか、自分のことを責めないでくれ！」

私はアレクサンダーの胸で涙を流した。クラウス様とルートヴィヒ様は困惑《こんわく》しているようだったが、今はそれについて弁明できるような状態ではなかった。彼に優しく抱かれていることで少しは落ち着いたものの、私は彼の胸に顔を埋めたまま、この激しい感情の昂《たかぶ》りが収まるのをただじっと待つことしかできなかった。

「……お二人には、思ったよりなにか深い事情がおありなのですね。もしお話しになれないなら、今はこれ以上深くは聞きますまい」

「——ありがとう、クラウス。しかしこれは極めて重要な発見だ。この知識を広めれば、この『非合法混合魔法薬』は今後、魔法使いにとって危険なものではなくなる可能性が高い。しかし、いずれにしても魔法が使えない者には危険であるし、出処《でどころ》がわからない状況では、変わり種でも作られたら危険だ。すぐ公《おおやけ》にするのは避けよう。まずはこの薬の出処と、この……リリエンタール研究員さえ知らない謎の薬草、これが何なのかを明らかにする必要があるだろう」

「私も研究員として、非常に気になっています。引き続き、調査いたします！」

「よろしく頼みます。そしてクラウス、先程の件だが、もし詳細を知りたければ、君の奥さんに尋ねてくれ。彼女は私たちの事情を知っている」

「！　……わかりました。それから、今日は訓練のほうは休みにして、引き続き昨夜の件の捜査を行いましょう。明らかに本件の捜査のほうが重要ですから。私は引き続き、罪人の取り調べを行います。自白《じはく》で死なれないよう筆談などを中心に、まずは身元の確認を急ぎます」

「それがいいだろうな。面倒をかけるが、よろしく頼む」

「それから団長は、どうぞ自由にお動きください。どうやらその必要がありそうですので。必要があればいつでも参りますから、そのときは『伝心《テレパトス》』でお呼びください」

「ああ、感謝する」

そうして、二人と別れた。アレクサンダーのおかげで、私もすっかり落ち着きを取り戻した。

「……先程は、抱きしめてくださりありがとうございました。無駄な後悔だとわかっているのに、どうしても堪えきれなくなってしまって――」

「よくわかるよ。私も貴女の死を思い出すとき、いつもそうだったから。なんというか、逃《のが》れようのない感情の波みたいなものだ。でも今は――君には私がいるし、私には君がいる。辛《つら》いときは我慢しないでくれ。そんなときは、私を頼ってほしい。そしてただ、私に甘えてくれればいい。もちろん私も、辛いときは君に思いっきり甘えさせてもらうつもりだから」

「アレクサンダー……本当に、ありがとうございます」

私は彼の頬《ほお》にそっとキスをした。彼は、とても嬉しそうにまた私を抱きしめた。

心に余裕が出たことで、頭が冷静になってきた。それでふと、大変古い書で絶版になっているが、極めて有益な魔法薬学の書があったことを思い出した。あれで調べれば、何かわかるかもしれない。

「あの、例の薬草の件で少し調べたいことがあるのですが、グリュンシュタイン邸の書庫に『魔法薬学大全』はございますか？」

「あ……あれはない。あれは、個人所有ができないんだ。大変貴重なのと、かなり危険な類《たぐい》の魔法薬も載ってるからね。もちろん魔法書庫にならあるが、禁帯出だから外部への持ち出しもできない」

「……そうですか」

「――少しなら、二人で入っても大丈夫かな？」

「よろしいのですか!?」

「バレたら困るが、そもそもあそこはあまり誰も来ないからね」

やった！　再び魔法書庫に入れる！

私たちはすぐに王立中央図書館へと向かった――。


「イフタムヤーシムシム」

呪文を唱え、魔法書庫に入る。アマーリエとしては二度目のこの魔法――。そうだ、この場所で公爵令嬢アマーリエ・ローゼンハイムと魔法騎士団長オズワルド・グリュンシュタインは出会った。

「初めてここで君と会った日が、すごく昔に感じる。君を見た瞬間に、ああ、この人が『運命の人』だとわかったんだ」

「あのとき……すごく不思議でした。貴方に惹《ひ》きつけられて――。あれが私の、ファーストキスでしたのよ？」

アレクサンダーはあの時のようにそっと私の頬に手を添えると、優しく甘いキスをした――のだが。

「グリュンシュタイン魔法騎士団長と――ローゼンハイム公爵令嬢!? いったいなぜ、ローゼンハイム家の貴女がここに!?」

その声に驚いて振り返ると、そこにはゴットフリート・リルケが立っていた。

……またやってしまった。キスのせいで、全く気づかなかった。しかし、よりによって現魔法大臣に不法侵入《ふほうしんにゅう》が見つかってしまうとは!

「あっ――あの!」

「それにキスを! そうだ、気になっていたんだ! ローゼンハイム公爵令嬢、貴女、『レガリア』になったと聞きましたぞ!? だが、あれはやはり間違いだったんですな!? 私はもうこんがらがってしまって! だって、つい先日お会いした時にはやはり魔法騎士団長と――」

ああもう……なにから説明すればいいのやら。

とはいえ、私が魔法大臣だった頃、副大臣だったこのゴットフリート・リルケ、通称ゲッツとは、とてもよい関係だった。

彼は信頼のおける部下だったし、変わり者だが楽しい人で、なんでも気兼《きが》ねなく話せるよき友人でもあったのだ。

――うん、これはもう、彼も巻き込んだほうが楽な気がする。むしろ、魔法大臣を仲間に引き入れてしまったほうが、なにかと好都合だ。

私はアレクサンダーに耳打ちする。彼も同感のようだ。よし。なら、これが一番手っ取り早い。

「ゲッツ! どうして貴方はまだひとつずつ解決することができないのですか!? 一度に全てを解

決するのは無理だと、いつも私が言っていたでしょうに！」

「……プリングスハイム先生？」

「えっ、なぜそれだけでわかるんだ⁉」

「上司と部下の信頼関係のなせる業《わざ》だよ、魔法騎士団長！」

というわけで、私たちはゲッツにすべての事情を説明した。私が転生したことも、オズワルドがアレクサンダーであることも――。

「いやはや……なんということか！　信じがたい話だが、もはや信じるほかないですな！　それにしてもまさか魔法騎士団長が王太子殿下で、ローゼンハイム公爵令嬢があのプリングスハイム先生の転生者とは……『事実は小説より奇《き》なり』！　さらにおもしろい話ができそうだ！」

……？

「いずれにしても、私は本当に嬉しい。先生に、再びお会いできて！　貴女のもとで受けた薫陶《くんとう》は忘れられない！　しかしあの頃も私よりお若かったのに、さらにお若くなってしまった。それに、魔法騎士団長があの小さなアレクサンダー王太子殿下だったとは！　仕事のときさえ殿下はいつもプリングスハイム先生にぴったりくっついていらしたから、あの頃は毎日のようにお会いしておりましたね。しかし先生の死後、次に直接お話ししたのは――」

「十年後、私が十八の魔法騎士団長就任の際です。オズワルド・グリュンシュタインとしては二十歳ということになっていましたが」

「ああ、そうでしたな！　では、史上最年少の魔法騎士団長は当時やっと成人したばかりだったのですなあ！　しかし十年か――。髪色と目の色が違うとはいえ、あんなに毎日お会いしていたのに……子どもは、十年経つと本当にわからんものですな！」

「騙《だま》すようなことになってしまい、申し訳ありませんでした」

「いや、お気持ちはよくわかります。殿下はプリングスハイム先生のことを大好きでしたからなあ、居ても立っても居られなかったのでしょう。確かに、未成年《みせいねん》の王太子ではできないことが多すぎる。魔法騎士団に入ったのは正解ですよ。しかしあの小さな可愛い王太子殿下が、こんなに立派に成長なされていたとは！　『恋など私には一生不要です！』と仰っていたプリングスハイム先生が今や貴方に骨抜きにされているのも、仕方のないことだ！」

「ゲッツ！　私は骨抜きになど――！」

「なんだ、まだまだ足りないなら、これからゆっくり時間をかけて君を完全に骨抜きにしてあげるよ。覚悟してね？」

「もうっ、アレクサンダーったら！」

「はっはっ！　お幸せそうで何より！　しかしプリングスハイム先生の死の件は、真の黒幕がまだ捕まっていないことを国王陛下から聞かされていたため、ずっと気になっておりました。どうか、私にも協力させてください。こんな私ですが、今は魔法大臣です。何かお二人のお役に立てることもございましょう！」

　こうして、予想外の仲間が増えてしまった。

　その後、私たちは目的の『魔法薬学大全』を確認し、ある事実を把握してからゲッツと別れ、再び王立研究所へと向かった。

「リリエンタール研究員！」

魔法研究所に入ると、今回の調査のために集めてきたらしい、さまざまな植物に囲まれたルートヴィヒ様の姿があった。

「魔法騎士団長様とアマーリエ嬢！　こちらではまだ新しいことはわかっておりませんよ？」

「こちらでは、ひとつわかった。例のウイルスを保菌できる薬草だが、『カリア』と呼ばれる植物かもしれない。『魔法薬学大全』によれば、これはさまざまな物質を内部に保持できるようだ。ウイルスの保菌については記載がなかったが、現物があれば今回見つけた魔法薬の薬草と直接比較できるかと。しかし残念ながら大変珍しいもので、我が国には存在しないそうだ。どうにか入手できないだろうか？」

「『カリア』……聞いたことはないですね。その植物の写真や絵などはありませんか？」

私たちは魔法で先程の本から転写したものを彼に見せた。

「……！」

「リリエンタール研究員、どうかしましたか？」

「あっ、いえ……なんでもないのです。ただ少し――気になることがあるので、私のほうで調べてみます。これは持っていっても？」

「ああ、もちろんだ」

「では、お借りいたします」

そう言うと、ルートヴィヒ様は急いで行ってしまった。

「どうしたのでしょうね？」

「――わからない。しかし、今はまだ私たちには言えない何かがあるようだ」

……ルートヴィヒ様？

「では、次に何を調べようか」

〝アマーリエ！　リースリング先生のお宅に来て！〟

「――！　『伝心《テレパトス》』です、エーリカから！　リースリング先生の家に来てくれと！」

「なに！　では、すぐに向かおう！」

「きゃっ！」

彼は私をふわりとお姫様抱っこすると「移動《テレポルタティオ》」を使い、一瞬で先生の家の前に着いた。

「もう！　自分でもできますのに！」

「君は人前で魔法を使っては駄目じゃないか」

「でも、あそこには今、誰もおりませんでした！」

「……そうだったかな？」

「とにかくもう降ろしてください……」

「まただ、そんな可愛い顔をされると私は――」

「はあ。二人とも、来たならそんなところでイチャついてないで、早くこっちに来てください」

窓から呆れ顔でこっちを見てるエーリカを発見し、フリーズ。一方のアレクサンダーは、羞恥《しゅうち》に固まっている私を横抱きにしたままリースリング先生の家に運び込んでそっと椅子に座らせると、平然とその隣に着席した。

「あ、あのエーリカ？　さっきのは、人前で魔法が使えない私を気遣ってアレクサンダーが『移動《テレポルタティオ》』で一緒に転移してくれただけで、別にいちゃついてたわけではなく――」

「さて、さっそく本題に入りましょう。リースリング博士はご不在ですが、すでにこの件についてはお話ししましたので大丈夫です」

完全スルーとは……。

「先日、私は貴族のなかの秘密結社を調べて報告すると申し上げましたが、該当するものを見つけました」

「なに⁉」

「約千年前に存在した秘密結社で、そのスローガンこそ、『あるべきところへ戻せ』でした。ただあまりにも古いのと、現在は存在しないはずの組織なので、歴史学の世界でもあまり知られていないのです」

「千年……」

ただの偶然だろうか――また千年。

「いったい、どういった秘密結社なのです？」

「彼らは極端な『王室正統主義者』たちです」

「『王室正統主義者』？」

エーリカは静かに頷くと、次のように語った。

「王室正統主義者」というのは、すでに二千年以上続く我が国の王室の血統の正統性を守ることに固執《こしつ》する人たちを指し、彼らにとっては王家の有するその圧倒的魔力が保持されることこそ、最重要事項なのだそうだ。

故に、「王室正統主義者」からなるこの秘密結社は王家の血統を可能な限り高潔《こうけつ》に保つとともに、万が一にも現王家の直系男子以外が王位を継承することにならないよう「見守る」ことこそ、自分たちの果たすべき役割であると考えた。

なお、彼らの言うところの「血統を高潔に保つ」というのは、「高貴なる血統」である貴族の血以外が王家に混ざることを拒絶するものであり、加えて、貴族の中でも魔力を持たない家系の血の混入は王家の魔力を弱める可能性があるとして、やはり認めないとのこと。

魔法遺伝学上、魔力は父方の血筋より継承するというのはそれこそ千年以上前に立証《りっしょう》されている。それを信じないとは。貴族なら十分な教育を受ける機会もあったろうに、この星が丸いという事実を断固として認めなかった古代人の一部の生き残りみたいなのがいるなど、実に嘆《なげ》かわしい。

なお、現王家の血統を至上とするが故に、現王家から別の家系に王位継承権が移るようなことを断じて認めず、その保持のためには手段を選ばない過激派でもあると。実に厄介《やっかい》な連中だな……。

——そしてこれが、千年前のある大きな事件を生むことになったという。

遺伝的に、我が国の王家には世代ごとに少なくとも一人は男児が生まれている。そのおかげで我が国では、二千年前から今日に至るまで、その特別に強力な魔力を持つ王家の血筋を途絶えさせることなく維持《いじ》できてきた。

だが千年前に一度だけ幼い王太子が病死し、その後しばらくのあいだ次の男児が生まれず王太子が不在という極《きわ》めて異例の期間があったそうだ。ただ、それからさらに十年後に再び王子が生まれたため、事なきを得たという。

この王太子不在の十年の間に台頭《たいとう》したのが、王室正統主義者たちからなるこの秘密結社だった。王太子不在の不安定な政局の中で、この間に王位継承権が現在の王室から他に移ってしまうことを危惧《きぐ》した彼らは、当時その「最有力候補」であったある人物を魔法と武力でもって、排除した。

「それで、秘密組織によって排除された『ある人』というのは、いったい誰だったの？」

この私の問いに対するエーリカの答えは、私とアレクサンダーが全く予想しなかったものだった。

「それは当時王族に次ぐ魔力を所持した伝説の魔法使い、『グレート・ローゼンハイム』です」

「グレート・ローゼンハイムだと!?」

「エーリカ、それはいったいどういうことなの!?　彼は社会との関わりを嫌って、自《みずか》らの意思でケーラ山に籠《こ》もったのではなかったの!?」

「事実は少し違うみたい。今回初めて知ったことですが、そもそもローゼンハイム家は約千五百年前の王室の分家だったようです。当時、何らかの理由で魔力を持たない王子が一人存在したらしく、王室から出てローゼンハイム公爵としたとのこと。魔力の強さが最重要である王室にとってこの王子を王族のままにはしておけず、やむをえず分家させたのでしょう」

「しかし、その王子は魔力を本当に持っていなかったのではなく、コントロールが上手くできなかったのだな……。ローゼンハイム家の君が王家に次《つ》ぐほどの魔力を有するのは、ローゼンハイム家がもとは王室の分家だったからなのか！」

「それでも事実、王家の者よりは魔力が弱く、しかもコントロール能力も高くなかった。それゆえその遺伝を受け継ぐローゼンハイム家にはこれまで、卓越《たくえつ》したコントロール能力を持って生まれたグレート・ローゼンハイムしか魔法を扱える者がいなかったのね」

エーリカは頷いた。

「ローゼンハイム家が王室の分家という事実は王室の歴史にはっきりと記録されているものの、あまりに長い年月のうちに人々のなかでは忘れられ、ローゼンハイム家は魔力を持たない公爵家とだけ認識されるようになった。しかし分家してから五百年経った頃、若きグレート・ローゼンハイムは自ら覚醒《かくせい》し、強い魔力を扱えるようになった。この突然の魔力を当時の人々は偉大な奇跡と見做《みな》したみたい。ちょうどその頃、突然の病で当時の王太子が亡くなり、王室存続の危機が到来した。ほかに王子はおらず、その後も長らく王子が生まれないので、後継者不在による極めて不安定な政局が続いた。そのため一部の貴族から、王位継承権の継承可能範囲を王家の直系のみから少し広げてもいいのではないかという意見が出始め、そんななかで、魔力の強大さが最重要なら、王家の魔力より劣《おと》るとはいえ、公爵家のグレート・ローゼンハイムに王位を継がせてはどうか、という意見が出たの。あくまで、意見だけど。これは、ローゼンハイム家がかつて王室の分家であることとは全く無関係で、ただ、魔力の強い最上位貴族ということで彼に白羽《しらは》の矢《や》が立ったみたい。しかし本人は拒否したとか。その直後に、大きな事件が起こった。グレート・ローゼンハイムが、ある集団に襲われたの。その強大な魔力で返《かえ》り討《う》ちにしたけど、彼は大怪我を負《お》い、このまま王都にいることは危険と判断して、ケーラ山に籠もったのね。その際に、ローゼンハイムという家名は有名すぎるのでプリングスハイムと新たに名乗るようになったのでしょう」

「つまり、そのとき彼を襲ったのが、『王室正統主義者』たちなのか?」

「そうです。彼らは自分たちの政治的信念に固執するあまり、王室の分家であるローゼンハイム家のグレート・ローゼンハイムも実は王室の正統な血筋だったのに、それに気づかず排除しようとしたのです。自分たちの主義主張に固執するあまり、事実を見誤った。歴史をきちんと学ばないからこういう愚《おろ》かなことが起こるのです」

「でも、そんな秘密結社がどうして千年も経って今更また活動を……」

「それは——現在、この国の王太子が不在だからです」

——!!

「そして、私の推測が正しければ——この秘密結社にグレート・ローゼンハイムのように標的とされる可能性が最も高いのは、オズワルド・グリュンシュタインである、貴方です」

その言葉の意味がわからず、一瞬硬直する。

「え、なぜ彼が……」

「——考えてもごらんなさい。オズワルド・グリュンシュタインはグレート・ローゼンハイムと同じく最上位貴族である公爵家の子息《しそく》で、魔力が異常に強い。国の英雄《えいゆう》と見做されていて、国民からの人気も高く、国王陛下からの信頼も厚い。かたや、王太子殿下は十七年間寝たきりのままで、表舞台にもお出にならない。お妃選びも行われず、まるでいないかのよう。彼らは邪推していることでしょう。今度こそ、現国王一族から他の家系に王位継承権が移ってしまうのでは、と」

「そんな！　彼こそが王太子殿下その人なのに——！　あっ、では婚約発表の日さえ来れば、彼は狙《ねら》われないのね!?　あるいは、もっと早く事実を公にすれば——！」

「いや、むしろこれは好都合だ。そいつらが私を狙うのなら、こちらからわざと何か情報を流してあえて私を狙わせればいい。それを返り討ちにすれば、必ず捕らえられるということなのだから」

「何を——！　そんなの絶対だめよ、アレクサンダー！　貴方が狙われることになるなんて！」

「大丈夫だよ。これまでだって危険な戦場も魔物討伐《とうばつ》も、いくらでもあったんだから」

「それとは違うじゃない！　貴方も昨日言っていたけど、魔法は不意打ちに弱いわ！　グレート・ローゼンハイムは、大怪我を負ったって……！　貴方がいくら強くても、もしかしたら——！」

不安で、勝手に涙が溢れる。と、彼がそっと私を抱きしめた。

「泣かないで、アマーリエ。大丈夫だ、危ないことはしない。言っただろう？　君を残して逝《い》くなんてこと、絶対にしないから」

「王太子殿下、私も殿下が囮《おとり》になられるのには反対です。いくらなんでも危険すぎます」

「だが、せっかくの好機なのに——」

「だめです！　そんなの、私が絶対許しません！」

彼は少し困ったように微笑んだが、突然、抱きしめていた私をひょいっと膝《ひざ》の上に乗せた。

「きゃっ！　急になんですか⁉」

「では、婚約発表の日まで、君が私をずっと見張っていてくれ。そうじゃないと、私が一人で危険なことをしに行くかもしれないよ？」

「そ、そんな――！」

「嫌ならいいけど、でもそうしたら私が危ないことしないかは保証できないな」

「なっ⁉　わ……わかりました！　私が貴方を見張ります！　絶対に、貴方にそんな危ないことさせません！」

「なら、やはり今夜も王宮に泊まってもらわないといけないね。ああ、違ったな。婚約発表まではずっと危険なんだから、もう君はずっと王宮に泊まって、私を見張ってくれないと。君のご両親には、お妃教育の関係で早めに王宮に移ってもらうことになったとでも伝えればいいか」

えっ、そんなことを親に伝えてしまったら、もう本当に王宮に移り住むことになってしまうのでは⁉　まあ、そもそも婚約発表後には移り住むようにとは言ってたけど、これはさすがに気が早すぎるのでは――。

「ああ、これからずっと君と一緒にいられるなんて、本当に夢のようだ！　しっかり見張ってくれ、私の愛しいアマーリエ！」

くうっ……心底嬉しそうなアレクサンダーの笑顔を見たら、もう何も言えなくなってしまった。

「アマーリエ、貴女って本当に殿下に弱いわよね……」

エーリカは呆れた様子で、でもどこか妙に楽しそうにくすくすと笑った。

その後、私たちは今後の対策について話し合った。特に、オズワルド・グリュンシュタインが例の秘密組織から狙われる可能性があるとわかった以上、少なくとも婚約発表までの間は常に警戒《けいかい》を緩めず自身の身を守ることをアレクサンダーに求め、私はそれをサポートすることに。エーリカは例の秘密結社に関する情報を収集しながら、さらなる手がかりを探ってくれることになった。

「あ、実はいろいろあって、ゲッツにも私たちの正体をバラしちゃったの」

「えっ、それって現魔法大臣のリルケ様のことよね!?」

「そう。それで彼も協力してくれるって話だから、さっそく明日にでもゲッツに頼んで、魔法大臣しか閲覧《えつらん》できない『魔法犯罪者記録』なんかを見せてもらおうかなって。エーリカも明日、一緒に来てくれる？」

「そんなものを見られたら確かに大きめの手がかりも得られそうだけど……そんな機密情報、そう簡単に見せていただけるかしら？」

「元上司と部下の信頼関係はすごいんだから！」

「そ、そういうものなの……？」

エーリカは不安そうな顔をしていたが、あの一言だけでゲッツが私が誰か見抜くのを実際に目撃したアレクサンダーは「ああ、どうやらそうらしい！」と言って、やけに嬉しそうに笑った。

三章　真の解決へ

翌朝もアレクサンダーの腕の中で目覚《めざ》めたわけだが、寝起きの自分がそれをごく自然に受け入れてるだけでなく、この状況をものすごく幸せだなと思ってることに気づき、思わず笑ってしまう。どうやら私は、もう完全に彼のペースに乗せられてしまっているようだ。

アレクサンダーは今日は通常通り魔法騎士団の訓練があるので、そこはさすがに見張り不要だろう。というわけで今日は、エーリカと二人でがっつり捜査《そうさ》をすることになった。ただし過保護《かほご》なアレクサンダーから、していいのは王宮内での捜査に限ると言われてしまったが……。

とはいえ、今日は基本それで十分だ。なぜなら今日の捜査のメインは、ゲッツに頼んで魔法大臣しか閲覧《えつらん》できない機密情報を見せてもらうことなのだから！

さっそくエーリカと王立研究所の正面玄関ホールで落ち合い、今日は一日王宮で仕事をしているはずのゲッツとコンタクトを取ろうとしていたのだが、意外な人物の声が私たちの背後で響いた。

「アマーリエじゃない！　あっ、それにディートリッヒ伯爵《はくしやく》夫人まで！　いったいどうしてここに……？」

シエナだ。聞けば、王立研究員である兄のルートヴィヒ様にちょっとしたお使いを頼まれたとのこと。しかし屋敷の使いの者ではなく妹であるシエナにわざわざ使いを頼むなんて、何か特別な理由でもあるのだろうか。

……そういえば、すっかり忘れていたがリリエンタール侯爵が私の母のお墓にお花を供《そな》えてくださっていたな。あれは、いったい何だったんだろう？　シエナに聞けば、何かわかるだろうか。

「ねえ、突然変なことを聞くけれど、貴女《あなた》のお父様って……」

「あっ！　お父様といえばね！　昨日、何故《なぜ》か貴女と魔法騎士団長《まほうきしだんちょう》様のこと、私にすごく質問されたのよ!?　お父様があんなに人のことに興味を持つのって、珍《めずら》しいんだから！」

「――私と、オズワルド様のことを――？」

もしかしてリリエンタール侯爵《こうしゃく》も、お墓で私たちの姿を見ていたのだろうか……？

「ところで、どんなことを聞かれたの？」

「そうね……二人はもう婚約しているのかとか、どうやって出会ったのかとか、そんなこと」

「貴女はなんて答えたの？」

「そりゃあもう、オズワルド様が貴女にぞっこんだから、婚約秒読みだって言っといたわよ！」

本当は、もう婚約してるんだけどね。

「でも、ほかはあんまり詳しくは言わなかったわ。だって愛し合う二人のことを他人が勝手にいろいろ言うのは野暮《やぼ》じゃない！」

「あははは……お気遣《きづか》い、ありがとう」

「あ、それとは別件だけど、昨日から兄さん、すごく元気ないのよね……」

「えっ、ルートヴィヒ様が？」

「ええ。研究所からかなり早く戻ってきて、何か探してたみたいだけど、夕食のときなんて本当に元気がなくて。今日のお使いだってね？　こんなこと兄さんから頼まれるのは初めてだし、さっき頼まれたものを渡した時も、やっぱり妙に静かで……」

いったい、どうなさったのか。例の薬草のことと、何か関係があるのだろうか――。

「あ、侍女《じじょ》が戻ってきたわ。帰りの準備が整ったみたいだから、私はもう行くわね！　アマーリエ、ディートリッヒ伯爵夫人、ごきげんよう！」

シエナって、いつも慌《あわ》ただしいな。でも彼女といると、すごく気が楽なのだ。今度また、一緒に恋バナしたい――。

「ねえアマーリエ、貴女さっき彼女に何を聞こうとしていたの？」

「ああ、実は先日、アレクサンダーと一緒にナターリエの父と母のお墓参りに行ったの。そのときに何故かリリエンタール侯爵がその墓地にいらっしゃって、私たちは一応隠れたんだけど、侯爵は私の母の墓に花を供えて、そのままお帰りになったのよ。――あの人が母と面識があったなんて、全然知らなかった」

するとエーリカは、しばらく何か考え込んでいる様子だった。

「……エーリカ？」

「貴女、お母様の出自《しゅつじ》のこと、何も知らないの？」

「母の？　ええ、特に聞いたことないわね」

「プリングスハイムの家系って、特殊よね。恋愛面でもだけど、他人にあまり興味を持たないし、自分たちのことにもほとんど関心がない。学問などへの知識欲は異常に強いのに」

「それがプリングスハイムだもの」

「でも、今の貴女はローゼンハイムだから、そういう話にもちゃんと興味あるんでしょ？」

「まあね！」

「だったら教えてあげる！」

そうしてエーリカから聞かされた話は、驚くべきものだった。

私の前世の母であるクリスタ・プリングスハイムは、もとはブルクハルト伯爵令嬢だったらしい。

ただ、ブルクハルト伯爵家は代々学者家系で経済力が著《いちじる》しく低く、彼女が若い頃にはほぼ没落《ぼつらく》貴族となっていた。

そんなとき、リリエンタール侯爵家からクリスタに縁談があった。本来であれば没落貴族のうえ格下な伯爵家にとって非常に有利な縁談だったが——クリスタは、魔法学者のアルノルト・プリングスハイムと恋仲にあった。

アルノルトははじめ、プリングスハイムの者らしく彼女に対しそうした感情は全く持っていなかったようだが、クリスタの一途《いちず》な想いに心を動かされ、次第に互いを想い合うようになっていたのだ。

そんなとき突然縁談話が来て、クリスタはアルノルトを愛しているからと拒否したが、彼女の両親はなんとかこの縁談をまとめたがった。それで婚約の話を勝手に進めようとしたので、クリスタとアルノルトは駆《か》け落《お》ち同然で一緒になったという。

「本当に……何も知らなかったわ」

「でしょうね。それでブルクハルト伯爵家は窮地《きゅうち》に陥《おちい》りかけたのだけど、まだ幼い末の娘をいずれリリエンタール侯爵家に嫁《とつ》がせるということで婚約を結び、なんとか丸く収まったのよ。それが、カロリーナなの」

なんと……。では今は亡き、シエナとルートヴィヒ様のお母様は、私の叔母《おば》だったのか——。あ、前世だから、元叔母か。

言われてみれば、母とカロリーナは少し似ていなくもない。まあ、言われなければ気づかない程度だが。でも、彼女と私はそれなりに交流があったのに、彼女は私に一度もそんな話はしなかった。とても優しくはしてくれたけれど……。

「いくら没落貴族でも、貴族の娘が平民と駆け落ちなんて、当時はかなりセンセーショナルだったみたいよ？　だからこそ、アルノルト・プリングスハイムが男爵《だんしゃく》位を賜《たまわ》ることになったとき、貴族からの反発は非常に大きかった。特に、そのときすでにリリエンタール侯爵となっていたグスタフは、明らかな嫌悪を露《あらわ》にした。それでもそれが覆《くつがえ》らなかったのは、それが、国王陛下《へいか》のご決定だったから。リリエンタール家もまた国王陛下に絶対服従の忠義の家門ですから、最終的にはこの決定に従ったの」

「私が貴族からあんなにあたりが強く感じたのは、そういった事情もあったのかしら……」

「そりゃあそうよ！　でも、貴女のお父様が国王陛下を守って英雄的に亡くなってからは、さすがに表立ってこのことを口にする者はいなくなったけど」

「全然知らなかった……」

「ナターリエはそういう人だったわよ。学問や、国単位の動向《どうこう》には人並み外れた観察力・洞察力《どうさつりょく》があったけど、自分のことやその周りのことになると超鈍感《どんかん》！　幼い王太子殿下《おうたいしでんか》がやきもきされた理由もわかるわ……」

　では、リリエンタール侯爵が母に花を手向《たむ》けたのは――。

「アマーリエ！」

　と、急に背後から抱きしめられる。アレクサンダーだ。

「ア……ズワルド様！」

「ははは っ！　誰それ!?」

「だって！　外だとどちらでお呼びしたらいいか、咄嗟《とっさ》に判断できないんですもの！　それにどうして貴方《あなた》は、人目も憚《はばか》らずにすぐ私に抱きつくのですか!?」

「もはや人目など気にする必要はないだろう？　みんな私たちが恋人同士だと知っているし、それどころか君は私だけの『レガリア』だ」

……。

「あの――まだ魔法騎士団の訓練中では？」

「それが、リリエンタール研究員が休憩時間にやって来て、重要な話があると言われたんだ。訓練の後で構わないとのことだったが、どうも思い詰めた様子だったから早めに行くことにした」

「！」

「君も、一緒に行かないか？」

「ええ、もちろん！」

「私は、ここで待ってるわね。急に無関係の伯爵夫人までついて来たら、驚かれるだろうから」

「エーリカ、ごめんね。戻ったらすぐ知らせるから」

私たちはすぐさまルートヴィヒ様のいる魔法研究所へと向かった。


「魔法騎士団長様！　――とアマーリエ嬢も……。こんなに早くお越しくださったのですね」

「昨日のことで、なにかわかったのですね」

「……本当は、昨日の夕方の時点でわかっていたのですが、――勝手ながら、少し考える時間をいただいてしまいました」

「考える時間――？」

「……場所を変えても？」

「ええ、もちろんです」

私たち三人は研究室の一つに移動した。室内には珍しい植物の資料や標本などが整然と並べられている。

「ここは、私の個人研究室です。――かつては、父の研究室でした。幼い頃にも一度だけ来たことがあります」

ルートヴィヒ様は静かに語った。

「父はあの通り寡黙《かもく》な人で、私たちも正直なところ、父がどういう人なのかよくわからないのです。ただ、亡くなった母と私たちのことは、ずっと大事にしてくれていた」

彼は真剣な表情で、アレクサンダーのほうをまっすぐ見た。

「魔法騎士団長様、ひとつ先にお聞かせください。『非合法混合魔法薬』はもしや、過去にも使われたことがあるのですか？　もしあれば、それは何年ほど前のことでしょうか」

「……確証はないが、使われたとしたら――十七年前だ」

「！　――やはり、そうですか」

ルートヴィヒ様は、悲しげな笑みを浮かべた。これまでに見たことのない彼の表情だった。

「今日は……王立研究員としてここに来るか、リリエンタール侯爵家の長子として来るか、とても悩みました」

「ルートヴィヒ様――？」

「あの薬草の絵を見た瞬間に、気づいたのです。私はあの薬草を何度も見たことがあります。最初に見たのは、私が三つか四つのときなので、十八年か十九年前でしょう」

「――！　いったい、どこで見たのですか!?」

彼は何か喉《のど》につかえたものを飲み下すように唾《つば》を飲んだ。そうして、一度深く深呼吸してから、彼は言った。

「父の書斎です」

「……！」

「父もまた、かつては植物学を専門としておりました。書斎には——小さな鍵《かぎ》付きの棚があって、幼い私は、その中がすごく気になりました。父に尋《たず》ねましたが、『大したものは入っていないから、つまらないことを気にするな』と言われました。それでも気になった私は……ある日、父の書斎に忍び込んで、父がそれを開けるのを待ったのです。そして父が、その棚の鍵を机の上にある母の写真立ての裏から取り出すのを見ました。そのときは棚の中は見えませんでしたが、父が部屋を出たのを確認してから、私は写真立ての鍵を使って、その棚の中を勝手に見ました。その中で——たくさんの美しい植物が育っていました。今思っても珍しい海外の植物がたくさん。そして中でも最《もっと》も厳重な管理のもとで育てられていたのが、あの『カリア』でした。私はその後もこっそり何度も盗み見ていたので、すぐ分かりました」

「——！」

「国内にはないはずの植物。調べてみたところ、過去の輸入記録等もない。少なくともこの時点で——所持自体が違法です。ましてや……昨日、父の部屋に久々に侵入し、例の棚にやはりこの薬草があったので少しだけ採《と》ってきましたが……例の魔法薬に入っていた薬草と、同じ遺伝子を持っていました。つまりあの薬に使われていたのは、父が栽培していた『カリア』だということです。これが意味することは——」

ルートヴィヒ様は言葉を詰まらせた。

「リリエンタール研究員……このことを私たちに話してくださったのは、王立研究員としてでしょうか、それとも、リリエンタール侯爵家の子息としてでしょうか」

「魔法騎士団長様、正直に申し上げます。私は昨日このことに気づいて……一度は、知らぬふりをしようと思ったのです。私が言わなければ、誰も気づかないだろうと。しかし、そんなときに亡くなった母の顔が浮かびました。母はとても優しい人でしたが、とても芯《しん》の通った人だった。私たち兄妹《きょうだい》に『正しく生きようとしなさい』と、いつも言っていました。正しく生きろ、とは言わなかった。正しく生きることを心がけろと。あとで恥《は》じたり、後悔することは決してするなと。ですから私は今日、リリエンタール侯爵家の子息として魔法騎士団長様にお話ししました。自分の思うように、正しく生きたいからです」

「貴方の勇気に深く、心から感謝します」

　アレクサンダーは深く頭を下げた。

「魔法騎士団長様、どうか頭をお上げください！　私はただ、自分が為《な》すべきだと思ったことをしたまでですから。これがなにを意味するのか、私は存じ上げません。しかしいずれにせよ……私は、父にとって親不孝《おやふこう》な息子になるのでしょう。それでも、自分が正しく生きたいがためにこうして貴方にこのことをお伝えするのは、私のエゴです。だからどうか、私のことは気にしないでください」

「ルートヴィヒ様……」

「アマーリエ嬢、実を言うと、昨日貴女の動揺する姿を見たのも、この件を魔法騎士団長様に正直にお話しした理由の一つなんだ。貴女はあの薬のせいで、なにか辛《つら》い目にあったんだよね？　事情は知らないが、それがもし俺の父のせいだとしたら――、そして俺がこの事実を隠すことで真実が闇《やみ》に葬《ほうむ》られるなら、俺はもう、貴女に顔向けできない。貴女の――兄ではいられなくなってしまう。だから――」

私はルートヴィヒ様を抱きしめた。

「なにを仰《おっしゃ》るのですか！　ルートヴィヒ様、貴方は何があっても私とシエナの優しいお兄様ですわ。ありがとうございます。そして、本当にごめんなさい。本当に辛いことをさせてしまいました」

ルートヴィヒ様は悲しげに、だがとても優しく微笑《ほほえ》んだ。

「ところで、貴方のお父上がなにか特別な政治的組織に所属しているなどという情報をご存じないでしょうか」

「……組織、ですか？　いや、あの通り父は人とはあまり関わろうとしない人ですから、そういうことはないかと」

「それでは、『あるべきところへ戻せ』という語をお父上が口になさるのを聞いたことなどもないでしょうか。あるいは、それが書かれた紙をどこかで見たとか……」

「『あるべきところへ戻せ』……？　ええと、いったいなんですか、それは？」

「いえ、ご存じなければいいのです」

不思議そうな顔をしたルートヴィヒ様だったが、再び真剣な表情をアレクサンダーに向けた。

「あの……非常に勝手なお願いですが、本件の真実が全て明らかになったら、私にも真相《しんそう》を教えていただけないでしょうか」

「──わかりました。その時は、貴方に全てお話しします」

「ありがとうございます……！」

それからルートヴィヒ様はさらに例の非合法混合魔法薬の材料一覧と、分析結果を詳細《しょうさい》にまとめたデータを渡してくれた。私たちは改めてルートヴィヒ様にお礼を言って彼と別れ、エーリカが待つ正面玄関ホールへと戻る。

「まだ確証《かくしょう》はないが、これは極めて重要な手がかりだ。だが、もし例の秘密組織に侯爵が関わっているのなら──」

「ええ。非常に辛い現実が待っているかもしれません」

アレクサンダーは静かに呟《つぶや》いた。

「──彼は、立派な青年だな」

「私のお兄様ですから」

私がそう言うと、彼は急に私をぎゅっと抱きしめた。

「アレクサンダー？」

「……確かに彼は立派だったが、婚約者の前で他の男に抱きつくのはどうかと思う」

「まあ、あんなことくらいで嫉妬《しっと》なさったのですか？」

「あんなことくらいって！　まさか、他の男にはしていないだろうな!?　彼にも、あんなことしていいのは今回だけだ！」

「はいはい、わかりましたから。貴方はすぐそんな子どもみたいなことを……んっ──！」

彼は私を強く抱きしめたまま、キスをしてきた。「子どもみたい」って言葉は、彼をキス魔にする地雷《じらい》なのだろうか……。

「はあ……。それで、その重要な話というのはいったい何だったのですか？」

ほら、またエーリカに見られてしまったじゃない！　また呆《あき》れられた！

私たちは、ルートヴィヒ様から聞いた話をエーリカに報告した。

「つまり、あの薬草の出処《でどころ》はわかったと言うことだ」

「……そんな重要なことがわかったのに、あそこでまたイチャイチャしていらしたんですか？」

「違うの！　あれはアレクサンダーが勝手に――！」

「いずれにしても、リリエンタール侯爵が本件に関わっているのは間違いないでしょうね」

また華麗にスルーされた……。

「でも、薬草の密売《みつばい》をしていたことは立証できても、それ以上の関与は私たちにもわからないわ」

「……いっそ、乗り込むか」

「えっ？」

「直接、侯爵に話を聞きに行くんだ」

「――でも、それで何かわかるかしら？」

「少なくとも私の感知魔法で、彼の私に対する感情を何か感知できるかもしれない」

「――確かにそうですね。もし彼が『王室正統主義者』なら、オズワルド・グリュンシュタインに対して敵意《てきい》を持っているかもしれない」

グスタフ・リリエンタール侯爵は、王立研究所の名誉《めいよ》所長。すでに名誉職なので、常に王立研究所にいるわけではない。しかし、今日なら……。

アレクサンダー曰《いわ》く、今日は王立研究所の大ホールにて研究発表会があるらしい。それには名誉所長であるリリエンタール侯爵も参加されるとのこと。待っている間にエーリカがゲッツの予定を確認してくれたのだが、夕方までは何かと忙しいようだったので、彼の予定が空《あ》く夕方過ぎにアポを取ってくれたらしい。というわけで先に、私とアレクサンダーは本日の王立研究所の研究発表会に参加することにした。

しかし研究発表か、懐《なつ》かしいな。前世で魔法学者だった頃は、この王立研究所での研究発表は日常的なものだった。私自身が研究発表を行うことも度々《たびたび》あった。まあ魔法大臣になってからは講《こう》評《ひょう》を任されることのほうが多かったが。

研究発表会は毎年この時期、王立研究所と騎士訓練場との間に建《た》つこの大きな講堂にて行われる。発表者はすり鉢《ばち》状の底の舞台上に設置された講演台に立ち、自身の研究成果を発表する。客席を埋《う》めるのは王立大学の学生たちと教授陣のほか、各分野の学者及び王立研究員たちである。

客席最上部後方にある出入り口から、講堂内に入る。すでに発表会は始まっていたが、途中入退場自由なので、私とアレクサンダーは研究発表中の緊張感のある空気を乱さぬようにそっと入場したのだが、振り向いた数名が私たち二人の姿に大きく反応したことで、講堂全体に確かなざわめきが広がった。客席中央の関係者席に座るリリエンタール侯爵も、確実に私たちの存在に気づいた。

しかし今回は、それも計画のうちだ。リリエンタール侯爵が私たちの関係に興味を持っているのなら、あえてそれを利用して、彼に揺《ゆ》さぶりをかけるのだ。

午前から行われていたらしいこの発表会はすでに終盤《しゅうばん》だ。全ての研究発表が終わってから侯爵との接触《せっしょく》を試《こころ》みるつもりなので、それまでは久々の研究発表をのんびり眺《なが》めておくつもりだ。

全ての発表が終わり、発表者たちに再び大きな拍手が送られるなか、なぜか隣《となり》のアレクサンダーが肩を震《ふる》わせている。

「あの、いったいどうなさったのですか……？」

「くっ……くくっ……！」

……笑いを堪《こら》えてる？　えっ、今の発表会に、笑いどころなんて少しもなかったはずなのに。むしろ、例のプリングスハイム方程式が導入されたことによる各分野の魔法学的発展がめざましく、私は大いに感動したのだが――。

「オズワルド様、今の発表会のいったいどこがそんなに面白かったのですか？」

「君だよ」

……は？

「私たちが今、何をしに来たかはさすがに覚えているよね？」

「あ……」

「発表を見始めた途端《とたん》、顔つきが一瞬で変わってたからね！　完全に、昔の顔になってたよ。私は君のほうを何度も見たのに、君は発表中一度もこっちを見ないで、恐るべき集中力で傾聴《けいちょう》しながら、ものすごい量のメモまで取ってさ！」

いや、その、決して本来の目的を忘れていたわけではないのだ。ただ、今回の発表会のテーマが実に興味深いものばかりだったから集中しすぎたというか、ほら、十七年間も研究から離れていたから、新説とか、いろんな目新しい情報が多くてちょっと興奮──あの、本当に目的を忘れていたわけではなく……！　──なんて、こんなのただの言い訳にしかならないか。

「ええと……本当にごめんなさい」

「ははは！　なんで謝るんだ？」

「だって今日は別の目的があって来たというのに、私ったら普通に発表会を楽しんでしまって……」

「……それでいいんだよ、アマーリエ」

「えっ？」

「むしろ、好きなだけ楽しんでほしい。本当なら、ずっと貴女が享受《きょうじゅ》できていたはずの喜びなんだ。だからこれからは、目一杯楽しんで。これまでの分を取り返すくらいにね」

そう言って微笑んだアレクサンダーは、やけに嬉《うれ》しそうだ。

とはいえ、会が終わった以上は本来の目的に戻らねば。それでふとリリエンタール侯爵の座っている関係者席のほうに視線をやると侯爵がぱっと振り返って立ち上がり、私たちが動くまでもなく私たち二人のもとにやってきた。

「これはこれは。グリュンシュタイン魔法騎士団長様とローゼンハイム公爵《こうしゃく》令嬢《れいじょう》がお揃《そろ》いで、研究発表会においでくださるとは。お楽しみいただけたでしょうか」

いつにない笑顔《えがお》を浮かべながら侯爵は言った。

「リリエンタール名誉所長、わざわざご挨拶《あいさつ》にお越しいただき、おそれ入ります。ええ、大変有意義な時間でした」

「リリエンタール名誉所長様、お久しぶりにございます。シエナやルートヴィヒ様にはいつも本当にお世話になっております。先日は、一緒に王立研究所の見学もさせていただきました」

「そうでしたか。楽しんでいただけたのならよいのですが」

「ええ、大変素晴らしかったです」

「名誉所長、よろしければこのあと少し、お話しできませんか？」

「私とですか？」

「はい。本日の研究発表についてはもちろんですが、今まであまりお話しする機会がございませんでしたので」

アレクサンダーからのこの誘いがよほど意外だったのだろうか、ほとんど変化のない侯爵の顔に驚きの色が一瞬はっきりと浮かぶが、すぐにまた元の笑顔になった。

「では是非《ぜひ》。私も、お二人とは一度、きちんとお話ししてみたかった」

こうして、私たちはリリエンタール侯爵との接触に成功した。

私たちは、王立研究所の応接間に案内された。それからしばらくは、先の研究発表の話や世間話をした。魔法が使えないことになっている私は、二人の話を聞くことに徹《てっ》していた。

「いやはや、魔法騎士団長様が魔法学の知識を豊富にお持ちなのは存じておりましたが、想像以上ですな。超一流の魔法学者にもなれるでしょう」

「先生がよかったのです」

「リースリング博士でしたね」

「それに、私はナターリエ・プリングスハイム先生を心の師として仰《あお》いでおります」

ナターリエの名が出たとき、侯爵は僅《わず》かに目を細めた。

「……ですが、貴方はプリングスハイム博士と接点はないでしょう？」

「直接教えを乞《こ》うことは叶《かな》いませんでしたが、プリングスハイム先生の書籍や研究書で学びましたので。私は彼女の生き方や考え方を心から尊敬しています」

「そうでしたか。確かに――優れた女性でしたからね、プリングスハイム博士は」

そう言って僅かに微笑むと、侯爵はそっと視線を逸《そ》らした。

そんな侯爵をまっすぐに見据《みす》えたまま、アレクサンダーは静かに笑っていた。

「ああ、そうだ。大変失礼ながら、お二人は今、お付き合いをなさっていると娘に聞きました」

「ええ」

「すでに、ご結婚もお考えですか」

「もちろんです。私たちは、必ず結婚します」

「それは、実におめでたいことですね。心よりお祝い申し上げます」

「ありがとうございます。ところで……王太子殿下のお妃《きさき》選びは、まだ先になるようですね」

アレクサンダーが仕掛ける。

「……そのようですね。まだ国王陛下は何も公表されない」

「正直なところ、リリエンタール侯爵はどのようにお考えですか？　王太子殿下は——回復されると思いますか？」

「——それは、いったいどういう意味でしょうか？」

「すでに……十七年になりますね、殿下が、表舞台に出られなくなってから。いつまでこの状況が続くのでしょうね」

アレクサンダーの発言に、侯爵の表情が僅かに硬《かた》くなる。しかし、一瞬でまた元の表情に戻った。

今の表情には、どういう意味があるのだろう。突然の話題に驚いただけなのか、それとも……。

「国王陛下が五年前にあと数年、と仰っておりますから、もうじき——」

「もうじき、どういった発表があるのでしょうね。よい発表だといいのですが」

アレクサンダー……かなり、攻めるな。正直、私はすごく不安だ。もし——、この人がもし本当にそうなら、彼は今、すごく危険な挑発《ちょうはつ》をしていることになる。

「ローゼンハイム嬢、貴女はどうお考えですか？」

「えっ……」

「魔法騎士団長様は、王太子殿下がこのまま回復されない可能性を示唆《しさ》されているようですが」

……。今ここで、なんというのが正解なのだろう。揺さぶりをかけるなら、私もアレクサンダーに調子を合わせるべきだ。

でもそれは……アレクサンダーを危険に晒《さら》すことになるのではないだろうか。だとしたら、私にはそんなこと、とても言えない。

「あの……ごめんなさい、私、そういうことに全く疎《うと》くて……」

逃げてしまった。

だがそのとき――リリエンタール侯爵が一瞬、嘲笑《ちょうしょう》するような表情を浮かべたように見えた。

ああそうだ、この表情……。私は、知っている。

「……それで、侯爵のお考えは？」

「そうですね私は……今はまだ、国王陛下からの発表を待つことにしましょう。魔法騎士団長様、貴方は才能もあり、実力もあり、地位も、名誉もある。素晴らしい女性をも手にして――。ですが、あまり多くを望みすぎないことです。多くを望みすぎると、身を滅《ほろ》ぼしますよ」

「――それは、警告ですか？」

「ただの、年配者からの助言ですよ」

侯爵は、笑っていた。ただその笑顔は金属のように冷たく、何か無機質なものに感じられた。

私たちはリリエンタール侯爵と別れた。

「……アレクサンダー、貴方あんなこと言って――」

「――あの人だ。間違いない。私ははっきりと感じた。貴女の――つまりナターリエの名を出したとき、あの人は強い『恐怖』を感じていた。それに、私への敵意。表情は隠せても、心の中は敵意しかなかった。彼だ、貴女を殺させたのは。私から、貴女を奪ったのは……！」

彼が怒りに震えている。私は強く彼を抱きしめ、彼も私を強く抱き返した。

「アマーリエ！　私はっ――！　さっき、あの男を殺しそうだった！　もし君が……君が私の隣にいなかったら！　もし君が私のもとに戻っておらず、彼が真の黒幕だと気づいていたら……私は、間違いなく彼をこの手で殺していた――！」

私は何も言えなかった。でも――私にも、もうわかっていた。ああ、この人だったのかと。

先程話していて、彼がナターリエの頃に私に向けていた表情を思い出したのだ。あの頃の私にはよくわからなかった。そういうことを察するのは、あまり得意ではなかったから。

でも、アマーリエである今なら理解できる。彼は……ナターリエがアレクサンダーの側《そば》にいることを本気で嫌がっていた。

彼は例の噂《うわさ》を――つまり、身分の低い私が王太子殿下を利用しようとしているとの噂を、本気で信じていたのだ。

だから、私を――。

震えが、止まらない。

「アレクサンダー、私――」

「大丈夫。君には――私がいる」

彼は私の震えが止まるまで、ただ強く、優しく抱きしめてくれた。

真の黒幕はわかった。しかし、証拠がない。あの薬草を彼が育てているというだけでは、十七年前のナターリエ・プリングスハイム殺害を計画した証拠にはならない。

アレクサンダーは、だからこそ自分を襲わせればいいなどと言うが、そんなこと、絶対にできない。彼を危険に晒すようなことをどうして私が認められるだろう。

再度合流したエーリカにも、この事実を伝えた。驚いてはいたが、リリエンタール侯爵の政治的立場が堅固な王室派であり、身分制にも強く固執《こしつ》している点からして「王室正統主義」に属《ぞく》する者の人物像にこの上なく当てはまっていると、妙に納得もしていた。

ちょうどよい時間になったこともあり、私たちは三人揃ってゲッツのもとを訪ねた。彼は私たちをすぐに魔法大臣執務室に通してくれたが、十七年ぶりに訪れるその部屋に私はなんとも言えない懐かしさを感じた。

なお、彼は私が使っていた頃から内装などほとんど変えていないようで、唯一大きな変化があるとすれば、新たにナターリエ・プリングスハイムの大きめの肖像画《しょうぞうが》が壁にかけられていることくらいだろうか。

「これはこれは！　実に豪華《ごうか》なメンバーですな！」

「さっそくお時間をお取りいただき、ありがとうございます」

「いえいえ！　しかし、なんとも感慨《かんがい》深いものだ。プリングスハイム先生が魔法大臣だった頃には、貴女ともよくお話ししたものですが」

「ええ、そうでしたわね！　なんだか……本当に不思議ですわ。あの頃から、もう十七年ですか。昨日のことのようですのに、まるで前世の記憶かなにかのように遠い過去のようにも感じますわね。

まあ、ナターリエにとっては本当に前世のことなわけだけど」

その言葉で私に向けられた三人の目はどれも少し潤《うる》んで見えて……でも同時にとても嬉しそうに微笑んでもいて――この素敵な人たちとこうして再び会えたことに、改めて胸がいっぱいになった。

「ところで、本日はいったいどのようなご用件で？」

「『魔法犯罪者記録』を見せてもらいたいの。もちろんあれが魔法大臣にしか閲覧を許されない機《き》密《みつ》記録なのはわかっているんだけど、可能なら少しだけ――」

「もちろん、お好きなだけご覧《らん》ください！」

「……いいの？」

「当然です！　もとより私にできるお手伝いはなんでもさせていただくつもりでしたし、そもそもあのようなことさえなければ、きっと今だって貴女が魔法大臣をなさっていたはずだ。まあ王太子殿下が貴女をすでにお妃様になさっていた可能性のほうが、もっと高そうではありますがね！」

そう言って悪戯《いたずら》っぽく笑ったゲッツは「魔法犯罪者記録」だけでなく、国内の全魔法使いの記録や魔法使いの出入国記録などを全て閲覧可能な状態にしてくれた。

黒幕がリリエンタール侯爵であるとわかった上で侯爵家やその親族関係に絞ってその動向を辿《たど》ると、興味深い情報を得ることができた。

まず、私を殺したクリーク元国防大臣の右腕だった人物が、リリエンタール侯爵家と縁戚《えんせき》関係にある人物だったこと。そしてクリークが自白時に呪《のろ》いによって殺された際、その右腕である人物もやはり同じ呪いで死んでいるということ。

加えて、リリエンタール侯爵家とその親族の間でごく軽い犯罪により家門から抜けさせられた者が過去二十年の記録の中で数名存在したということ。この情報だけでは何を証明できるわけでもないが、大きな罪を犯したわけでもないのに家系図からも抹消《まっしょう》されているというのは、解《げ》せない。もしかするとその者たちは「秘密結社」のメンバーとして裏社会で活動しやすいようにあえて家門から抜け、裏で「秘密結社」の活動をサポートしているのかもしれない。だとすれば、「貴族的な所作」をしていたあの露天商の身元は——。

時間も時間ということで、今日のところはこの辺りで切り上げることになった。ゲッツに再度深く感謝の意を伝えると、「この場所で、またあの頃のように先生とこんなことができるなど、本当に夢のようです。改めて……プリングスハイム先生、本当にお帰りなさい！」などと言ってくれたので、思わず涙ぐんでしまった。

ゲッツとエーリカと別れたあと、私とアレクサンダーはグリュンシュタイン邸《てい》に向かった。今夜は、ここの書庫でさらに調べものをするつもりだ。

小一時間ほど調べものをしたところで、ノックの音がした。

「エーミールです。ちょっとよろしいですか？」

「ああ、入ってくれ」

すぐにエーミールが入ってきた。

「兄上、今夜はこのままこちらに——？」

「ああ、そのつもりだが」

「ローゼンハイム嬢《じょう》には、すでに事実をお伝えになったのですよね？　つまり兄上が……」

「ああ、大丈夫だ」

「よかった。では兄上は、本日も王宮でお休みになったほうがよいかもしれません」

「――なぜだ？」

「ここ数日、王宮にいらっしゃったのでお伝えしておりませんでしたが、このところ、屋敷の外が不穏《ふおん》な感じなのです。いつも以上に警備態勢を強めていますが、万一のために兄上は本日も王宮でお休みになったほうがよいかと。王宮なら、より安全です」

「――！　……そうだったのか。エーミール、お前には迷惑をかけ通しだな。だが、私は大丈夫だ。アマーリエ、そういうことだから、残りのここでの調べものは私一人でやるよ。王宮に送るから、私が明日戻るまで私の部屋から出ないでくれ。あの部屋なら、安全だ。それで、明日はまた――」

「なっ!?　だめです！　そういう危ないことをさせないために、私が貴方を見張っていることをお忘れですか!?」

「そうだったね。だが、今日は――」

また、ノックの音がした。ノックの主はグリュンシュタイン家の執事《しつじ》だった。

「オズワルド様、エーミール様、ローゼンハイム嬢、お茶の準備が整っております」

「ティーブレイクだ。いずれにせよ、少し休もう――」

ティールームに案内される。壁も調度品も金色と深緑色とに統一された、とても美しい部屋だ。

ティーテーブルの上にはすでに茶菓子などが準備されており、着席すると私たちそれぞれの前に熱々の紅茶が出された。アールグレイティー特有の爽《さわ》やかな香りが立ち上る。

このあと話す内容が少し込み入ったものになることを予想して、アレクサンダーの指示で執事と使用人たちは部屋の外に出され、部屋には私たち三人だけになった。

「そうだ、遅くなりましたが、ご婚約、本当におめでとうございます！　兄上から伺《うかが》い、本当に嬉しくて！　来月初めの陛下の誕生祝賀会にて公表なさるとのことですが、今から楽しみで仕方がありません。とはいえ、もう日もあまりありませんから、これから準備で大忙しですね！」

エーミール様が本当に嬉しそうに言った。「オズワルド様」の正体がアレクサンダーだったことで、アレクサンダーとエーミール様が本当の兄弟ではないこともわかったわけだが、それでもこの二人の間にある信頼関係は、本当の兄弟のそれのように感じる。

話を続けながら、私たちはほぼ同時に、その淹《い》れたての紅茶をひと口啜《すす》った。

ふわりと鼻腔《びこう》に抜けるベルガモットの香りを楽しみ、ふっと視線を上げる。

――急に、しんとなる部屋。

私は最初、何が起こったのかわからなかった。

不思議に思い二人の表情を窺《うかが》うと、アレクサンダーもエーミールも何故か目を閉じている。

どうしたの？　……二人とも、眠ってる？

あっ――もしや……！

自分の鼓動《こどう》が、恐ろしいほど大きく聞こえる。

時間が止まったようで――声が出ない。

身体《からだ》が震える。

呼吸の仕方が――わからない。

だめだ、落ち着け。落ち着かなければ！

冷静に――冷静になれ、アマーリエ！

もしこれがあの「薬」なら――早急に対処すべきだ。

しかし――吐血《とけつ》はしていない。

もしや、毒ではない？

眠っているなら――睡眠薬。

アレクサンダーが私に言った言葉を思い出す。

『いくら魔法が使えたって――たとえば睡眠薬をもられたらどうする!?　抵抗する隙《すき》すらなかったら!?』

そうか、相手が魔法使いなら――毒を盛るより、気づく前に眠らせるほうが確実……？

――ああ、そういうことか。ナターリエのときはカモフラージュに毒が入っていた。だが、当時とは違い「非合法混合魔法薬」は裏社会で知られるようになってきた。

つまり、これがただの毒薬ではなくウイルス感染によって死をもたらす薬だと知る人間が徐々《じょじょ》に増えているということだ。

それなら……当然、そのままにはしない。だから「変わり種」を作ったのだ。きっと毒の代わりに睡眠薬を入れ、そもそも魔法使いに魔法を使う隙を与えないようにしたに違いない――！

落ち着け、大丈夫。私が、二人を救わなければ。

私は絶対に――絶対に、貴方を死なせない。

焦《あせ》るな。落ち着くんだ。

まずは震えを止めて……――深呼吸。

「集中」、そして「統一」。

「滅菌《ヴアクシナエ》」

――効《き》いたのか？　わからない――。覚醒《かくせい》させないと――。

「集中」、そして「統一」。

「覚醒《アギト》」

起きない……？

だめ！

――お願い
――お願い！

――お願い!!

――起きて！！！

――目を開けて！！！！

私を置いて逝《い》かないで……！

私は彼の唇《くちびる》にキスをした。

彼は——目を開けた。

「……アマーリエ？」

「アレクサンダー！」

「うっ——！」

……⁉

そうか、ウイルスでまだ体内にダメージが‼

すぐに治癒《ちゆ》魔法を——！

「じっとしてて！」

「集中」、そして「統一」。

「治癒《クーロー》」

「……っ！　ありがとう、もう大丈夫だ。しかし今、いったい何が——？」

そうだ、証拠の確保！　テーブルの上の状態保存——。

「保存《サルヴアーレ》」

「ううっ……兄上、今のは……？」

——！　よかった！

エーミール様も、無事だ！　二人とも、目覚めた。

二人とも、生きてる！！！！

緊張の糸が、切れた。急に、全ての感情が戻ってくる。

一気に「不安」と「混乱」、言いようのない「恐怖」、そして——深い「安堵《あんど》」が、私を襲った。

「アレクサンダー!!」

彼に強く抱きつくと、私は大声で泣いた。

ようやくこの状況を理解したアレクサンダーは、私を強く強く抱き返した。

そして私の背中を優しく撫《な》でながら、何度も何度も「ごめん」と言った。

——あれは、なんと恐ろしい時間だったのだろう。

ほんの数分間だったのに——まるで、永遠のようだった。

彼が死んでしまうかもと思ったら、彼をこのまま永久に失うかもしれないと思ったら——。

私はもう、生きてはいられないだろうと思った。

ああ、あの日。

こんな恐ろしい時間を、幼いアレクサンダーは経験したのか。

そして私は、今の彼のようにすぐに戻ってきてあげることもできなかった。

——十七年間も、彼をこの恐ろしい時間のなかに、独《ひと》り、置き去りにしてしまったのだ。

私は、涙が止まらなかった。

ただずっと、先程の恐怖と——今、確かに感じている彼の温《ぬく》もりの安心感で、私は本当に子どものようにずっと泣き続けた。

彼の胸でずいぶん泣いて、私はなんとか落ち着きを取り戻した。

その間にエーミール様が魔法でグリュンシュタイン邸の完全封鎖と、侍女たちを含む屋敷の全員にその場での待機命令を出した。

アレクサンダーは「伝心《テレパトス》」でクラウス様に連絡を入れた。至急、捜査の準備をして、誰にも言わず一人で来るようにと伝えたらしい。

「もう本当に、どこも痛くない……？」

「ああ！　もう大丈夫だ！　二人とも、すでにすっかり完治している。――君のおかげだ。対処が的確だったおかげで、そもそもダメージをほとんど受けずに済んだ。そのうえ君の治癒魔法で今日一日の疲れまで消えて、さっきより元気なくらいだよ」

彼はまた私を抱きしめ、とても優しくキスをする。

「そうだ、念のため、君の身体も見せてくれ」

彼は私に魔法による簡単な診察を行った。

「よかった……なんの問題もない。君の紅茶には、本当に何も入っていなかったようだ。そうか、君は今回の殺害対象ではなかったし……そもそも、魔法を使えないと思われていたからだね。一緒にいても君には何もできないと思われたんだ。だから、あえて何も入れなかった」

「ローゼンハイム嬢、おかげで助かりました。貴女に命を……救っていただいた。しかし、いったいなぜ、こんな恐ろしいことが――！」

「でも、今度こそ……証拠は確保できたはずです」

「ああ、その通りだ！　あの状況で『保存《サルヴァーレ》』を使ったのは、素晴らしい判断だった。さすがだ」

「なんども……頭の中でシミュレーションしていましたから。あの日に戻れるなら、私は何をしたか。何をすれば、あの日、貴方の御前で殺されずに済んだか。何をすれば——たとえ私が死んでも、真の黒幕を捕らえられたか」

彼はまた私をしっかりと強く抱きしめた。エーミール様が、とても不思議そうに尋ねる。

「ローゼンハイム嬢、それはいったい、どういう意味ですか？　それにローゼンハイム家の貴女が、どうして魔法を使えるのです？」

私が口を開くよりも前に、アレクサンダーが応《こた》えた。

「エーミール、すまなかった。私といたせいで、お前を危険な目に遭《あ》わせてしまった。私が突然兄になったとき、お前はまだ小さな赤ん坊だったが——、成長して真実を打ち明けても、変わらず私を本当の兄のように慕《した》ってくれた。私も、お前を本当の弟のように思っている。それにナターリエのことでは、お前にはこれまでいろいろ協力してもらったからな。——お前にも、話しておきたい」

アレクサンダーは語った。私こそが彼の失った最愛のナターリエの転生者であること。

しかしそれに気づかぬまま、再び私に恋をしたこと。

エーミール様のおかげもあって、互いの正体に早く気づくことができたこと。

そしてローゼンハイム家の魔力と——だからこそ今日私がこの魔法薬の効果を無効化できたこと。

その全てを彼はエーミール様に話して聞かせた。

「——信じられないような話だ……しかし、信じざるを得ない——そうすれば、確かに全ての辻褄《つじつま》が合う」

彼は衝撃を受けてはいるが、妙に納得したように、何度も頷《うなず》いた。

「兄上、私にこんな重大なことを打ち明けてくださり、本当にありがとうございます。では、貴女はナターリエ・プリングスハイム先生なのですね。尊敬する兄上が愛した方だからと、貴女の著作は全て読みました。――私も心から貴女を尊敬しております。プリングスハイム先生、お会いできて、本当に光栄です」

「エーミール様……そんなこと面と向かって言われると、恥ずかしいですわ」

彼は本当に深く感動しているようだ。そして、突然その目に涙を浮かべた。

「……エーミール様？」

「ごめんなさい。ただ……嬉しいのです。兄上は、貴女のことを本当にずっと想われていたのですから。私は、兄上のことをこんなに強く、優しく、完璧《かんぺき》な人はいないと思っています。そんな方が、いつも部屋で独り、貴女を想って静かに泣いていたのを私は知っています。兄上は人前ではそんな素振《そぶ》りを全く見せませんでした。だから、はじめは私も気づかぬふりをしました。しかしあるとき耐え切れなくなり、兄上が泣いていらっしゃるときに勝手に部屋に入って、無礼《ぶれい》を承知《しょうち》でお尋ねし――過去のお話を聞かせていただいたのです。それからは私も微力ながら、プリングスハイム先生の事件の調査をお手伝いして参りました。私は今、本当に嬉しい、嬉しくてたまらないのです！　兄上が心から愛する人と再会できたこと、そしてお二人が、本当に深く互いを想い合い、愛し合っていらっしゃることが！　お二人は、運命によって固く結びつけられている。私はお二人の運命を最も美しい、尊《とうと》いものであると感じます。お二人が永遠に共にあらんことを！」

エーミール様は涙を流していた。アレクサンダーはそんな彼を抱きしめた。

血の繋《つな》がりはないのかもしれない。だが、本当に美しい兄弟愛が、そこにあった。

間もなく、クラウス様が屋敷の前に到着した。が、屋敷を封鎖《ふうさ》しているため中に入れないので、彼はアレクサンダーに「伝心《テレパトス》」で連絡してきた。

エーミール様は屋敷を封鎖したまま、クラウス様だけを中に通した。

「いったい――いったいどういうことですか!? 貴方の命が狙われたと!? それに、このことをまだ誰にも言うなとは!? お屋敷は封鎖されているし――!」

「先程ここで、例の『非合法混合魔法薬』を盛られた。エーミールと私の二人とも」

「なっ……!?」

「アマーリエがいなければ、私たちは確実に死んでいた」

「そんな――!」

「この屋敷の中に、内通者《ないつうしゃ》がいる。今回も――『薬』は紅茶に入っていた。前回、つまり十七年前は、給仕の侍女だった。今回もそうかもしれない。比較的すぐにエーミールが屋敷を封鎖したので、逃げてはいないはずだ。取り調べてほしい」

「わかりました!」

クラウス様は机の上を確認した。

「『保存《サルヴァーレ》』ですね、助かります。これなら、分析にかければ高確率で『非合法混合魔法薬』中に生きたウイルスを検出できるはずです」

「アマーリエの的確な判断のお陰だ。全て、彼女がやったことだ」

「ローゼンハイム公爵令嬢が、ですか？　しかし彼女は魔法が――」

アレクサンダーは少し考えてから、言った。

「なんだ、まだ奥方に聞いていないのか？」

「――聞いていません。やはり団長のことは、団長ご自身からお聞きしたいと思いましたので。団長が話したいと思った時に、私に話していただければ構いません。それまでは、言われたことを言われた通りにやるまでです」

アレクサンダーは笑った。

「そうか。……クラウスらしいな。わかった、また――すぐに説明する。そうだな、では今は何も聞かず、魔法騎士団長オズワルド・グリュンシュタインが暗殺されたことを伝えてくれ」

「はっ!?」

「聞こえただろう、オズワルド・グリュンシュタインが暗殺された、と」

「ですが、そんなこと――！」

「ただし伝えるのは、グスタフ・リリエンタール侯爵にだけだ」

「――！　つまり、リリエンタール侯爵が!?」

「彼にはこの情報はまだ極秘だから誰にも言わないように伝え、また、魔法薬の分析を直々に依頼したいので、二時間後、王立研究所の魔法研究所に来てほしいと伝えてほしい」

「承知しました！」

クラウス様はしかし、怒りに震えている。

「それにしても――侯爵が貴方の命を狙った⁉　しかもローゼンハイム嬢がいなければ、死んでいたと――⁉　許せません……！　我が国の英雄オズワルド・グリュンシュタインの暗殺を企《くわだ》てるなど――！」

そして今度は、彼は涙を流しつつ、アレクサンダーを抱きしめた。

「本当に……本当によかった！　貴方がいない魔法騎士団など、私にはもはや想像できないのです！　本当に、よくぞご無事で！」

アレクサンダーもまた彼を強く抱き返したが、少し寂しそうに笑った。

「ありがとう、クラウス。もう……七年になるのか、私が魔法騎士団長になってから。それ以前に、まだほんの子どもだった私が入団したときから、君には世話になりっぱなしだった。君が副団長で、私は幸せだったな。――だが、魔法騎士団長オズワルド・グリュンシュタインは、まもなく本当にいなくなる。そうしたら君が、魔法騎士団長になってみんなを率いてくれ。大丈夫だ、君ならできる」

「――団長？　いったいなにを仰って……」

「詳しい説明はあとだ。私とアマーリエは、この証拠の分析のために、王立研究所へ直接向かう。クラウス、あとは頼んだぞ！」

「だっ――団長⁉」

あとのことはクラウス様とエーミール様に任せ、私とアレクサンダーは急ぎ「移動《テレポルタティオ》」で王宮内の例の勉強部屋に直接移動した。

そこからルートヴィヒ様の個人研究室に向かい、今回の魔法薬の分析を依頼しなければならない。

リリエンタール侯爵には「グリュンシュタイン魔法騎士団長が何者かに毒殺された」という偽《いつわ》りの情報を伝えた上で、その暗殺に使われた魔法薬の分析をクラウス様から依頼する。だがそれは、彼を魔法研究所に呼び出す口実に過ぎず、その前に私たちは真の分析結果を得る必要がある。

それを彼の息子であるルートヴィヒ様に依頼せねばならないのは非常に心苦しい。なぜならこれは彼にとって、辛い真実になるだろうから。

しかし彼にしか頼めないし……彼なら、どんな結果でも必ず私たちに真実を告《つ》げてくれるだろう。

勉強部屋に移動して早々、アレクサンダーはなにやら嬉しそうにこちらを見ている。

「ええと……いったい、どうなさったのですか？」

「――知っていたかい？　君は普通に外から『移動《テレポルタティオ》』で王宮内に移動したが、これは普通ならできないことなんだよ？　王宮のセキュリティ上の関係で」

「えっ？　あ、確かにナターリエの頃はできませんでしたわ。でしたら、今はどうして――」

すると、彼は後ろからぎゅーっと私を抱きしめた。

「なんですか、突然!?」

「君がここに魔法で移動できるのは、もう王族の一員だからだ。君が――私の『レガリア』だから。

そう考えたら、なんだか無性《むしょう》に嬉しくなった」

「……こんな状況なうえ、ついさっき死にかけたばかりだというのに、ずいぶんと余裕がございますね？」

「それは違うよ。むしろ——だからこそ噛《か》みしめてるんだ、君といられる喜びを。さっき君が私の胸で泣いていたとき、君の言っていたことがよくわかった。大切な者を残して逝くことの苦しみ、というのが。十分想像できているつもりだったが、足りなかったな。本当に辛かった、君を悲しませていること、そして危うく……君を独りにするところだったということが。実際に相手の立場になって、はじめて理解できることがあるんだね。改めて誓おう。私は、決して君を独りにしない。だからアマーリエ、君ももう一度誓ってくれ、もう決して私を独りにしないと。これから先、私たちはずっと同じ時間を生きて、二人ゆっくりと年を重ねるんだ。おじいさんとおばあさんになってもずっと、二人一緒に。その最期《さいご》のときまで、ずっと、相手の側にいると」

「アレクサンダー……。ええ、誓います。もう二度と、貴方を独りにはしません。ずっと、私は貴方のお側におります——」

私たちは二人だけの誓いのキスをした。それはとても神聖で、純粋で、とても甘いキスだった。


私たちは人目につかぬように王立研究所のルートヴィヒ様の個人研究室に移動した。彼にはすでに「伝心《テレパトス》」で連絡済みである。

「どうぞ、お入りください」

彼は神妙《しんみょう》な面持ちで、私たちを研究室に招き入れた。

「分析をお願いしたいのは、この紅茶です」

「――わかりました。ああ、『保存《サルヴァーレ》』がかけられている。助かります」

ルートヴィヒ様はとても落ち着いていて、それを慣れた手つきで手際《てぎわ》よく分析機器にかけた。

「あとは、十五分程待てば、結果が出ます」

「ありがとうございます」

そして、沈黙。空気が重い――。仕方ない、この分析結果がなんの真実を導き出すためのものか、優秀な研究者であるルートヴィヒ様はすでによく理解されているのだ。

と、ルートヴィヒ様が突然、沈黙を破った。

「先程――父から連絡がありました」

「なんと!?」

「用件そのものはたいしたものではなかったのですが、そのとき父は、妙に機嫌がよかった。仕事が上手《うま》くいったのだと思いました」

「……」

「そのあとすぐに魔法騎士団長様からご連絡いただき、また例の『非合法混合魔法薬』が使用されたこと、それどころかこれで貴方が狙われたと知り、私は直感的に何が起きているのかがわかった。やはり――父が関与していたのですね」

ルートヴィヒ様は、微笑《びしょう》を浮かべていた。だがその微笑はなんとも言えぬ切ないもので、すでに全てを受け入れる覚悟ができているように見えた。

「お見せしたいものがあります」

「えっ？」

ルートヴィヒ様が、懐《ふところ》から何かを取り出す。それは――一枚の羊皮紙《ようひし》だった。

「これを先程、父の書斎で見つけました」

――！

「お二人と別れた後で、魔法騎士団長様が仰っていた『組織』のことが気になり、父が今日は遅くまでうちに戻らないことは知っておりましたので……。書斎にはリリエンタール家の家系図と一族の歴史がまとめて保管されている箱があり、父は大切な書類はそこに保管するので、もしやと思い、その中を確認しました。一見おかしなものは見当たらなかった。しかし数枚の白紙が紛《まぎ》れており、そこには百合《ゆり》の紋章の透《す》かしが入っていました。本来これはリリエンタール家が発行する極めて重要な証明書にのみ入れるもので、我が一族の直系の者だけが特別な魔法を使うことで刻印できます。もしやと思い、私はあることを試しました。それは解術魔法の一種で、一族間で機密情報をやり取りする際に大昔から使われているものですが、特にこれは、リリエンタール家の魔力を継《つ》ぐ人間にのみ解術できるようになっています。もちろん、私にも解術可能です。ただの白紙であってほしいと願いながら、これの解術を試みました――」

ルートヴィヒ様が広げたその羊皮紙ははじめ白紙だったが、彼が小さく呪文を唱えた次の瞬間、そこにはっきりと文字が浮かび上がった。

「……『あるべきところへ戻せ』」

この紙がリリエンタール侯爵の書斎から見つかっただけでも、決定的である。

「これは魔法騎士団長様が仰っていたフレーズですね。そしてその下にある数字とアルファベットですが、これは――薬草の分類記号です。実に奇妙な話ですが、私が昼にお二人にお渡ししたあの分析結果の内容とほぼ同じものが、ここに載っています。これの意味することは――」

ああ、もうすでに彼は全てを理解しているのだ。にもかかわらず、彼はその全てを私たち二人に正直に話してくださったのだ。彼にとってあまりにも残酷な、その真実を。

「ルートヴィヒ様……」

「すでに、覚悟はできています。私は、大丈夫です。それよりも、魔法騎士団長様に本当に申し訳なく――」

「貴方のせいではない！　むしろ、貴方が事実を隠すことなく正直に話をしてくれなければ、真相には辿り着けなかった」

そのとき分析結果が出たことを知らせる音がして、結果を見たルートヴィヒ様は悲しそうにまた微笑んだ。

「……これから、父と会うのですよね？　その前に、私が父と会って、話してはいけませんか。可能であれば――父に、自首してもらいたい」

「――ええ、構いません。では、そのようにしましょう」

「ありがとうございます……！」

ルートヴィヒ様はアレクサンダーに深く頭を下げた。アレクサンダーは彼に顔を上げるように言ったが、それでも彼はしばらくの間、そのままじっと頭を下げ続け、その下には水滴《すいてき》がぽたぽたと落ちていた。

魔法研究所内にある一室。魔法解析《かいせき》及び魔法薬等の分析を行うための精密機器が多数並んでいる。すでに時間も遅いということもあり、研究員は誰もいない。

この間に、クラウス様から新しい報告が上がっていた。エーリカが彼に例の裏路地で捕らえた男がリリエンタール侯爵家の者、あるいはその親族だった可能性が高いと伝えてくれたようで、そこから筆談による尋問により、男がまさにリリエンタール侯爵の甥《おい》であったことが判明したとのこと。

――すでに、証拠は集まった。あとは、侯爵がどう出るか。彼を許す気は全くない。しかし母の墓前に花を手向けた彼がその娘の私をなぜ殺したのか、知りたかった。納得できる理由など到底あるはずもないが、しかしルートヴィヒ様のためにも、理解や納得はできなくともそこに彼なりの矜持《きょうじ》のようなものがあってほしいなどと心のどこかで願ってしまうのは、実に奇妙な心持ちだ。

約束の時間になった。私たちは物陰に身を隠し、ルートヴィヒ様が父であるグスタフ・リリエンタール侯爵の前に進み出る。

「――！　ルートヴィヒじゃないか。いったい、こんな時間にどうしたのだ？」

「……父上こそ、ここで何をなさっているのですか？」

「私は、魔法騎士団の副団長より依頼を受けて、分析を行うところだ」

「……魔法騎士団長様暗殺の件ですか？」

「お前も知っているのか!?」

「ええ」

リリエンタール侯爵は驚いた様子だったが、ふっと笑った。

「機密だと言っていたが、もう情報が漏《も》れたのか」

「……父上は嬉しいのですか？」

父の表情を見たルートヴィヒ様が問う。

「何を言うのだ？　嬉しいわけがないだろう」

「ですが……」

「だが、確かにあの男は、多くを望み過ぎていた。それが結果として、その身を滅ぼしたのだ」

その言葉を聞いて、ルートヴィヒ様は大きなため息をついたが、覚悟を決めたようにぐっと顔を上げた。

「――父上、私は父上が『カリア』を栽培しているのを知っています。そしてその『カリア』が、今回の事件で使われたことも」

リリエンタール侯爵は、身体を強張《こわば》らせた。

「なんだと……」

「父上、教えていただけませんか？　いったい、どうしてこのようなことを――？」

「……」

「父上、自首してくださいませんか？」

「お前は、何を言っているのだ!?」

「ほかにも証拠があるのです。父上がこの件に関与しているという、動かぬ証拠が。ですから、どうか自首してください。自首してくださらないなら、私が国王陛下にご報告することになります」

「な……なにを生意気な！　父親を脅《おど》そうと言うのか⁉　お前は、わかっていない！　私が……いや、私たちがいかに崇高《すうこう》な理念のもと、どんな思いでこの組織を守ってきたと――！」

「組織とは、いったいなんのことなのです⁉」

リリエンタール侯爵は、明らかに動揺している。

「この組織の長《ちょう》を我が一族が代々担《にな》ってきたのだ！　そしていずれはお前に継がせるはずだった！　それなのに、カロリーナが邪魔《じゃま》をしたのだ！　そのせいでお前たち二人は我々の崇高な理念を理解できない、出来損《できそこ》ないに育ってしまった！　――もういい、お前の記憶を消すまでだ」

そう言うと彼は、防衛する隙を与えない速さでルートヴィヒ様を壁に叩《たた》きつけ、抵抗されないうちに記憶操作の魔法をかけようとした。

だが、様子を窺っていたアレクサンダーが、すぐさま防衛魔法でルートヴィヒ様を守る。

「誰だ⁉」

振り返るリリエンタール侯爵が見たのは死んだはずの魔法騎士団長、オズワルド・グリュンシュタインの姿だった。

「なっ――！　貴様、なぜ生きている⁉」

「リリエンタール研究員、すまないが、もうこれ以上は待てない。許してくれ」

「もう――十分です。本当に、ありがとうございます」

混乱しているのは、リリエンタール侯爵だ。

「なぜ――！　お前は確かに死んだと……」

「二度も同じ手は通用しません！」

アレクサンダーの背後から彼の目の前へ歩み出た私は、侯爵を睨《にら》みつけながら言った。

「――ローゼンハイム嬢……！　これはいったい、どういうことだ!?」

「すでに、貴方が『真の黒幕』であることは、わかっているのです！　ですが、私たちはできることなら貴方に自白してほしかった」

「まあ、自白したところで私は許すつもりはないが。お前の犯した罪は、あまりに大きすぎる」

リリエンタール侯爵は、静かに笑った。

「なんのことです？　私はただ、魔法騎士団副団長より依頼を受けて、ここにいるだけだ。それを『真の黒幕』？　貴方たちの冗談《じょうだん》に付き合っている暇はない」

「しらばっくれても無駄《むだ》だ。これが、何かわかるか？」

先程ルートヴィヒ様が解術した例の羊皮紙を取り出すと侯爵の顔色が一瞬にして変わり、ルートヴィヒ様を恐ろしい形相《ぎょうそう》で睨みつけた。

「『あるべきところへ戻せ』――お前たちの秘密組織のことはもう知っているのだ。さらにクラウスから報告を受けたのだが、先日、『非合法混合魔法薬』を密売していた男の身元も判明したようだ。なぜか家系図には載っていないのだが、貴方の――甥っ子のようだな？」

「……」

「その男は、許されない罪を犯したんだが、知っているか？　――『レガリア』を、手にかけようとしたのだ」

「『レガリア』を？　……どういうことだ、王妃《おうひ》を――ありえない」

「王妃ではない、王太子妃を、だ」

「なにを言っている？　今この国に、王太子妃などいない」

「王太子妃はいるぞ？　ここに」

リリエンタール侯爵は怪訝《けげん》そうな顔をする。そんな彼をじっと見据えたまま、私は一歩前に出た。

「貴方たちの組織は、極端な『王室正統主義』ですから、そんなことをするはずがないとお思いですか？　ですが、貴方たちは大きな間違いを犯したのです。千年前も、十七年前も、今日この日も」

「魔法騎士団長、ローゼンハイム嬢、貴方たちの言っていることはさっぱりわからない」

アレクサンダーは、オズワルドの目と髪の色から、本来の色へと戻した。

「――!?　何をしている？　なぜ目と髪の色を変え――」

「変えたんじゃない、戻したんだ、本来の姿に。この国の王太子が金髪碧眼《きんぱつへきがん》だと、まさか知らなかったのか？　いくら表舞台に出ずとも、子どもでも知っているほど有名なはずだが？」

「なっ……」

「お前はオズワルド・グリュンシュタインを殺そうとしたが、そんな人間、はじめからいなかったのだ。お前が殺そうとしたのは――この国の王太子だ」

あまりのことに理解が追いつかず硬直するリリエンタール侯爵。ルートヴィヒ様も、流石《さすが》に困惑《こんわく》の表情を浮かべている。

「ある優《すぐ》れた歴史研究家の女性が言っていました。自分たちの主義主張に固執しすぎると、事実を見誤るのだと。貴方は王太子の座を脅《おびや》かすと思ったオズワルド・グリュンシュタインを排除するために彼の殺害を企てましたが、彼こそがアレクサンダー王太子殿下その人であることに少しも気づいていなかった」

「そんな……、まさか！」

「私は、十七年前に殺されたナターリエ・プリングスハイム先生の死の真相を追うため、魔法騎士団に入団した。そのために、正体を隠していた」

リリエンタール侯爵は呆然《ぼうぜん》と立ち尽くしている。

「貴方は私から最愛の人――ナターリエを奪ったのだ！　決して許されぬ、大罪を犯した！　証拠は全て、揃っているのだ！　もう観念しろ！」

リリエンタール侯爵はやっと理解した。そして、もはや追及から逃れられないと悟《さと》った。すると彼は懐から何かを取り出すと、それをさっと口に含み――吐血した。

「そうはさせません！」

私は瞬時に「解毒《デトキシフィカ》」と「滅菌《ヴァクシナエ》」、そして「治癒《クーロー》」を使った。まさかのローゼンハイム公爵令嬢に即座に薬の効果を無効化され、リリエンタール侯爵は驚愕《きょうがく》している。

「なっ――ローゼンハイム嬢!?　なぜ君が魔法を使えるのだ!?」

「お前に毒を盛られたはずの私がどうして生きているか、わからないか!?　紅茶を飲む前に気づいたのではなく、私もエーミールも飲んだんだ。そして危うく死ぬところだった！　それをアマーリエが無効化したのだ！」

「なぜそんなことができる⁉　君はローゼンハイム家の者ではないか！　なぜ魔法が――！」

「千年前に貴方たちの秘密結社が排除したグレート・ローゼンハイムをご存じでしょう？　彼も、強い魔力を持っていたではないですか。少し考えればよかったのです、なぜ彼が魔法を使えたか。そうすれば、ローゼンハイム家に魔力があることくらい、簡単に推測できたはず」

私はローゼンハイム家が王家の分家であった事実、故《ゆえ》にローゼンハイム家の者は強大な魔力を持ってはいるが、卓越《たくえつ》したコントロール能力が必要であるためにほとんどの者が魔法を使えない事実を淡々と告げた。故に、これまでローゼンハイム家の者で私以外に魔法を使うことができたのが、千年前のグレート・ローゼンハイムただ一人であることも。

しかしリリエンタール侯爵は、どうにも腑《ふ》に落ちない様子だ。

「それが事実だとして、よりによってなぜ君がその魔力をコントロールできる⁉　千年に一人の逸《いっ》材《ざい》だ、とでもいうのか⁉」

「私が普通にローゼンハイム公爵令嬢として生きていれば、無理だったでしょう。ですが私は貴方のせいで――いえ、今となっては貴方のおかげで、とでもいうべきかしら？　私は二度目の人生を生きている。そのため、私には最初から卓越したコントロール能力がありました。なんといっても前世は、この国で最も優れた魔法学者だったわけですから」

「魔法学者だと――⁉　まさかお前は……！」

「ようやく気づきましたか？　私は、貴方に殺されたナターリエ・プリングスハイムの転生者です」

彼は、その場に力なく座り込んだ。

「私は貴方の陰謀《いんぼう》により王太子殿下の御前で死ぬことになりましたが、殿下はそのお命をかけて、私に『転生魔法』をかけてくださいました。それにより私はアマーリエ・ローゼンハイムとして転生することができたのです」

「そんなこと、信じられない……！」

「貴方に信じていただかなくても結構です。ただ私が知りたいのは、クリーク元国防大臣を唆《そそのか》してまで、どうして貴方が私を殺したのか。その一方でなぜ、私の母クリスタに花を手向けていたのか」

リリエンタール侯爵は力なく笑った。

「――ああ、やっとわかった。王太子妃とは、そういうことか。では結局……私のしたことは全て、無駄だったのか。なぜお前を殺したか？　簡単なことだ、平民の出であるプリングスハイム家の者が王室入りするなど、認められないからだ。下級貴族の分際《ぶんざい》で王太子殿下に近づいて――さすが、アルノルトの娘だと思った。身の程知らずめが」

「……」

「私とお前の母クリスタは幼馴染《おさなな じ》みで、私はいずれ彼女と結婚するつもりだった。私は彼女を愛していたし、彼女もきっとそうだと信じていた。しかしそこにあの男、アルノルトが現れ、平民の分際であの男は彼女を私から奪ったのだ！　はっ！　しかもそれに慌てたブルクハルト伯爵家はまだ年端も行かない小娘を婚約者などと送り込んできたのだぞ！　そのうえ国王陛下より男爵の位を賜って貴族気取りとは……許せなかった！　奴《やつ》が死んで清々していたら、今度はお前だ！　平民から新参貴族になったばかりの男爵令嬢ごときが魔法大臣になったうえ、『王太子専属魔法指導官』となって王太子殿下を手懐《てなず》け、ひどく不愉快《ふゆかい》だった！　私はずっと、お前が気にくわなかった。あの男の娘であるお前が！　しかし結局、王太子妃になるとはな……なんという皮肉《ひにく》だ。ああ！　悪夢のようだ！」

「貴様――！　やはり、そんなことで彼女を！」

「そんなこと？　重要なことです、王太子殿下。平民が王室に入るなど、言語道断《ごんごどうだん》です。私たちはただこの国と王室を守ろうと……」

侯爵をずっと睨みつけていたアレクサンダーだが、苦虫を噛み潰《つぶ》したような表情を浮かべた後で深いため息をついた。

「本当はこの事実まで貴様に伝えるつもりはなかったが――この際、はっきり伝えておいたほうがいいようだな。お前たちの行いがいかに愚《おろ》かであったか、しっかりと理解させるために」

「殿下、いったいなんのこと――」

「お前は、ナタ一リエの父君であるアルノルト・プリングスハイム男爵を平民の出だと蔑《さげす》んだが、プリングスハイムは、元はローゼンハイム家の分家だ。そしてローゼンハイム家は、千五百年前の王室から分家した家系。それが意味することは、わかるな？」

表情から察するに、侯爵もその意味を理解したようだ。そして、なんともばつの悪そうな表情を浮かべた。だが、この表情は……。

「お前たちの行いは、はじめから全てが間違いだった。だがその様子では――自分たちがいったい何を間違ったのか、どうやらまだ少しも理解していないのだろうな……」

憎悪とも憐憫《れんびん》とも取れる表情で、アレクサンダーは侯爵を見た。侯爵はそんなアレクサンダーを怪訝な表情で見ているが……ああ、彼の言う通り、侯爵はやはり少しも理解していないのだ。彼のその表情が、そのことをはっきりと物語っている。

彼自身もそう言ったように、当初アレクサンダーはこの話を侯爵にするつもりはなかった。身分などで人を判断することのないアレクサンダーにとって、ナターリエが王家の血を引いていた事実など正直なところどうでもいいだろうし、自分たちの主義主張に固執するだけでは飽き足らずそこに私怨《しえん》すら絡《から》め利用していたこの哀れな男に、この「もうひとつの事実」をわざわざ教えてやる価値もないと思っているようだったから。

にもかかわらず彼が侯爵にこの事実を伝えたのは、この期《ご》に及《およ》んで未《いま》だ自分たちの失敗が「不運な誤解」に端《たん》を発《はっ》するものだとしか理解していないこの男に、今度こそ理解させるためだ。彼らの間違いは「不運な誤解」による産物《さんぶつ》などではなく、浅はかで利己的《りこてき》な行いが生んだ、最初からなんの情状酌量《じょうじょうしゃくりょう》の余地もない「愚行」に過ぎなかった、ということを。

「千年前の過《あやま》ちも、十七年前も、今回も……お前たちは物事の本質を全く見ていなかった。ただ、長く続く王室の『正統性』にばかり固執し、それが失われることを恐れた。その血統さえ守れば、王族の強力な魔力によって庇護《ひご》されるこの国は……いや、自分たちは安泰《あんたい》だと、そう信じたのだろう？　だからこそお前たちは私のナターリエを——その素晴らしい才能と思想、行動力でもってこの国に大いに貢献《こうけん》し、王太子である私にこの特別な力を人々を守るために使えと教えてくれた偉大な人を殺害するなどという、決して許されぬ蛮行《ばんこう》を働くことができたのだ!!」

アレクサンダーの激昂《げっこう》に、侯爵はたじろいだ。怒りのあまり、爪が食い込むほどに自分の拳《こぶし》を握りしめる彼の手を、私はそっと両手で包んだ。するとかれははっと私のほうに目を向け、今にも泣きそうな顔で私を見つめた。それから、「もう大丈夫だ」とでも言うように優しく微笑むと、私の手をそっと握り直し、再び侯爵に厳しい視線を向けた。

「お前はさっき、この国のためと言ったな？　だが本当にそうか？　お前たちが守ろうとしたのは、本当にこの国だったか？　この国の平和を誰よりも願い、そのために尽力《じんりょく》した女性を亡きものとし、軍国主義化を目論《もくろ》んだ愚かな国防大臣に協力して、この国の大切な国民たちを危険に晒そうとしたお前たちが、本当にこの国のためを思っただと？　笑わせるな！　お前たちはずっと、我が身が可愛《かわい》かっただけではないか!!　強い王家に守られ、貴族としての地位に安住《あんじゅう》していたかった。だからこそ、それを脅かす存在を排除《はいじょ》したかった、それだけではないか!!」

「そ、そんな……！　王太子殿下、違います！　私は、いや私たちは皆、崇高な理念のもと——」

「父上——！　貴方という人は、まだわからないのですか!?　そんな恐ろしいことをしておいて、まだご自身を正当化なさるおつもりですか!?　今の話では、父上は『国のため』を大義名分とし、ずっと個人的な恨《うら》みを晴らしていただけではないですか！」

「なにを言うのだ！　私は本当に、ただこの国を思って——！」

「違います、父上！　貴方は自分の都合のいいように解釈して、自身の行いを正当化しただけです！」

「違う！　そんなことは断じてない！　違う!!」

ルートヴィヒ様はリリエンタール侯爵の胸ぐらを摑《つか》んだ。

「父上……！　先程貴方は、私たちの母上を侮辱《ぶじょく》しましたね？　許さない！　今、やっとわかりました。母上はいつも、貴方から私たち兄妹を守ってくれていたんだ！　貴方の腐《くさ》った人間性が、私たちを毒さぬように！　貴方は、最低な人間だ。もう——貴方は、父ではない」

「ルートヴィヒ！　何を言うのだ!?　お前は何もわかっていない！　私はただ——！」

ルートヴィヒ様は、リリエンタール侯爵を魔法で拘束《こうそく》した。

「魔法騎士……いえ、王太子殿下、この男を連行いたします。国賊《こくぞく》です」


こうして十七年前の事件と、今回の魔法騎士団長改め王太子暗殺未遂事件の黒幕が捕らえられた。思いの外《ほか》あっさりと、拍子抜けするほどに……。

リリエンタール侯爵を連行した私たちは証拠品を全て揃えて国王陛下への報告を行い、その内容は重臣たちに機密連絡として報告された。

国王陛下への報告にも同行していたルートヴィヒ様は、その場で今回の件でのリリエンタール家の爵位返上を国王陛下とアレクサンダーに申し出たが、アレクサンダーがこれを断固拒否した。

『ルートヴィヒ・リリエンタール殿、貴方は誠実で勇敢《ゆうかん》な方だ。貴方がいなければ、この事件は解決しなかっただろう。どうかリリエンタール侯爵家の当主として、我が国を支えていただきたい。貴方の妹であるアマーリエのためにも、どうかお願いします』

アレクサンダーの言葉にルートヴィヒ様は涙し、彼はアレクサンダーに、生涯の忠誠を誓った。

これをもって、ルートヴィヒ様が正式にリリエンタール侯爵家の当主となった。

なお、クラウス様の捜査によって、グリュンシュタイン家に新しく入っていた給仕の侍女が侯爵の手のものだったことも判明。

全ての証拠が十七年前の事件及び今回の魔法騎士団長暗殺未遂事件への前リリエンタール侯爵の関与をはっきりと示しており、ルートヴィヒ様の提出した証拠が最大の決め手となって、グスタフ・リリエンタールには即刻の処刑判決が下された。

十七年前の事件はもちろん、結果的に彼は「王太子暗殺未遂」を犯したのであり、「国家大反逆罪」に問われたのだから、至極当然の判決だった。

秘密結社の長である彼が処刑されることでこの秘密結社は解体となるが、しばらくは残党《ざんとう》を捕らえるために忙しくなるだろう。

こうして全てが解決しても正直なところ、実感がないし、釈然としない想いは残る。

だが、いつまでも過去に囚《とら》われていてはいけないのかもしれない。私たちは今を生きているのだ、前を向かなければならない。死んだ母も、きっとそれを望んでいるはずだ。

一連のことが、その夜から翌日の昼にかけて怒濤《どとう》のように過ぎ去り、ようやくひと息つく頃には、太陽はすっかり高く昇っていて……さらにいくつかの報告を受けるために、アレクサンダーと共に王宮内の魔法騎士団長執務室にて待機していたのだが、いつのまにか私は彼の腕の中で眠り込んでしまった。

——長い、長い一日だった。

四章

婚約発表

目覚《めざ》めると、夕方になっていた。彼は私を王宮の彼の自室に運んでベッドに寝かせてくれたらしく、彼自身もまた、私を腕に抱きながら隣《となり》で眠っていた。

彼の顔を見つめながら、私はこれまでのことを一人静かに思い出していた。ナターリエとしてアレクサンダーに初めて会った日のこと。最初の魔法の練習と、毎日の授業。初めてアレクサンダーが魔法を使えた日のことと、それからの楽しく幸福な日々――。

「はじめまして、アレクサンダー王太子殿下《おうたいしでんか》。本日より『王太子専属魔法指導官』として殿下にお仕《つか》え申し上げます、ナターリエ・プリングスハイムでございます」

国王陛下《へいか》の引き合わせで、初めてアレクサンダーと出会った日――。太陽の光にも似た美しい金髪に、晴れ渡る空を思わせる真っ青な瞳《ひとみ》。私を見上げる驚くほど美しいその少年は、到底《とうてい》五歳とは思えぬ思慮《しりよ》深《ぶか》く、聡明《そうめい》な目をしていた。思えばあの日、全てが始まったのだ。

目の前には、あの小さな少年がそのまま大きくなっただけの姿をした男性が眠っている。夕暮れの薄暗い部屋の中で眠るその最愛の人の顔を、私はじっと見つめた。

アレクサンダーは彼が魔力を持つことと彼の持つ大きな可能性を私が信じて疑わなかったことがどんなに嬉《うれ》しかったかについて、何度も話してくれた。でもそれは、私も同じだった。

ナターリエだった頃、私は確かに天才と呼ばれ、一目置《いちもく》かれる存在だった。だがそれでも私が若い女であること、そして元平民の新参《しんざん》貴族に過ぎないという事実は私をしばしば孤立させ、時に心ない言葉を聞かされることにもなった。私はそんなことをいちいち気にするほど弱くはなかったが、かといって全く傷つかないわけではなかった。

でもアレクサンダーは、最初からただの一度も私を見下すことはなかった。私に対してだけではない、彼が目下のものに対して尊大《そんだい》な態度を取ったことは、出会ってからただの一度もなかった。

アレクサンダーは、人の痛みを理解する優しい子どもだった。魔力のコントロールの一件で彼自身も心ない言葉に苦しんだからだろうか、彼は常に弱い立場の人間を擁護《ようご》し、常に最も力ない者の視点に立って意見を述《の》べる。本来なら誰よりも強い立場にあり、最も大きな力を持つ彼が、である。

彼がいかにずば抜けた能力を持つ天才であるかはすぐにわかったが、彼がどれほど偉大な努力家であり、どれほど慈《いつく》しみ深い優しい少年であるかを私が真に理解するまでに、時間を要《よう》した。

なぜなら彼は、いつも私の想定を超えた努力によって、私の予想を超える結果を出したから。

私の想定を遥《はる》かに超える深い慈しみの心でもって国民を想い、周囲を想い、そのためのいかなる努力も彼は全く惜しまなかったから。

——故《ゆえ》に私は、まだ幼い少年だったアレクサンダーを心から尊敬していた。

その一方で、まるで同一人物と思えないほどに甘《あま》えん坊《ぼう》で、愛らしい一人の少年としての姿も彼は私に見せてくれた。純粋な愛情を私に向け、私からもそれを返せば、この上なく嬉しそうに喜んでいた。私はそんな彼と過ごす時間を、間違いなく最も幸福な時間だと感じていた。

「ナターリエ、ずっと一緒にいてほしい」

「貴女《あなた》がいてくれたら、私は誰よりも幸せなんだ」

「なにがあっても、私が貴女を守る。だからこれから先もずっと、私の一番近くにいてくれ」

どこまでもまっすぐで、優しい愛に満ちた約束。私もまたそれを心から望み、そしていつまでも彼の側《そば》にいるという幸せな約束を是非《ぜひ》とも守りたいと思っていたし、きっと守れるだろうと私は思っていた。その幸せな日々が、この先もずっと続くことを信じていたから。

それが、突然奪われたあの日。それから十七年間も、彼を独《ひと》りにしてしまった——。

私は、彼を忘れたまま、十六年間アマーリエとして生きた。

そして——再び、彼に出会った。

一瞬で彼に恋をして、たくさんの初めての感情を知った。

前世でも知らなかったその感情に、戸惑《とまど》いもした。自分が自分でないような感覚に翻弄《ほんろう》されたり、ほんのちょっとしたことで嫉妬《しっと》したりして、自分の弱さも知った。

それでも、そんな感情さえもひっくるめて愛《いと》おしいと思えるほどに、私の心は彼で満たされた。

これまでに感じたことのない深い喜びと大きな幸福感を、私は彼のおかげで知ることができたのだ。

そんな彼の正体を知った、あの日。私は彼が前世の私に対してその死後にさえも絶《た》えることなく抱《いだ》き続けてくれた、その深い愛を知ることとなった。

彼の愛が、私をこの世界に転生させてくれたのだ。彼は再び私を見つけ出し、今度は一人の男と一人の女として愛し合うことの喜びまで私に教えてくれたのだ。その深く大きな愛で、私の全てを包み込んでくれた——。

彼に対する想いが、愛が、溢《あふ》れる。いくら感謝しても仕切れぬ想いと、言葉では言いつくせない喜びとが一緒になって、温かな涙とともに込み上げてくる。

眠る彼の腕に包まれていると、昨夜から感じていた悲しみや釈然《しやくぜん》としない想いといったものが、溢れてくる涙とともに自然と和《やわ》らいでいくのがわかる。

私は彼をぎゅっと抱きしめた。そして静かな寝息を立てている彼の唇《くちびる》に、深い愛を込めてそっとキスをした。

彼の長く美しい睫毛《まつげ》が動く。ゆっくりと瞼《まぶた》が開き、驚くほど澄《す》み切った青い目が、私を見つめる。この目に見つめられると、どうしてもドキッとしてしまう。

「——起こしてしまいました……？」

「アマーリエ……君のキスで起こされるなんて、最高の幸せだよ」

彼は私を抱き直すと、そっと甘いキスをし返す。とても優しいキスの音だけが、夕日の差し込むこの静かな部屋の中に小さく響く。胸が高鳴るとともに、言いようのない幸福感に包まれる。

「——もう全て、終わったのですね」

「ああ、終わったんだ」

「……なんだか、実感が湧《わ》かなくて」

「私も、実感が湧かないな。十七年間もこのときを待っていたはずなのに。――でも、私はそれでいいと思っている」

「……？　どうしてですか？」

アレクサンダーは優しく微笑《ほほえ》んだ。

「君と再び出会うまでの十七年間は、ずっと辛《つら》く、苦しかった。復讐《ふくしゅう》のことばかり考えて、それ以外の感情をどこかに忘れてきたみたいな感覚だった。だからこそ、このまま真実を明らかにできないことへの恐怖とは別に、もしいつか復讐が終わった時のことを考えるのが、とても怖《こわ》かったんだ。そのとき、もう私は本当の意味で生きる意味を失うのではないかと思っていたから」

彼のその言葉に、胸が詰まるのを感じる。

「もちろん貴女の望んだように、この魔力を人のために使って生きようと思ってはいた。だがそこに自分の喜びや幸せは、全くないと思っていた。それが……アマーリエ、君と出会ってから、全て変わった。世界に色と香りが戻ってきて、喜びや幸福が何かを思い出したんだ。君と出会ってからというもの、私はただとにかく君に会いたくて、キスしたくて、抱きしめたくて、君の笑顔を見ていたいと思った。私はいつしか、君と過ごしている今この瞬間と、君が隣にいる未来のことばかり考えていた。十七年間ずっと、過去のことしか見ていなかったのに」

そう言って本当に嬉しそうに笑うアレクサンダーの表情に、また涙が溢れる。それを彼がそっと優しく拭《ぬぐ》ってくれて、その温かさに胸がいっぱいになる。

「ようやく十七年前のことに決着がついたわけだが、正直、釈然としないこともあるだろう。納得できない理由、戻らない時間、永久に失われたものもある。そもそも、悪を成敗《せいばい》したからといって、残るものが清々《すがすが》しい達成感だけ、なんていうのは無理な話かもしれないね。ことに、復讐の場合は。だったら、もう過去のことには区切りをつけて、あの頃よりもっとずっと幸せになるのが、一番いいことだと思わないか？　実際、十七年間にわたる復讐完了の余韻《よいん》に浸《ひた》るより、私は今、この腕に抱いている君のことを考えていたい。そのほうがずっと幸せだ。私の腕の中で目を覚ました君が、私をぎゅっと抱きしめて、自分からキスしてくれたんだよ？　この事実の方が、今の私にはずっと現実的な関心事だ」

私は思わず笑ってしまった。確かにさっきまでは、いろいろ難しいことを考えていた。それも、考えても仕方のないようなことをたくさん。

でも、アレクサンダーにそう言われると、本当にそうだと思った。もう全て、終わったことだ。ましてて、私アマーリエ・ローゼンハイムにとっては「前世」のこと。

ここにいるアレクサンダーはもはや私の小さな可愛《かわい》い教え子ではなく、私が心から愛するたった一人の男性。

……まあ、天使みたいな外見は変わらないけど。

この人の胸に抱かれて感じている心からの安堵《あんど》の中に、身を委《ゆだ》ねていたい。

そしてそれが私にとっていかに幸せなことか、彼にもちゃんと伝えたい――。

静かな室内に、ノックの音が響く。

「殿下、お休みのところ、申し訳ございません。ディートリッヒ副団長様およびリースリング博士より連絡が来ておりますが、お伝えしてもよろしいでしょうか。ご夕食の用意もできましたので、よろしければ食堂にてお伝えできればと」

「わかった。すぐ行く」

夕食と聞いて、そういえば朝も昼もまともに食べていなかったことを思い出す。思い出したら、途端《とたん》にお腹《なか》が減ってきたな。でも、そうか。昨夜からずっと一種の緊張状態だったから全然お腹が減らなかったけど、さっきアレクサンダーの腕に抱かれて眠ったことで、ようやくその緊張が解けたみたいだ。

アレクサンダーとともに食堂へ移動すると、ポートマン執事《しつじ》がいつも通りに完璧《かんぺき》な夕食の準備を整えてくれていた。

「食事をとりながら報告を聞く。順に話してくれ」

「承知いたしました。では先に、短いのでリースリング博士からのご連絡内容をお伝えいたします。昨夜の一件については陛下より機密《きみつ》連絡を直接受けたので、状況については全て把握《はあく》したとのこと。そのうえで、殿下がオズワルド・グリュンシュタインとして暗殺未遂《みすい》に遭《あ》われたことに対し、大変ご心配なさっておいでです。すでに殿下が完全にご回復なさったことはお伝えしておりますが、それでもしばらくは十分な休養をお取りになるようにお伝えくださいとのことです。博士のほうも『特別魔法顧問官』としていくつか対応すべきこともあるので、全ての処理が終わって落ち着いてから、ローゼンハイム嬢《じょう》と一緒にお越しください、とのことでした」

リースリング先生はアレクサンダーのことを息子《むすこ》のように大切に思っているようだから、きっと今回の暗殺未遂の件に大いに胸を痛めているはずだ。十七年前に私が毒殺されたあのときのこともきっと思い出してしまっただろうし、すでに回復したと言われてもアレクサンダーのことが心配でたまらないはずだ。

もうひとつの連絡は、昨夜から「魔法騎士《きし》団長代理」として動いているクラウス様が、代理権限をもうあと二、三日延長していただきたいという内容だった。どうやら彼も、アレクサンダーが暗殺未遂に遭ったことに未《いま》だ動揺しているようだ。一度は服毒した彼の体調を気遣《きづか》っているらしいのはもちろんだが、彼の命を狙《ねら》った「秘密結社」絡《がら》みの捜査に彼自身を関わらせたくないのだろう。

当然、アレクサンダーもそんな彼らの気持ちにはっきりと気づいている。

「はあ……リースリング先生もクラウスも、本当に心配性だな。アマーリエのおかげで私は本当になんともないのだから、この後すぐにでも仕事に戻れるというのに……」

「そういう問題ではありません！　貴方《あなた》は昨夜、危うく殺されるところだったのですよ!?　先生やクラウス様の仰《おつしや》る通り、今はしっかりと休養なさるべきです。貴方はもう少し、ご自身のことを大切になさってください。少しは、貴方の身を案じる者たちの身にもなっていただかないと！」

思わず、きつめな言い方になってしまった。だが、仕方ないではないか！　毒を盛られて危うく死ぬところだったくせにそのまま徹夜で奔走《ほんそう》した挙句《あげく》、やっと少し仮眠をとっただけの状態でまた仕事に戻ろうとするなど、言語道断《ごんごどうだん》だ！　アレクサンダーは仕事中毒なのか!?　仕事中毒だった元ナターリエ・プリングスハイムにそう思われるなど、相当異常だってことを自覚していただきたい。

——が、なぜか私の発言にアレクサンダーのみならずポートマン執事までもが吹き出した。

「えっ⁉　ええと、私いま何かおかしなこと言いました……？」

「いえいえ！　全て貴女様の仰る通りでございます！　ただでさえ日頃から働きすぎで何かと無理をしがちなお方なのですから、こんなときくらいはゆっくりと休養なさっていただきたいと、私も心底思っておりますよ！」

「……なら、いったい何が面白かったの？」

「いえ、ただその仰りようが、もうすっかり奥方様だなあと思いましてね」

「奥方……って、ちょ、ちょっとポートマン執事！　いったいなにを言って――――！」

「真っ赤になってるアマーリエ、本当に可愛いな。だが、少しも恥ずかしがることではないだろう？　実際、君はもうすぐ私の妻になるんだ。私としてはもうとっくに君の夫のつもりだから、妻の小言は大歓迎。愛する妻から自分の身を案じるが故の小言を言ってもらえるなんて、夫としては最高のご褒美《ほうび》でしかないからね」

「つっ、妻の小言だなんて、そんな、つもりは――――！　そもそも貴方はいろいろと気が早すぎます！　私たちはまだ婚約発表すらしていないのに……！」

「だが、婚約そのものはすでに済んでいるし、何より君はもう私の『レガリア』だ。結婚はまだでもすでに君は王族入りもしている。実質的に、君はもう私の妃《つま》だよ」

そう言って、とっても嬉しそうに笑うアレクサンダー。そういえば、裏路地に彼が助けに来てくれた時も「私の妃に手を触れるな！」とか言ってたっけ。妃……アレクサンダーの妃か。頭でわかっていても、ナターリエの記憶込みでなんだかやっぱりすごく不思議な気分だ。

でも、それがくすぐったいくらいに嬉しい。彼の妃、彼の「レガリア」であることが、ものすごく嬉しくって、とっても幸せだ。

「……アマーリエ、そこでその表情は反則だ」

「えっ？」

「ああもうっ……これでも私は必死でいろいろ耐えているのに、君って人は……！」

「ローゼンハイム嬢、殿下は遅れてきた思春期《ししゅんき》に悩まされておりますので、それ以上煽《あお》って差し上げないでください」

遅れてきた……思春期？

「ポートマン、余計なことを言ってアマーリエを困らせるな」

「はっはっは。失礼いたしました。ところで殿下、これで十七年前の事件は真に解決なのですから、このまま王宮に戻られてはいかがですか？　王太子としての御公務も今後は一層お忙しくなります。国王陛下もそれをお望みのようですが」

「……少なくとも、私たちの婚約発表まではこのまま魔法騎士団長のオズワルド・グリュンシュタインでいたいと思っている」

「左様《さよう》ですか。しかし……」

「昨日クラウスと話していて思ったのだ。はじめは十七年前の真相を暴《あば》くことだけが魔法騎士団員になった理由だった。しかし団員たちと過ごし、共に日々鍛錬《たんれん》し、戦い、語り合う中で、彼らはもはや家族のような存在だ。王太子に戻れば、これまでのように彼らと会うことはなくなるだろう。

それに団長と団員という関係性でもなくなってしまう。そう考えたら――無性《むしょう》に、寂《さび》しくなってしまった。残りわずかな日々ではあるが、王太子に戻るその日までは、彼らの団長でありたいのだ」

「――承知致しました。私のほうから国王陛下にそのようにお伝えいたします」

「ありがとう、ポートマン。よろしく頼む」

それから彼は、しんみりと言った。

「不思議だな。十七年間もオズワルド・グリュンシュタインとして生きていたら、こちらの人生もまた、本物のように感じている。いつの間にか、この先もずっと魔法騎士団長としての人生が続くような気になっていた――」

「アレクサンダー……」

ふと、私はここであることを思いついた。

「あの、王太子にお戻りになったら、王宮にいらっしゃることが多くなるのですよね？」

「まあ、そうなるだろうね？」

「でしたら、貴方がまだオズワルド・グリュンシュタインであるうちに、私とデートをしてくださいませんか？」

「えっ、デート!?　それも……オズワルド・グリュンシュタインとして？」

「そうです！　婚約発表後、貴方が王太子にお戻りになれば、諸々《もろもろ》の対応に追われるでしょうから、しばらくはかなりお忙しくなるでしょう？　それに、公爵令息《こうしゃくれいそく》とは違って王太子殿下はそう気軽に街中を歩けませんよね？　ちょうど魔法騎士団長様は明日から少しだけお休みをお取りいただけるようですので、この機会に少しだけ……恋人との時間をお取りになられてはいかがですか？」

自分からデートに誘うなんてちょっと恥ずかしいけれど、それでアレクサンダーが少しでも休養を取る気になってくれるならと、少し勇気を出してそんなことを言ってみたわけだが。

「ああ、それは素晴らしい考えだな！　確かに、まもなく私たちは王太子と王太子妃になる。そうなると、デートもおおっぴらにはしづらくなるだろう。だが、今なら街中でも堂々と君とデートができるわけだ！　普通の恋人同士として‼」

普通の、というわりには有名になってしまいましたけどね……。とはいえ、予想以上に乗り気になってくださったようでよかった！　これで明日と明後日くらいはゆっくりしてくださるか――。

「そうと決まれば、善は急げだ！　今すぐ着替えて、さっそく街へ行こう‼」

――おっと、ちょっと乗り気にさせすぎたか？

「王太子殿下、はしゃぎすぎてローゼンハイム嬢を困らせてはなりませんよ。それから、節度《せつど》を守ることもお忘れなく。いつものようにあまりにも彼女にデレデレベタベタなさっていては、魔法騎士団長の威厳《いげん》が損《そこ》なわれます」

「なんだか相当失礼なことを言われている気がするが……」

「さ――さあ！　早く食べていきましょう！」

こうして私たちは、はじめてのちゃんとしたデートを夜の王都ですることになったわけだが――それにしても彼は、さっきのポートマン執事の忠告をちゃんと理解しているのだろうか……？

がっつり恋人繋《つな》ぎで手を繋ぎ、隙《すき》を見ては抱きしめたり、キスしようとしたりしてくる。

いや、もちろんすごく嬉しいけれど、こんなの傍《はた》から見たら完全にバカップルじゃないか！

そうでなくても、彼はどこにいても目立つのだ。外見的な美しさはもちろんのこと、その高貴な立ち居振舞いと纏《まと》っている空気が他の人と全然違うせいで、なんというか、視界に入っていなくてもオーラで気づかれる感じだ。そこにバカップル的行為まで追加すれば、目立たぬわけがない！

本当に気づいていないのだろうか、彼は普通に二人きりのデートを満喫《まんきつ》しているような感じだが、私は周囲の視線がかなり痛いです……。

それでも――アレクサンダーがこうして無邪気《むじゃき》に笑っているのを見たら、人の目なんてどうでもいいかって気になってしまう。それに、「大好きな彼との初デート」というこの状況に私の中の普通に十六歳な部分がとっても素直に喜んじゃっておりまして、彼を休ませるのが目的だったはずが、彼とのデートを純粋に楽しんでしまっている。

「君と歩くだけで、いつもの街がこんなにも楽しくなってしまうんだな……全然違う場所みたいだ」

「私も、オズワルド様と一緒にいると、同じ気持ちになります」

「……こうやって二人の時にオズワルドと呼ばれると、なんだか妙に懐《なつ》かしく感じる」

「さすがに街中で王太子殿下のお名前を連呼するわけには参りませんもの」

「ははは！　まあ、そうだね。いや――むしろ今日はこのほうがいい。オズワルドと呼ばれると、王太子であることを忘れられる。普通の恋人同士だよ」

不意《ふい》に、彼にキスされる。

「――んっ！　あ、あの！　今日は確かに普通の恋人同士かもしれませんが、それでも魔法騎士団長と公爵令嬢であることはお忘れなく！　それも、『婚約前』の！」

「……婚約はしたじゃないか」

「でも、公表はまだです！」

「はあ、わかったよ。愛する夫の身体《からだ》を心配して、デートをしてくれなんて頼む健気《けなげ》な可愛い妻をあまり困らせるのはよくないからね」

「で、ですから私はまだ妻ではないと――！」

「おおー！　魔法騎士団長とローゼンハイム嬢がお揃《そろ》いで！」

このタイミングで知り合いに会うというのはなんなんだ？　しかもよりにもよってゲッツ……。

「魔法大臣、こんばんは。とてもいい夜ですね」

「ええ！　気持ちのいい夜だ！　それにしても、仲睦《なかむつ》まじいことで！　新婚さんごっこですかな？　いやあ、先生のそんな姿を見られる日が来ようとは思いませんでしたなあ！」

「ちょっと、ゲッツ！」

「はっはっは！　ここだけの話ですよ！　……しかし、驚きました。昨夜お別れしてすぐ、まさかあんな恐ろしいことが起きようとは。殿下――いや、魔法騎士団長は、お身体はもう大丈夫なのですか……？」

「アマーリエの迅速《じんそく》な対応のおかげで、もうなんともありません。それに、魔法大臣が昨夜見せてくださったあれも、あの者を追い詰めるうえで非常に役立ちました。心より感謝します」

「あれが少しでもお二人のお役に立ったのであれば、本当によかった！　まあ、この件の後処理で魔法省や魔法騎士団もしばらくなにかと忙しくなるでしょうから、本格的な対応に追われる前に少し休養を――ああ、そうだ！　お二人は明日の夜、お時間ございますかな!?」

突然、妙に嬉しそうな表情を浮かべるゲッツ。

「明日の夜ですか？　それなら今のところ、特に予定は――」

「それでは是非、お二人をオペラ公演にご招待させてください！　実は明日の夜、王立劇場にてオペラ版『王子と魔女』の初演がありましてな！　この物語、テーマが転生と運命の再会なのです！お二人に、ぴったりではありませんか！　それに次回作はまさにお二人をモデルに――」

「――モデル？」

「あっ、いや、なんでもありません！　お忘れください！」

……。

「『王子と魔女』ですか……確かに、いいですね」

「えっ!?　ア――オズワルド様、恋愛小説をお読みになるのですか!?」

「いや、読んだことはないが、その作品は前にクラウスが話していて、興味がある」

「そうでしたか！　それでは是非お越しください！　特別席をご用意しますぞ！」

予想外の展開だが、こうして私たちの明日の夜の予定が早々に埋まってしまった。

そのままゲッツとは別れ、また少し夜の街を散歩する。王都の夜は長く、このくらいの時間ならまだ空《あ》いているお店も多い。ナターリエの頃は、そんな夜の街を散策するのも好きだったな。

「あっ、あのお店！　まだあったのね！」

「えっ？　あれは……酒場じゃないか」

「ええ！　とてもいい店ですよ。時々通っていたんです。懐かしいわ！」

と、なぜか隣で少し不機嫌そうな表情のアレクサンダー。一瞬理由がわからなくて困惑《こんわく》するが、はっとあることに気づいて、急いで訂正《ていせい》する。

「もちろんここに通ってたのは、ナターリエの頃ですよ!?　未成年である今の私はまだ一度もお酒を飲んだことはありませんし、酒場になんて行ったこともありません！」

危ない、危ない！　法律と規律に特に厳しいという魔法騎士団長様に、危うく未成年飲酒疑惑をかけられるところだった！　でも、そもそも公爵令嬢が酒場に通うなどありえないから、少し考えればあり得ないことだとわかるはずなのに……なーんてことを考えていたら、思いっきりため息をつかれてしまった。えっ、もしやそのことじゃなかった……のか??

「あのねアマーリエ、そんなこと言われなくともちゃんとわかってるよ。だが……ナターリエの頃には、ここに通っていたっていうのか？」

「えっ？　ええ、そうですね？　ですが、当時は成人していましたし、そんなに頻繁《ひんぱん》でもなく――」

「ああもうっ！　こんな酔っ払いたちが集まる危険なところに貴女が通っていたなんて、信じられない！　知っていたら絶対に止めたし、それでも聞かなかったらなんとしても貴女について行ったのに！」

「はい!?」

「変な男に絡まれなかっただろうな!?　そもそもこんなところで女性が一人でお酒を飲むなど、危険すぎるだろう！」

「あ、あのっ！　絡まれるとかそんなことは一度もありませんでしたよ？　それに当時は今みたいに殿方《とのがた》から頻繁に誘《さそ》われたり口説《くど》かれたりするようなこともなかったですし」

そもそもあそこは、夜は酒場とはいえ昼は普通の小料理屋《こりょうりや》なのだ。幼い頃から両親に連れられて時々来ていたような所だし、店主がしっかりした人だから、酔っ払いが他のお客さんに絡むようなこともない。第一、私はそんなにお酒を飲む人間じゃなかったので、飲まずにタパスばかり頼んでいたのだ。あそこはとにかくタパスが美味《おい》しいと人気で、エーリカともよく食べに来て……などと人が一生懸命《いっしょうけんめい》に説明しているのに、アレクサンダーはなぜか未《いま》だ不機嫌そうだ。

「ええと、そういうことですから、酒場とはいっても貴方がご心配になるような場所では……」

「……頻繁に誘われたり口説かれたりするのか？」

「は？　いえ、だからそれは今の話であって、かつてはそんなことは全く……」

と、なぜか急にぎゅうっと抱きしめられた。えっ、ここ普通に街中なのに、この密着度はちょっと目立ちすぎるのでは!?　ほ、ほら、周囲がざわついてるっ――！

「オ、オズワルド様っ……！」

「ああ……本当によかった」

「は……い？」

「もし君が私と出会う前に、ほかの男に奪われていたらと思うと恐ろしすぎる……！」

予想外の言葉に、思わず吹き出してしまう。

「まあ、オズワルド様ともあろうお方がそんなこと仰って！」

「笑いごとじゃない。もし私たちが出会う前に君が私以外の男に恋をしていたらと思うと――！」

「でもそんなこと、ありえませんわ」

「……どうしてそう言い切れるんだ？」

「ふふっ。なぜかわかりませんが、そんな気がするのです。私、オズワルド様に出会うまで、どのような殿方にも少しも心を動かされなかったんです。恋愛小説は好きだったので恋に憧《あこが》れはあったはずなのに、少しもそういう気になれなくて。だから、一瞬で恋に落ちるとか、恋で周囲が見えなくなってしまうとか、ああいうのは全てお話の中だけのことだと思っていました。でも――」

「……でも？」

「でも、オズワルド様と出会って、本当に一瞬で貴方に恋をして。お話の中で描《えが》かれていたような、いいえ、それよりももっと素敵《すてき》な恋が、この世には存在したことを知りましたわ。貴方のおかげで、私は恋を知ったのです。貴方だから、私は恋をしたの」

私の言葉に、アレクサンダーは心から嬉しそうに笑った。

「ですが、この状況でこれ以上抱き合っていると周囲の目が気になりますので、ここまでです」

残念だな、と言いながらアレクサンダーは名残惜《なごりお》しそうに私を離した（といっても、恋人繋ぎは絶対に離さない）。そんな彼に少し呆《あき》れつつ、本当はあのまま彼に抱きしめられていたかったなんて思ってる自分にも、大いに呆れてしまう……。

「ところでオズワルド様は、団員の方々と酒場には行かれたりはしないのですか？　私が行っていた頃も、魔法騎士団員の方たちがよく来ておりましたけど」

「他の者たちはよく行くようだが、私はいつも断っているんだ。年齢を二歳誤魔化《ごまか》していた都合上、酒は全く飲めないと周囲に伝えていたのもあるし、それ以前に私は、酒にはできるだけ関わらないようにしていたから」

「えっ、どうしてですか？　体質に合わないのですか？」

「いや、たぶんそんなことはないと思うが、あえて飲まないようにしていたんだ。万が一にも酒に溺《おぼ》れたら困るからね」

「お酒に溺れるなど……貴方に限ってそんなこと決してあり得ないと思いますが？」

「ははは！　まあ、今となってはそんなこと起こり得《え》ないな！　なんといっても、こんなに幸せなんだからね！」

彼はとても嬉しそうにそう言ったが、それでようやく私は冗談《じょうだん》めかして言った彼の言葉の重《おも》みを理解した。そうだ、以前の彼は、お酒に溺れたっておかしくない心理状態だったのだ。

それも……ほかでもない、私のせいで。

「……ごめんなさい」

「なぜ君が謝るんだ？　私は君に感謝することこそ山のようにあるが、謝罪を受けるようなことはひとつもないのに」

「でも……お酒を飲まれなかったのは、私のせいなのですよね……？」

私の表情を見て私の謝罪の理由を理解し、彼はばつの悪そうな顔をした。

「……ああ、ごめん。確かに、今のは完全に失言《しつげん》だったな。……言っただろう、君のせいじゃない。本当にすまなかった、今のは君にそんな顔をさせたかったわけじゃなくて、うっかり口が滑《すべ》ったというか……。むしろ、君が今こうして隣にいてくれるからこそ、こんなことをうっかり口にしてしまえるんだよ。以前ならこんなことを冗談めかして言うなんて、死んでもできなかったんだから」

抱き寄せている私の頭のほうにそっと顔を近づけ少し擦《す》り寄《よ》せ、甘えてくる。こんなに大きくなっても、この甘え方は昔と一緒だな。まあ、身長差は大きく逆転してしまったけれど――。

「……もう、決して独りにはしませんせん。ですから、これからは純粋にお酒も楽しんでください」

「なら、君が成人したら、二人で乾杯しよう。ほろ酔いの君に甘えられるのが、今から楽しみだよ。だが……お酒を飲むのは、私と二人の時だけだよ？　酒場なんて、もっての外《ほか》だ」

「ふふっ！　ええ、わかりました！」

アレクサンダーは過保護《かほご》で、独占欲《どくせんよく》もかなり強いみたい。でもそれがこんなに嬉しいなんて、私も実はかなり独占欲が強いのかも？

それからさらに歩く。ふと、一軒の馴染《なじ》みのカフェが目に入る。まだ営業中のようで、甘いお菓子の香りが外まで漂《ただよ》っている。

「……アマーリエ、どうしたんだ？　ただ甘いものが食べたい、というわけではなさそうだが」

彼に、心配そうに顔を覗《のぞ》かれる。感情を感知《かんち》してしまうせいなのか、私が表情に出してしまったのか。いずれにせよ、彼にはすぐにバレてしまうな。

「その……このお店、私とシエナのお気に入りのお店なんです」

「ああ……そうか」

「オズワルド様がルートヴィヒ様とシエナは完全に無関係だとご報告くださったことで二人に追及がいくことはないようですが、それでも取り調べを受ける必要はあるとのことですし、そうでなくとも、しばらく会うのは難しいかもしれないと……。でもシエナ、ものすごく心細いはずだわ。いくらあんな人でも、彼女にとっては実の父親なのだし、歪《ゆが》んではいたけれど、子どもたちを大切には思っているようでしたし。彼女が遅く帰ると本気で心配なさっていたし、そのときの表情はちゃんと父親らしいものだったの。だからこそ……ルートヴィヒ様やシエナのことを思うと、胸が詰まるんです。彼のしたことは決して許されないけれど、でも二人のことを思うと……」

「アマーリエ……」

私の肩をまたそっと抱いたアレクサンダーは、しばらく何も言わずそのカフェを見ていたが――。

「……ひとつ考えがあるんだが、聞いてくれるか？」

彼の話を聞いた私はそれに大賛成し、そのあとすぐ実行に移した。

その夜、私はグリュンシュタイン邸《てい》の客室に泊まった。そして今、私の隣にはシエナがいる。

あれから私たちはリリエンタール邸を訪《おとず》れ、対応に追われるルートヴィヒ様に相談した上で、シエナを屋敷から連れ出したのだ。ルートヴィヒ様は、忙しくてシエナの側についていてやれないことを気にしていたようで、私たちの申し出は、彼にものすごく感謝されてしまった。

ローゼンハイム邸に連れて行こうと思っていたのだが、アレクサンダーがすでにエーミール様に「伝心《テレパトス》」で連絡して、客室を私とシエナのために準備してくれたと言うので、お言葉に甘えることに。やっぱり魔法は便利だ……。

そんなわけで夜のデートタイムから一転、女の子同士のお泊まり会になったわけだ。最初は気《き》丈《じょう》に振舞っていたシエナだったけど、私がぎゅっと抱きしめたら、やっと泣くことができたようだ。

私の胸で泣くシエナを抱きしめながら、今夜こうして彼女の側にいてあげることができて本当によかったと痛感した。アレクサンダーには感謝しかない。

その後はずっと彼女を慰《なぐさ》めつつ、どうやら朝からなにも食べていなかったようなので、例のカフェでアレクサンダーが買ってくれた大量のお菓子を二人で一緒に食べた（というか、ほぼ無理やり食べさせたのだが）。お腹がいっぱいになった彼女は、少し元気が出たようだった。

そのあとは笑ったり、いつもの彼女らしく少し冗談を言えるほどになり、アレクサンダーと私はお似合いのイチャイチャバカップルだと揶揄《からか》ったりもしてきたが、「今日こうして来てくれて本当に嬉しかった」と言って、彼女はまたちょっと泣いた。そのあと、私たちは二人で手を繋いだまま眠った。

翌朝、シエナは随分すっきりした顔をしていた。彼女は、昨夜はきちんとお伝えできなかったからとアレクサンダーとエーミール様にリリエンタールの人間として例の暗殺未遂事件のことを改めて謝罪し（二人は謝罪の必要はないと言ったのだが、それでも彼女は深く謝罪した）、その上で昨夜の厚意に対する感謝の想いを伝えた。

朝食の後、家に帰ると言う彼女に、ゆっくりしていけばいいと私とアレクサンダー、そしてエーミール様も伝えたのだが、「私はもう大丈夫です。むしろ今は、兄さんの側にいてあげたいのです。たった一人の家族ですから、これからは一層しっかりと支え合っていきたいと思います」と言って、彼女は笑った。そのときのシエナの笑顔を、私は決して忘れることはないだろうと思った。

「昨夜は——本当にありがとうございました」

シエナをリリエンタール侯爵邸《こうしやくてい》に二人で送り届けた後、私はアレクサンダーに言った。

「黒幕の正体がわかってから、ずっと悩んでいたんです。あの人のしたことは絶対に許せません。でも、私の本当に大切な友人であり、彼ら自身にはなんの非もないシエナとルートヴィヒ様に重罪人の子という責を負わせることになってしまったことがどうしても申し訳なくて……。仕方がないとはいえ、私たちが真実を明らかにしたことで彼らは父親を失い、辛い立場に追い込んでしまった。それなのに、私が彼らを励ましたり、慰めたりしてもよいのだろうかと」

「アマーリエ……」

「ですが昨夜、貴方のおかげで私は勇気を出すことができました。私とシエナはお互いの今の想いを素直に伝え合い、互いに許しを乞《こ》い、それを感謝とともに受け入れて、これまでと変わらぬ……いいえ、それ以上の友情で結ばれたことを確かめ合うことができた。これは全てアレクサンダー、貴方が昨夜、私の背中を押してくださったからです。心から、感謝しています」

私の話を静かに最後まで聴いてから、アレクサンダーはそっと私を抱きしめてくれた。

「――これも、貴女が教えてくれたことだ」

「えっ？」

「自分を気にかけてくれる人がいること、ともに感情を分かち合ってくれる人がいること、ずっと信じ続けてくれる人がいること――それは辛いとき、苦しいとき、悲しいときに、一番大きな力になる。そのことを貴女は、自身の行いでもって幼《おさな》い私に教えてくれたんだ」

アレクサンダーのその言葉と優しい笑顔に、胸がいっぱいになる。

「教わったことをしっかりと応用できる、なかなかいい生徒だろう？」

「……ええ、最高の生徒です」

すると突然私の前でしゃがんだ彼が嬉しそうな顔で頭を突き出したので、私はその随分と大きく立派になってしまった可愛い教え子の頭を、かつてのように優しく撫《な》でてあげたのだった。


「アマーリエ、本当にこれを買うの……？」

「ええ！　だってこれ、『竜《りゅう》の卵《たまご》』って書いてありますよ！」

私たちは今、王都西側にある例の大通りにいる。この間は、怪しい露天商《ろてんしょう》を探すことに専念《せんねん》してしまったため、露天そのものをまともに見て回ることができなかった。だから夜の公演の前に、改めて二人でこの場所を楽しもうということになったのだ。

「くくっ……！　『竜の卵』って、絶対嘘《うそ》だろう！」

「あら、わかりませんよ？　こんなに綺麗《きれい》なオーロラカラーの卵なんですから、温めたら可愛い竜の赤ちゃんが生まれるかも！」

「ははは！　そうか、こうして先生のお宅にあるあの変なコレクションは増えていったのか！」

「家に持って帰ると母に『また変なものを買ってきて！』と叱《しか》られるので、先生のお宅に置かせていただいていたのです。――あっ、それは私が自分で買いますのに！」

「デート中に恋人にお金を払わせる男がどこの世界にいるんだ？」

「それなりにいると思いますけど……」

「少なくとも、私はそういう男じゃない。デート中くらい、格好つけさせてくれ」

「ふふっ！　では、お言葉に甘えて。でも、オズワルド様はデート中じゃなくてもいつでも格好いいですよ？」

そんな私の言葉に、こちらが笑ってしまいそうなほど嬉しそうな笑顔《えがお》を浮かべるアレクサンダー。でもそれはお世辞《せじ》でもなんでもなく、満場一致《まんじょういっち》で誰もが認める事実だろう。

にしてもあのオズワルド・グリュンシュタインがこんなに可愛い人だって知ったら、皆びっくりするだろうな。ほら、実際こうして買い物をしている間中、往来《おうらい》する人たちが素敵すぎる彼の笑顔を見て驚いたり、黄色い声をあげたりして――。

……。なんだろう、彼が私に向けてくれているこの笑顔をずっと見ていたいのに、少しだけ胸がざわざわする。すごく幸せで、すごく嬉しいのに——なんだか、ちょっとだけ苦しいかも。

「……アマーリエ、どうしたの？　急にそんな……寂しそうな顔をして」

「えっ!?　あっ、な、なんでもないんです！　本当に！」

「アマーリエ！　何か気がかりなことがあるなら、ちゃんと教えてくれ！　君にはもう、悲しい顔なんて一瞬もさせたくない。君が笑顔でいてくれることが、私のなによりの幸せなんだから。……まあ、あんまり可愛すぎる表情は、外では見せないでほしいが」

「……えっ？」

彼の予想外な言葉に驚いて聞き返すと、なぜか彼は恥ずかしそうに笑った。

「ああ……どうやらまた失言したな。なぜだろうな、私は誰よりも君の前で格好よくありたいのに、嫉妬して怒ったり、不安で泣いたり、一番子どもっぽくて格好悪い姿ばかり、君に見せてしまう」

「は!?　えっ、今どこに格好悪い要素がありました!?」

「……笑顔の君をずっと見ていたいと言いながら、私以外にその笑顔を見せないでほしいと思ってしまった。そんなに愛らしくて無防備な笑顔をほかの奴《やつ》らも見るんだと思ったら、今すぐここから連れ去り、永久に人の目から隠してしまいたくなる。ずっと私たち二人きりで、ずっと見つめ合っていられたらいいのに——なんて、そんな子どもっぽいことを願ってしまうんだ」

そう言ってやはりとても恥ずかしそうに笑うアレクサンダーに、私は思わずぎゅっと抱きついてしまった。

「えっ、アマーリエ!?」

「……私もです」

「へっ!?」

「私も、同じことを考えてました。貴方のその笑顔を他の誰にも見せたくないって思ってしまった。その甘く優しい微笑みは私だけしか知らなくていいのになんて、すごく子どもっぽいこと――ものすごく、顔が熱い。恥ずかしいけれど、自分から抱きついた私をぎゅうっと優しく抱き返してくださるその感覚がものすごく気持ちよくて、胸がぽかぽかして――すごく、幸せな気分。

「ああもうっ！　こんなの反則だろう……！」

……反則？

「オズワルド様？」

「アマーリエ、また忘れてるみたいだが、私は例の呪《のろ》いが解けたせいで、君にとってあまり安全な存在とは言《い》い難《がた》いんだぞ？　それなのに君は、そんな可愛いことばかり言って――！」

「呪いって……はっ!?　えっ!?」

「……いったい、こんなところで何をやってるのですか」

はっ、この声は――！

「エ、エーリカ……」

「はあ……。貴方たちねえ、少しは人目も気にしてくださいな。往来で何をべったりと抱きあってるんですか……思いっきり人だかりができて、注目の的になっていますよ？」

――くっ、またやってしまった！　アレクサンダーといると、なぜかいつもこうだ。アマーリエ・ローゼンハイムともあろうものが、いったい何をやってるんだ。しかも、どうしてエーリカにばかりこういう場面を目撃されちゃうんだろう……。

「アマーリエ、たぶん貴女いま、どうして私にばかりこんなところを見られるんだとかなんとか考えてたでしょう？　でもそれ違うわよ？　貴女たち二人が自分たちで自覚している以上にどこでもかしこでもイチャイチャしてるだけですからね!!」

そ、そんなことはないっ――はず！

「たっ――大変失礼を……！」

「殿《でん》……いえ、魔法騎士団長様」

「はっ、はい！」

最強の魔法騎士団長様をここまでビビらせるなんて、さすがエーリカというかなんというか。

「例の件について、主人とリースリング博士に伺いました。本当に驚きましたが――貴方がご無事で、本当によかった。貴方は、この国にとってかけがえのないお方であるとともに、アマーリエにとっては本当に何よりも大切な存在なのです。きっと、貴方が考えていらっしゃるよりもずっと、アマーリエは貴方を想っています。もちろん、貴方様がアマーリエをどれほど愛してらっしゃるか、その大きさにおいても深さにおいても計り知れないことは私たちも実感しております。ですが、だからこそこれからはどうか、御身《おんみ》を大切になさってくださいませ。なによりもアマーリエのために」

「エーリカ……」

「心に刻みます。私は必ず、アマーリエを生涯守り続ける。そのためにも、私は決して彼女を独りにしないと誓います」

「アレクサンダー……」

最高の親友と最愛の人の真ん中で、その優しさと温かさと愛に包まれて、私はなんと幸せな人間なんだろう。

「――で、そのガラクタはなに？」

……へっ？

「それよ、それ！　魔法騎士団長様が持っていらっしゃる、その変な物体よ！　アマーリエ、どうせまた貴女が買ったんでしょう⁉」

「えっ、どうしてそれを……！」

「当たり前でしょう！　そんな変なものにお金を出すのは貴女くらいのものよ！　わかってるの⁉　貴女が集めてきた変なもののせいでリースリング先生のお宅の一部屋が本当に酷《ひど》いガラクタ置き場になってるんだから！」

「あ、あれはガラクタなんかじゃ――！」

「じゃあ、いま魔法騎士団長様がお持ちのそれはなんなのよ？」

「……竜の卵？」

「……はあ」

「いっ、いいじゃない！　もしかしたら、もしかするかもしれないし……！」

そんな私の隣では、どうやら私たちのやりとりがおかしくて堪《たま》らないらしいアレクサンダーが、必死で笑いを堪《こら》えてお腹を抱えているわけで。

「とつ、ところで！　エーリカはいったい何をしてたの？　普通にお買い物？」

「ああ、実は主人にちょっと頼まれたの。本当に大したことじゃないんだけど」

「今回の件でクラウスには面倒をかけ通しだな。彼の厚意で今日もこうして休ませてもらっているし……彼には本当に感謝しかないな」

「一昨日、貴方のお命が狙われたことに対し、主人は本当にショックを受けておりました。『ご無事で本当によかったが、二度とこのようなことがないように自分が団長をお守りするんだ』と言って、意気込んでおりましたわ」

「そうか、クラウスがそんなことを……。彼が副団長で、私は本当に幸せだったな」

「主人にとって、何より嬉しい言葉だと思いますわ」

「……そうだ、明日例の件の報告をするためリースリング先生のもとへ伺うつもりだが、そのときにクラウスを連れてきてくれないだろうか。そこで彼にも全てを明かしたいと思っている」

「承知いたしました。明日、必ず連れて参りますわ」

そのままエーリカと別れ、私たちはもうしばらく露天を見て回ることにした。

「あら、この石、とっても綺麗だわ！」

色とりどりの石が所狭しと並べられているなか、ひとつの石に私の目は強く引きつけられた。

「これは……フローライトか。青と紫のグラデーションが、美しい夜明けの空のようだ。私と君の瞳の色を混ぜたみたいだね」

「確かにそうですわね。本当に素敵な色……。そういえば、オズワルド様が私に贈ってくださったあの髪飾り、あのときはどうして青い宝石をお選びになったのだろうと少しだけ不思議に思ったのですが……本当の、貴方の瞳の色のものをくださっていたのですね」

アレクサンダーは少しだけ恥ずかしそうに笑った。

「オズワルドとして渡すなら暗色《あんしょく》の石のついたものを渡すべきだと思ったんだが……君には本当の私の色を身につけてほしかったんだ」

「ふふっ！　そうだったのですね。でも確かに、あの色を見た時、すぐに貴方の——つまり、幼い日の貴方のことを思い出したんです」

「……本当か？」

「ええ。だから、すごく嬉しかった。偶然の一致だとは思いつつ、それでもオズワルド様からあの色のものをいただいたことに、なんだか特別な縁《えん》すら感じて」

「だが実際の私たちは、その特別な縁よりもさらに特別な運命によって、固く結ばれていたわけだけどね？」

握っている私の手をそのまま優しく持ち上げると、そっと私の手首に口づける。その動作があまりに美しくて、思わずうっとりと見惚《みと》れてしまった。

と、アレクサンダーは先ほどのフローライトを手に取った。

「この石も買って帰ろう。寝室に置けば、今夜から毎日一緒に見られるね」

二人の瞳の色を混ぜたような石を寝室に、か。なんだかすごくロマンチック——って、あれ？

「えっ？　ええと、もう全て解決したのですから、今日からはまた私は自宅へ戻るのでは……？」

「なにを言ってるんだ？　婚約発表の日まで、ずっと私の側にいると約束しただろう？　それに、婚約発表以降は正式に王宮に移ってくることになるんだ、私たちはもうこれからずっと一緒だよ」

「はい!?　で、ですが、あれは事件の解決前で危険があったからでは……」

「もう危険がないなんて保証はない。まだ残党を全て捕まえたわけではないからね」

「そ、それはそうかもしれませんが——！」

「第一、君が隣にいない夜など昨夜一日でもう十分だ。これからは一生、絶対に離さないよ」

おおっと、この有無を言わせない感じの笑顔……どうやら、これは本気らしい。しかし困ったな、こんなことを言われて少しは引くべきなんだろうが、どうして私は彼のその言葉を純粋に嬉しいと思ってしまうんだ？　これじゃあまた、エーリカに揶揄われちゃう——。

「アマーリエ、そこでその表情は本当に駄目だって……」

……??


いくつもの戦利品を手に、オペラの開演時間に間に合うよう支度のために一旦それぞれの屋敷に戻る。事前に準備を頼んでおいたので、支度にはそれほど時間がかからなかった——といっても、丸二時間近くかかってしまったわけだが……。

そして、我が家に馬車で迎えにきてくれたアレクサンダーと共に、今宵《こよい》『王子と魔女』のオペラが初演となる、王立劇場へと向かった。

王立劇場は絢爛豪華《けんらんごうか》な、大変荘厳《そうごん》なオペラハウスだ。三階層になったボックス席は金と白の豪奢《ごうしゃ》な彫刻によってそれ自体が舞台装飾のようであり、高い天井のフレスコ画は輝く黄金の太陽の周りを見目麗《みめうるわ》しい天使たちが舞う、素晴らしい天上の世界が描《えが》かれている。

国内で最も格式《かくしき》の高い劇場のため、普段はクラシック音楽やオペラの演奏会などが開催されている。

しかしここで恋愛小説である『王子と魔女』の上演とは！　確かに若い世代からの絶大な人気を誇《ほこ》る作品だから、若い人たちを劇場に呼ぶにはもってこいだ。

実際、今夜の客入りを見ると、圧倒的に若い人が多い。それに大入り満員だ。そんななか私たちが招待された特別席に着くと、謎《なぞ》のどよめきが起こった。

――そういえば、私たち二人のことが若い世代にやたら注目されていると、国王陛下が言ってたっけ……。はっ――！　つまり私たちは、とんでもないところに来てしまったのでは!?

「アマーリエ、君は『王子と魔女』を読んだことがあるんだよね？」

「ええ、何度も！　ローラと最新刊が出るたびに図書館に通っていましたわ！　とっても切なくて、でもすごく甘くて素敵なお話なの……」

「アマーリエはそういうところはすごく普通の女の子だよね。可愛いな。――ナタリーエの頃はさ、恋愛話には興味ゼロだし、私がどんなにロマンチックなシチュエーションを作り出しても全然効果なくってさ！　だから――嬉しいよ。今は、君をドキドキさせられる」

「それは……！　確かにそういうことへの関心は薄かったですが、そもそも相手が十七歳も年下の子どもでは！」

「だったら、私があのまま大人になっていたら、私に恋してくれた？」

「そ……それは――」

「はあ。やっぱり私が押し倒して既成事実《きせいじじつ》を作る路線で行くしかなかったんだろうな……」

「オズワルド様!!」

「おっと、そろそろ開演だ――」

それは、素晴らしい公演だった。さすが王立劇場での公演ということもあり、超一流のオペラ歌手たちの歌声も感動的だったが、改めて本作の物語としての美しさを感じた。やはり、たかが恋愛小説などとは侮《あなど》れない――！

……とはいえ、アレクサンダーはどう感じただろう？　間違いなく素晴らしい作品だとは思うが、どうしても女性向けのストーリーだし――。

ちなみに、公演中も彼は私の手をずっと握っていて、時折その手をぎゅっと強く握った。またそれはいつも、王子様とヒロインの魔女が愛を語り合ったり、二人が離れ離れになったり、また再会したりといった感動的なシーンでのことだったので、彼の心を打っていないわけではないと思うのだが……。

大喝采《だいかっさい》が続くなか、場内が明るくなる。私が彼の表情を確認しようとふっと彼の方を向くと……。

――!!　急にキス!?　しかもめちゃくちゃがっつり――！

だめですって！　ただでさえ私たちは目立ってるんですよ!?

ロイヤルボックスに座る超話題のカップルのお熱いキスシーンに若者たちが気づかぬはずもなく、すぐに悲鳴にも似た大歓声が起こる。

私はなんとか彼を止めたが、もはや観客たちの目は完全に私たち二人に集まってしまったわけで……。

固まる私。な……ぜこんなことに――。

と、アレクサンダーは観客を前ににっこりと微笑み、呆然《ぼうぜん》とする私の顎《あご》をクイッと自分の方に向けると――再び私にキスをした。

――!?　なにをしているんだ、この人は!?

またもや大歓声が上がり、一度は落ち着きかけていた拍手喝采が再び大きな渦《うず》のようになって、広い場内に巻き起こった。

アレクサンダーはしっかりとそのキスを観客に見せつけた後でようやくその唇を離したが、彼の表情はとても満足げだ。そして私はというと――今なお、完全に固まっている。

いやいやいや、意味がわからない！　ただでさえ注目を浴びてしまって超気まずいこの場面で、顎クイからの人前キスができるんですか、貴方は!?

たぶん、この人は常人と感性がズレているのだ。そういえば美しい人って、普通の人と恥と感じるポイントが違うって聞いたことがある。ああ、それだ！　この人は、こういうときに恥ずかしさを感じない変わり者だったのだ……。

すっかり呆然《ぼうぜん》としている私の肩を嬉しそうに抱く彼のもとに、招待者であるゲッツがやってきた。うっ！　――合わせる顔がない！

「いやはや！　貴方はやはりやることが違いますな！　しかしお陰《かげ》さまで、この初演は間違いなく伝説になりますぞ！」

――伝説か。いや、それは本当にやめてくれ。みなさん、どうかすぐに忘れてください！

逃げるように王立劇場をあとにした私と、やたらご機嫌なアレクサンダー。人気《ひとけ》のない公園へと逃げ込んで、私はようやく口を開いた。

「ア……アレクサンダー！　さっきのはいったい……!?」

「だめだよ？　今日はオズワルドだ」

「今はそんなことっ！　そうじゃなくて、どうしてさっきはあんなことを！」

「……いい話だったね、すごく」

「はっ？」

「『王子と魔女』。感動したよ」

「え……それは――よかったですが」

「あの小説の話を最初にクラウスから聞かされたとき……私には、決して読めないと思った。『転生と運命の再会』の物語だと聞いて。私には起こらなかった奇跡が起こり、二人が幸せになる話だと――」

アレクサンダー……。

「でも、その奇跡は私にも起こっていた。いや——あの物語以上の素晴らしい奇跡が、私たちには起こったんだ。あの作品を見ながら、私は改めて君が今私の隣にいる幸せを噛《か》み締《し》めていたんだ。そうしたら、堪らなくなってしまった」

彼は私の腰に手を回すと、ゆっくりと顔を近づけ、ちゅっと軽くキスをした。

そしてもう一度、そっと触れるような優しいキス。

でも三度目からは、月明かりのもとで全てが溶けてしまうような、やわらかくて甘く、うっとりするキスが続いた。

翌日、私たちはリースリング先生のもとへ向かった。エーリカに頼んだので、今日はクラウス様も来ることになっている。

約束の時間より少し早いので、森の手前で降りて、二人で歩いて魔法の泉へ向かう。

彼はいつも極甘だが、今朝《けさ》はいつも以上に甘い。でも今日の私は、そんな甘さをとても心地よく感じてしまう。それどころか、私自身もできるだけ彼と近くで触れ合っていたくて、自分から彼にその身をそっと寄せてしまう。それに気づいたアレクサンダーは本当に嬉しそうに微笑むと、私の頭に優しく口づけた。

昨夜はあれからすぐ王宮に戻って、彼の部屋で過ごした。ほとんど会話もせず、ただ彼に優しく抱き寄せられて、時折キスもして……それはとても幸せで、満ち足りた時間だった。

眠るときも彼に優しく抱きしめられて眠り、夢の中でも彼と過ごして、目覚めたらまた私を抱きしめている彼を見つけて。こうして思い返せば自分でもびっくりするほどべったり一緒に過ごしているのに、でも今この瞬間も、どうしようもなく彼の側にいたい。アレクサンダーの甘えん坊なところが、私にも移ってしまったのだろうか……。

「そういえば、森に入ってから、本来のお姿にお戻りですね」

「ああ。この森は基本的に誰も来ないし、クラウスには直接この姿を見てもらったほうが、説明が楽だからね」

彼は笑った。それからふいに、何かを思いついたような表情を浮かべるアレクサンダー。

「森の中を歩いていたら、君と行きたい場所を思いついた。帰りに、一緒に行ってくれる？」

「え？　ええ、もちろん構いませんが、いったいどちらへ？」

「今は秘密だ」

「……？」

そうこうするうちに、魔法の泉に到着した。それでも約束の時間より少し早かったので、二人で泉を前に腰掛けた。

泉の上の開けた空間から覗く真っ青な空が美しい。明るい陽光は、泉の湧水をキラキラとダイヤモンドのように輝かせ、小さな虹《にじ》を作っている。

「そういえば、私たちが最初に会った日のキスの後、ここで君が『魔蝶《パピリオ》』を見せてくれたね。あのときはなぜか見覚えのある景色のように思ったが、思えばナターリエの頃にも一度見せてくれたんだよね。出会って本当にすぐの頃だったかな」

「ああ、そうでしたね！　あのときの貴方、すごく可愛かったです。お部屋に閉じこもってお泣きになった日よりもまだかなり前で、でもその時も『自分には魔力がないのだから、どうせどんなに練習してもできるはずない』って不貞腐《ふてくさ》れて、私の訓練も受けないって拗《す》ねて、怒って！」

「……そうだったか？」

「ええ！　まだ私が王太子専属魔法指導官になったばかりで、私を警戒《けいかい》していらしたの。それで、少しでも貴方と仲よくなれるようにと、『魔蝶《パピリオ》』を見せて差し上げたのです」

「――そういえば、どうして君は最初から私の魔力の存在を信じて疑わなかったんだ？　私ですら、自分には魔力がないんじゃないかと思っていたのに」

「ああ、それは……最初の『集中』の訓練の際に、貴方の手に触れましたでしょう？　その時にとても不思議な、力強い共鳴を感じたのです。なんというか、私の中の魔力が貴方の魔力に引きつけられるような不思議な感覚で――。そうですね、アマーリエとして再び貴方に出会ったときに、魔法書庫や馬車で感じた感覚ととてもよく似ています。目に見えない大きな力に引きつけられ、なにか決して抗《あらが》えないような不思議な感覚で……貴方の目を見ていると、今もふいにそれを強く感じます。それで私は、『王太子殿下は必ず魔力をお持ちだ』とすぐに確信したのです」

彼は少し驚いた顔をして、それからとても嬉しそうに微笑んで、私を強く抱きしめた。

「アレクサンダー？」

「ああ！　やはり私たちははじめから運命だったんだ。魔力の共鳴は、互いの深い縁を意味する。

あの頃の私はまだ魔力をコントロールできなかったからわからなかったんだが、貴女はあの時からはっきりと感じてくれていたんだね。アマーリエと出会ったとき、私もはっきりその力強い共鳴を感じたよ。ずっと探していたものが見つかったような、ようやく正しい場所へと戻ってきたような……止まっていた時間が急に動き出したような、そんな感覚だ」

そうだ、そう感じたのだ。彼の正体を知らなかったにもかかわらず、心はきっと、すぐに彼が誰か気づいていた。だから私は、一瞬で彼に恋をした――。

「しかし、そうか。だからきっとあの『呪い』も……」

「えっ？」

「ずっと、不思議だったんだ。『転生魔法』の『呪い』が解けたのは、あの黄金の竜を倒した時だ。にもかかわらず、私は君と出会ってから、まるですでに『呪い』が解けたように君がほしくてたまらなかった。ずっと君の側にいたくて、その声を聴いていたい、触れていたいと思っていた。あれはきっと、いわゆる生理的欲求とは全く別のものだったんだ。私たちが――運命によって結ばれた二人だったから。最初から、私たちは愛し合う運命だったんだ。たぶん私たちはナタリーリエとアレクサンダーの頃よりもっと前から深い縁で結ばれて、ずっと二人一緒に生きてきたんだよ」

彼のその話を聞いて、私は妙に納得してしまった。

ナターリエだった頃、私は「運命」という言葉に、抵抗を感じることがあった。運命というものが存在し、人生がそれに翻弄されるのだとしたら、そんなものは人生の枷《かせ》にしかならないのではないかと思っていたから。私は自分の人生は自分の手で切り開き、自分の思う通りに自分の未来を描いてみたいと思っていた。だから、運命なんてものが存在するのなら、それに抗ってやりたいとさえ思ったものだ。

でも今は、私はこの「運命」という言葉から全く違う印象を受ける。前世での私たちの出会いも、今世での再会も、そのとき私たちが一瞬で恋に落ち、そして二人で支え合って真実を明らかにすることができたのも——もしそれが私たち二人の「運命」だったのなら、私はこの運命というものが愛おしくて仕方ない。

ふと、思うのだ。アレクサンダーといるときの安心感と充足感は、日常の時間から切り離された、不変的で悠久的《ゆうきゅうてき》な何かのようだと。あれは、星が軌道《きどう》を持つことによく似ているのかもしれない。ただごく自然なこととして、私たちは常に共にあるのだ。それは決して私たちを強制するものではなく、私たち自身がそうあることを望み、それが「運命」と一致し調和している——そんな気がするのだ。

——学者とはもっともロマンチストな人種だと、そういえば誰かが言っていた。どうやらあれは、あながち間違いではなかったらしい。そんなことを考えながら、私はうっとりとした心地で彼に身を委ね、彼の甘く優しいキスに身を任せた。

今日は本当にだめみたいだ——。いつものようにどうにか自分を律《りつ》しようという気すら起きない。その結果、当然私たちは第三者によって止められるまで、この行為を続けてしまったわけで……。

「ローゼンハイム嬢!? 貴女、いったい誰とそんな——!?」

うっ——! よりによって、クラウス様の声だ。いつの間に来たんだ……?

「誰って、アマーリエがキスするのは私とだけだ」

「あっ、なんだ団長ですか!?　し……しかし、ではなぜそんな髪の色と——目の色を。金髪碧眼《きんぱつへきがん》など、まるで我が国の王太子殿下のような……」

アレクサンダーは笑った。

「このほうが手っ取り早いと思ってこの姿で来たのだが、このタイミングで君が来るから、危うく変な誤解を生むところだったな。クラウス、この姿が私の本来の姿だ。そして私の名はオズワルド・グリュンシュタインではなく、アレクサンダーだ。長らく欺《あざむ》くことになってしまって本当に申し訳なく思う。だが、どうか許してほしい。私が魔法騎士団員になるためには、この方法しかなかった」

「なっ——！　つまり貴方は、我が国の王太子であられるアレクサンダー殿下なのですか!?」

「ああ、そういうことになる」

「そ——そんな……はっ！　だからあの晩、あんなことを仰って——！」

「そうだ。これで追っていた事件も全て解決したので、私はまもなく王太子に戻らねばならない。それで私は君に——」

「な……なっ……なんて危ないことをなさるんですか!?」

「——へっ？」

「考えてもみてください！　今でこそ魔法騎士団はこの国の防衛がメインですが、本来は王族を守るための、王家直属の特別な騎士団ですよ!?　つまり、貴方を守るための騎士団なのです！　それなのに、貴方はいつも一番危険な場面で、先陣を切って出撃なさっていたのですよ!?」

「えっ、怒るところはそこなのか？」

「それはそうでしょう！　必死で守っているつもりの存在にずっと守られていたなど、騎士として恥ずかしい！」

「……そういうものなのか？」

リースリング先生を呼びに行っていたらしいエーリカが、リースリング先生と共にやってきた。

「あら、どうやらもうネタばらしは終わったのかしら？」

「あっ、そうだエーリカ！　どうして君はこの件を――つまり、団長が王太子殿下だということを知っていたんだ⁉」

「その件も、話してしまってよろしいのですよね？」

私たちが頷くと、エーリカはクラウス様に一部始終《いちぶしじゅう》を話して聞かせた。

「――信じられない！　ではつまりローゼンハイム嬢、貴女はあのナターリエ・プリングスハイム先生の転生者でいらっしゃると……！」

「お喋りクラウスがエーリカと結婚するなんて、信じられなかったわ！」

クラウス様はショックを受けつつ、はっと何かに気づいたようだ。

「そうか、だからあのとき！」

「なんだ？」

「ほら！　お二人が王太子殿下の勉強部屋から出ていらっしゃったときです！　着衣も少し乱れていたので殿下のお部屋で何を二人で逢引《あいびき》してるんだと思いましたが、あれは思い出の場所で教師×

教え子プレイを……！」

「なっ――!?　ちっ、違います！」

エーリカとリースリング先生の視線が辛すぎる。何でそんな余計なことをよりによってエーリカとリースリング先生の前で言うんだ！　だからお前は「お喋りクラウス」なんだ!!

だが、クラウス様の話を聞いて「おっ、それは楽しそうだな」的な笑みを浮かべているアレクサンダーが一番の問題児かもしれない……。

「はあ……。昨日も言いましたけど、貴方たちね、もう少し人目を気にしたほうがいいですわよ？　ほら、この新聞をご覧《らん》なさい！　一面ですよ!?」

ん？　一面……？

エーリカの手にした新聞を覗き込み、唖然《あぜん》とする。

「なっ――これは……！」

昨夜の王立劇場での『王子と魔女』の初演がトップ記事なのだが、そこにはしっかりと私たちのキスシーンが――!?

「こっ――これはアレクサンダーが勝手に!!」

「おお、とてもよく撮れているな！　実にいい写真だ。あとで買わないと」

感心している場合じゃないです……。

突然、リースリング先生が楽しそうに笑った。

「はっはっは！　しかしまあ、何にしてもよかった！　わしは事件の真相《しんそう》を聞いて、正直お前たちが落ち込んでおるのではないかと心配しておったのだ。犯人はよく知る人物であり、動機も非常に身勝手なものだった。怒りを通り越して私は呆れたし、虚《むな》しさも覚えた。だが、お前たちがこうして幸せそうにしているのを見ると、そんな気持ちもすっかり消えたよ。わしは嬉しいんだ。わしの大切な二人がこうして結ばれ、この上なく幸せそうな姿を見られることが」

「リースリング先生……。本当に――何もかも、ありがとうございます。エーリカも、クラウス様も本当に、本当にありがとう！」

私たちは互いに抱き合った。彼らの助けがあったからこそ、私たちは真実に辿《たど》り着《つ》くことができたのだ。

アレクサンダーは、改まった様子でクラウス様のほうを向いた。

「クラウス、私は来月はじめの国王陛下の誕生祝賀会《たんじょうしゅくがかい》で、アマーリエとの婚約を正式に発表する。そのとき私がこの国の王太子であることも公《おおやけ》になる。つまり、魔法騎士団長オズワルド・グリュンシュタインはそのときをもって存在しなくなる。クラウス、私に代わって、魔法騎士団長になってくれるな？　君になら、絶対的信頼をもって後を任せられる」

「団長――！」

「エーミールももうすぐ魔法騎士団員になる。どうか、しっかりと鍛《きた》えてやってほしい。あと団員たちには、当日を迎《むか》えるまで秘密にしておいてほしい。今の彼らとの関係性を変えたくない。私がオズワルド・グリュンシュタインである間は、最後まで彼らの魔法騎士団長でありたい」

「はっ！　承知しました、団長！」

クラウス様は、目に涙を溜《た》めながら言った。

「団長、私はずっと、貴方のもとで副団長を務《つと》め続けたいと思っておりました。我が国最強の魔法騎士団長オズワルド・グリュンシュタインは、私たち団員の誇りですから！　ですが私は今、非常に嬉しいのです。私たちは騎士として主人に対し『絶対的忠誠』を誓う。その主人が貴方なら、私にとってこれほど誇らしいことはない。私はこの国の誇り高き魔法騎士団員として、アレクサンダー王太子殿下への生涯《しょうがい》の忠誠を誓います！　この命をかけ、貴方のお手伝いをさせていただきたい！　貴方がいずれこの国の、最高の国王になられるお方であると確信して！」

アレクサンダーは彼をひしと抱きしめた。彼の目にもまた、涙が溢れていた。


リースリング先生の家で事件の報告を済ませ、私たちは三人と別れた。先生の家から出て、少し歩くと彼は私を突然ふわりと抱き上げた。

「きゃっ！　アレクサンダー!?」

「さっき言っただろう、君と行きたい場所があるんだ」

彼は悪戯《いたずら》っぽく微笑むと、「移動《テレポルタティオ》」を使った。一瞬、強い光に包まれ、思わず目を閉じる。

次に目を開けると、そこには素晴らしい景色が広がっていた。

「まあ……！　シェーン湖畔《こはん》！」

「懐かしい、十八年ぶりだ」

そうだ、十八年前。

あの頃のアレクサンダーは魔力のコントロールがある程度できるようになっていたのだが、それでもあの膨大《ぼうだい》な魔力を「集中」させるのには普通の魔法使いよりも多くの時間が必要だった。それで「集中」しやすい環境で特訓してみることを提案すると、美しく静かなシェーン湖畔で二人だけで練習したいと言ったので、丸一日ここで二人だけで過ごしたのだ。

実はこの特訓の一日が、アレクサンダーが私と湖畔デートがしたかったがために計画されたものだったという思いもよらぬ事実を知ったのは、つい先日のこと――。

それにしても、ここは王国の南端に近い場所。国土のほぼ中心に位置する王都からこんな遠いところまで「移動《テレポルタティオ》」で一瞬で移動できるなんて、やはり彼の魔力はチートだ……。

「ずっと、貴女ともう一度来たかった。本当は、毎年ここで貴女とデートをするつもりだったんだ。それなのに、二回目も果《は》たせぬままに貴女は――」

そう言うと彼はまるで小さな子が甘えるように、抱き上げている私の顔に顔を擦《す》り寄《よ》せた。私は彼の頬にそっと手を添えて言った。

「……これからは、毎年一緒に参りましょうね」

彼は微笑み、私の唇にキスを落とす。そして幸せそうに私の顔をじっと見つめてくる。

……ちょっと、これは照れる――。見たところ湖畔には誰もいないが、このお姫様抱っこの状態でただ見つめられ続けるというのは、誰に見られているわけでなくても恥ずかしい！

「あ……あの、もうそろそろ地面に降ろしてくださいませんか」

「――私はこのままがいい」

「でも、重いでしょうに」

「アマーリエは羽のように軽いよ?」

「そんなわけ――!」

と、ここでまたちゅっとキスをされる。

「んっ!」

「この状態だと、君に好きなだけキスできる」

ここまで徹底して激甘だと、こちらの感性も麻痺《まひ》してくる。だが、この状態だとずっとお互いの顔を見ているだけで、わざわざこんな美しい湖畔に来た意味が――。まあ、それも悪くないのだが。

「あ、あの! せっかく湖畔に来たのですから、私もお散歩したいです……」

「――はあ。仕方ないな。じゃあ、少しだけ降ろしてあげる」

……。

私たちはゆっくりと湖畔を歩く。真っ青な空には純白の雲が浮かび、ゆったりと流れる。鏡面のようになった湖面は足もとにも天上を創り、時折吹き抜けるやわらかな風がそれをひと時かき乱す。暖かな陽気に、鳥たちは喜びの歌を口遊《くちずさ》んでいる。

ふと、ある愛しい記憶が蘇《よみがえ》る。「集中」の訓練の休憩中に、私がお茶やお菓子を用意していると、小さな王太子殿下が一生懸命一人で何かなさっていた。

柔らかな陽の光のなかで、その金色の髪がきらきらと輝く。この上なく美しく愛らしいその姿は、天使が地上に舞い降りたようで――私は手を止めて、その姿に見入っていた。

と、彼は不意にその顔を上げ、この澄み切った空のように青い目をこちらに向け、嬉しそうな顔でこちらに駆け出してきた。

「ナターリエ！　私から貴女への贈り物だ。受け取ってほしい」

きらきらと輝くような笑顔でその小さな王太子殿下は私の手を取り、そして私の指にそっと何かを通す。

それは、湖畔に咲く紫の美しいスミレの花でできた、小さな手作りの指輪だった。

「まあ！　とても素敵な指輪ですね。王太子殿下、素敵な贈り物をありがとうございます。本当に嬉しいですわ」

小さな王太子殿下は満面《まんめん》の笑《え》みを浮かべる。そして私の手にそっと口づけ、また少し上目遣《うわめづか》いで私を見つめて――。

……あれ？　今思い出すとあの時の表情はちょっとドキッとする。

ふと隣を見ると、その小さな王太子殿下がそのまま大人になっただけの彼がいて、幸せそうに微笑みを浮かべている。

ナターリエの記憶の中の王太子殿下と、今私の隣にいる男性が同じ人だなんて――頭ではわかっているのに、未だにすごく不思議な感覚だ。

私の視線に気づいた彼が、そっと優しくキスをした。恥ずかしくてふいっと目を逸《そ》らすと、彼は私の手を取り、言った。

「アマーリエ……私から君への贈り物だ。受け取ってほしい」

デジャヴのような光景――そして彼がまた、私の指に何かを通した。見るとそれは紫色の宝石のついた、とても美しく、可憐《かれん》な指輪だった。

「あ……あの日のスミレの――」

「覚えていてくれたんだね」

そういうと、彼は指輪のはまった私の手に口づけた。あの時と、全く同じように。

「私たちの――婚約指輪だ」

そう言うと彼は私の唇を奪う。彼は指輪のはめられた私の手をそっと握りながら、もう片方の手を私の後頭部に優しく添え、優しくて、どこまでも甘いキスをする。

ゆっくりと過ぎる、二人だけの幸福な時間。ただ並んで歩き、時折、言葉を交わしては笑い合い、彼に優しく抱かれ、甘いささやきに酔わされ、何度も何度もキスをして……。

空は時間とともにその姿を美しく変えながら、素晴らしい夕暮れのショーを私たちに見せたあと、満天の星を煌《きら》めかせた。

私たちは草原に寝転がり、私は彼に優しく抱かれ、その温《ぬく》もりと安心感にうっとりする。

「あの日より、もっとたくさんの星が見える」

「ええ、本当に美しいですわ……」

彼はふっと、星空から私のほうに顔を向けて言った。

「一生、一緒にいてくれる？」

私はくすっと笑った。

「あの日と同じですね。——ええ、もちろんですよ」

彼は嬉しそうに微笑み、私にキスして言った。

「いや、一生じゃ足りないな。私はあの頃よりもっと、欲深くなってしまったようだ。アマーリエ、私は君と永遠に一緒にいたい。そうだ、いつかこの人生が終わっても、今回のように私は君を必ず見つけ出すよ。そして、必ず君と恋をして、愛し合って——ずっと一緒だ」

私は微笑み、彼の唇にそっとキスをした。

「アマーリエ、愛してるよ」

「私もです、アレクサンダー」

私たちはその夜、お互いの瞳に映る無数の星の煌めきを、いつまでも、いつまでも見ていた。


国王陛下誕生祝賀会当日。雲ひとつない、快晴である。

本日の祝賀会にて、十七年の間まったく表舞台に出ることのなかった我が国の王太子の婚約発表が行われることが予告されており、国民は待ちに待った喜ばしい報《しら》せに沸《わ》き立っていた。

王宮の入り口へと続く広大な広場で行われるこの祝賀会には驚くほどの人が押しかけ、この国にとってなによりめでたい一日をともに享受《きょうじゅ》せんと浮き足立っている。

式典の開始を前に、興奮に沸く民衆の話題はもちろん、王太子殿下とその婚約者についてである。

「王太子殿下はずっと寝たきりだったと言うが、屋外での式典への参加はお身体に障《さわ》らないのだろうか？」

「通常であれば、お妃《きさき》様候補を貴族から立ててその中からお妃様を選ぶのに、今回はそれもなく、本当に突然のことだそうですよ！」

「王太子殿下は金髪碧眼の非常に麗しいお方だったと聞くが、もう二十五歳になられたのか。どのように成長されたのだろう？」

非常に美しく、飛び抜けた魔力を持つという噂《うわさ》だった王太子殿下は国民の自慢であり、未来への大きな希望であった。

しかし十七年前のあの忌《い》まわしい事件により、王太子殿下はすっかり身体を悪くされた。殿下に対する期待が大きかっただけにこの件で人々が受けた衝撃は大きく、しばらくは殿下の話題を口にすることすら憚《はばか》られた。

確かに存在するのに、話題にも出されぬ王太子殿下——。人々はあえて忘れたふりをすることで、その辛い現実から目を背《そむ》けようとした。

我が国の宝と言われた稀代《きたい》の魔法学者ナターリエ・プリングスハイム博士が毒殺されたというその事実と相《あい》まって、例の事件後の数年間は国全体が長過ぎる喪中《もちゅう》のような、暗く重苦しい雰囲気《ふんいき》に包まれたという。

そんな我が国の雰囲気を一気に変えたのが、若き天才魔法使いオズワルド・グリュンシュタインの登場であった。

最年少での魔法騎士団入りを果たしたその青年は圧倒的な魔力と優《すぐ》れた判断力、そして卓越《たくえつ》した頭脳でもって全ての戦争を勝利に導き、我が国の平和を守り抜いた。

魔物討伐《とうばつ》の際には百もの魔物をたった一撃で倒したという伝説もあるほどで、間違いなく最強の魔法騎士であり、我が国の真の英雄となったオズワルド・グリュンシュタインは二十歳という若さで最年少の魔法騎士団長となったのだ。

彼の噂が世界中に広まったことで、我が国に戦争を仕掛けるものは今や皆無《かいむ》と言ってよい。故に、彼の名を知らぬものはこの国にはいないのである。

国王陛下の誕生祝賀会に集まった群衆は、自《おの》ずと魔法騎士団長オズワルド・グリュンシュタインの姿を探した。

普段は社交界になかなか顔を出さない彼だが、こうした重要な式典には必ず出席している。――「出席させられている」、というべきかもしれないが。

とりわけ今、彼は時の人である。例のローゼンハイム公爵令嬢との交際が発覚して以来、先日の『王子と魔女』のオペラ初演でのキスも含め、大いに世間を騒がせている。

特に、例の新聞に掲載された際のあまりに美しく情熱的なキスシーンは、多くの女性たちの心を鷲掴《わしづか》みにした。

女嫌いと噂されていた我が国の英雄と「高嶺《たかね》の薔薇《ばら》」と呼ばれる若き公爵令嬢の熱愛は、王太子殿下の婚約を除いては、目下最大の関心ごとなのだ。

もしかすると今日も二人揃って参加するのではないかということで、みんな密《ひそ》かに二組のビッグカップルがこの場に揃うことを期待している――。

ところが開会時間直前になって、王宮の人々や重臣たち、そして他の魔法騎士団員が揃っても、当の魔法騎士団長は姿を現さなかった。

それどころか、通常であればオズワルド・グリュンシュタインが身につけている魔法騎士団長の式典用衣装をクラウス・ディートリッヒ副団長が身につけて登場したので、場内には静かな、しかし確かなざわめきが起こった。

そんななかで、式典が始まる。ファンファーレと開会の挨拶《あいさつ》、そして本日の祝賀会の主役である国王陛下が王宮の入り口から姿を現し、会場は一気に盛り上がる。

国王陛下は、そんな喜ばしい雰囲気の中でこの祝賀会への感謝を述べるとともに、国民への深く温かい労《ねぎら》いの言葉をかけられる。人々は敬愛する国王陛下のお言葉に深く耳を傾《かたむ》け、感動のあまり涙する者も多々いた。

そして、その挨拶の締めくくりに、国王陛下は述べられた。

「今日という日は、私が長く、長く待ち望んだ日である。皆にもすでに伝わっていると思うが、我が息子である王太子アレクサンダーの婚約を皆に正式に報告できるからである。私は一人の子の父親として、今日という日がこの上なくめでたく、喜ばしい。これを我が愛する国民の皆にも是非、共に喜んでいただきたいと思っているのだが、いかがだろうか？」

大きな歓声が上がる。人々は、王太子とその婚約者、つまり、この国の未来の王と王妃《おうひ》の登場を心待ちにしているのだ。

「皆には、長らく心配をかけてしまった。本来であれば行うべきであったさまざまな報告を行わず、ただ待ってくれという私の言葉だけで皆を待たせてしまった。本当に申し訳なかったと思っている」

国王陛下からの突然の謝罪に困惑する人々。

「皆も知っていると思う。先日、十七年前のナターリエ・プリングスハイム博士の事件がようやく真の解決をした。我が息子にとって、プリングスハイム先生は恩師であった。それゆえ、あの事件によって息子が受けた衝撃はあまりにも大きかった。皆の知る通り、それが原因で息子は長く寝込んでいたのだが――プリングスハイム先生が遺《のこ》された言葉により、息子は再び立ち上がった。そして彼は多くの人の協力を得て、先日の事件を真の解決へと導くことができた」

大きなざわめきが起こる。

国王陛下は続ける。

「その長きにわたる闘いの中で、息子は『運命の女性』と出会った。正確には再会したのだが――、いずれにせよ、息子の婚約相手となったその女性はすでに『レガリア』となっているということも、併《あわ》せて皆に報告せねばなるまい」

あまりに予想外の話に、誰もが衝撃を受ける。つまり王太子殿下は、寝たきりではなかったのか？　そして自分で恩師の復讐を果たした上で、運命の女性を手に入れたと？

物語のようなドラマチックな話に、人々は興奮を抑えきれない。

「そしてもうひとつ、皆に報告することがある。本日をもって、魔法騎士団長が交代となる。新たに魔法騎士団長となるのは、クラウス・ディートリッヒ伯爵《はくしゃく》である」

あまりに突然の報告に、会場全体に大きなどよめきが起こる。

「オズワルド・グリュンシュタインは、これをもって魔法騎士団長としての任《にん》を解かれる。そして本日をもって彼は――本来の立場に戻ることになる。さあ、二人とも前へ」

国王陛下のこの言葉とともに、一組の男女が後ろから現れる。二人は国王陛下の前で深々とお辞《じ》儀《ぎ》をし、数歩進むと前を向いた。

目にも鮮《あざ》やかなロイヤルブルーに見事な金の刺繡《ししゅう》が施《ほどこ》され、高貴にして壮麗《そうれい》な礼服に身を包んだ目を見張るほどの黒髪の美丈夫《びじょうふ》の隣には、淡いブルーと白を基調とした美しいドレスを身に纏い、アップにした亜麻色《あまいろ》の長い髪を美しい髪留めで留めた、薔薇の花のように美しくも可憐な愛らしい少女。

先日、新聞の一面に大きく掲載されたあの写真により、今や誰もが知ることとなったあの美しい恋人たちを人々はその眼前に認め、会場全体が大きく揺れる。

「オズワルド・グリュンシュタインとローゼンハイム公爵令嬢だ――!」

そのあまりにも美しい二人の姿はもちろんだが、この状況でこの二名が登場したという事実に、会場は驚きと大きな動揺に包まれる。

直後、国王陛下によるひとつの極めて重大な宣言が、広い会場に音吐朗々《おんとろうろう》として響き渡る。

「本日をもってオズワルド・グリュンシュタインは我が息子アレクサンダーに戻り、王太子としての役目を果たすことになる! また、アマーリエ・ローゼンハイム公爵令嬢が王太子の婚約者となったとともに、すでに『レガリア』として王室入りしたことをここに報告する!」

「いったい……どういうことだ？」

その言葉の意味を理解しかねて、群衆たちは困惑し沈黙したままである。

と、ここで、オズワルド・グリュンシュタインであったその人が、群衆の面前でその目と髪の色を本来の──金髪碧眼に戻した。

人々が大きくざわめき始める。

そんな大きなざわめきの中、彼は深くお辞儀をすると、隣に立つアマーリエ・ローゼンハイムのほうを向いて彼女の前に跪《ひざまず》き、その手を取って、それに優しく口づけた。

その瞬間、彼女の身体がふわっとやわらかな光に包まれる。

──「レガリアの証明」！

このときようやく、誰もがその意味を理解したのだ。英雄オズワルド・グリュンシュタインこそ、我が国の王太子であったということを──。

人々は大歓声を上げた。会場は熱狂に包まれ、割れんばかりの拍手喝采が巻き起こる。

自然と、人々の中から声が上がる。

「アレクサンダー王太子殿下万歳！　アレクサンダー殿下万歳！　王太子妃殿下万歳！」

国中の誰もがこの事実を心から喜び、二人の婚約を祝福した。

この国の明るい未来を象徴するかのように、彼らの頭上の太陽は燦々《さんさん》と輝いていた。

五章

運命の二人

「素晴らしいお天気で、本当によかった」

やわらかな風が揺《ゆ》らすカーテンの向こう、晴れ渡る空を見ながらそっと呟《つぶや》くと、ローラがとても嬉《うれ》しそうに笑った。

「ええ、本当に最高のお天気です！　天が今日という日を祝福《しゅくふく》しているのですわ！」

ようやく、ほとんど全ての支度《したく》が終わった。椅子《いす》に腰掛《こしか》けている私の髪にローラが最後の仕上げのひとつとして、あの髪飾りをつけてくれる。

「今になって思えば、これも殿下《でんか》の瞳《ひとみ》の色だったのですねえ！　でも正直、未《いま》だに信じられません！　あの魔法騎士《きし》団長様が実はアレクサンダー王太子《おうたいし》殿下で、そしてその殿下と私の大好きなお嬢様《じょうさま》がこれからご結婚だなんて……！　私が今まで読んできたどんな恋愛小説よりロマンチックで、素敵《すてき》ですわ！」

本当に嬉しそうに笑うローラを私はぎゅっと抱きしめた。

「お、お嬢様!?」

「ローラ、本当にありがとう」

「えっ！　わ、私、そんなに感謝していただくようなことは何もしておりませんが!?」

「ふふっ！　いいえ、そんなことないわ。ローラの明るさはいつも周囲まで明るくしてくれるのよ。そんな貴女《あなた》の明るさに、これまでに何度も助けられたの」

恥ずかしそうに頬《ほお》を染めるローラは本当に可愛《かわい》いな。でもこれは、嘘偽《うそいつわ》りのない本音《ほんね》なのだ。侍女《じじょ》であるとともに私の大切な友人でもある彼女が私が王太子妃になっても変わらず私に仕《つか》えることを喜んで承諾《しょうだく》してくれたことは、私にとって本当に嬉しいことだった。

今日、私はアレクサンダーと結婚する。

すでに私が「レガリア」となっていることに加え、アレクサンダーは王太子としてはすでに通常よりも結婚が遅れているため、「世継《よつ》ぎを早急《そうきゅう》にもうけるためにも、一日も早い結婚を」と望む声が強く、王族としては婚約から異例の速さでの結婚となる。

アマーリエとしては、アレクサンダーとの出会いから半年と少しでの結婚ということになるので、驚くべき展開の速さといえる。だが、ナターリエだった頃からの月日を考えれば、すでに二十年近い年月を経《へ》ているのだ。その間、ずっと私を想い続け、待っていてくれたアレクサンダーのことを思うと、どうしようもなく胸がいっぱいになる。

国王陛下誕生祝賀会《へいかたんじょうしゅくがかい》での婚約発表は、最高の成果を上げた。我が国の英雄《えいゆう》オズワルド・グリュンシュタイン魔法騎士団長の正体が王太子アレクサンダーであったという衝撃的《しょうげきてき》な事実は、あの場に居合わせなかった者たちにも瞬《また》く間に広がり、この上なく喜ばしいことに国中が歓喜《かんき》した。

そしてまた、その王太子殿下の婚約者となったのが私アマーリエ・ローゼンハイムだったということも、非常に肯定的《こうていてき》に受け入れられた。

そもそも私はオズワルド・グリュンシュタインとの熱愛《ねつあい》報道により、若い世代を中心にいつの間にか世紀のラブロマンスのヒロインとして認知《にんち》されていたようだ。そこであの「オズワルド様」の正体が明らかになったことで、ローラじゃないが「恋愛小説よりもドラマチックでロマンチックなロイヤルウエディング」などと持て囃《はや》され、女性たちの憧《あこが》れの的となってしまった。

ただ唯一《ゆいいつ》、例の「魔力問題」だけはやはり一部で問題視されることとなった。彼らは例の「迷信《めいしん》」を理由に魔力を持たない（と思われている）ローゼンハイム家の人間である私が王室入りすることに反対したのである。

とはいえそれは私たちが予想したよりも遥《はる》かに小さなものであった。すでに私が「レガリア」になってしまっていることもあるだろうが、一番はやはり、世論《よろん》が味方についたことが大きい。特に若い世代はそんな古臭い「迷信」よりもドラマチックな恋愛劇のほうに遥かに興味があるようで、否定的意見はほぼ全く見られない。

つまり、これを問題視したのは上の世代のごく一部の国民である。故《ゆえ》にこれを無視したところで私たちの結婚を阻《はば》むような力は到底《とうてい》ないだろうし、私とアレクサンダーにいずれ子どもができて（というようなことを考えるのはまだものすごく恥ずかしいのだが）、その子がやはり強力な魔力を有することを示せば、これまで信じられていたことが迷信に過ぎないことを証明できるはずだ。

……とはいえ、私はかつてあのナターリエ・プリングスハイムだったのである。明らかに非理性《ひりせい》的《てき》で科学的根拠《こんきょ》を著《いちじる》しく欠いたこの意見をただ看過《かんか》し、時が解決するのを待つだけにしておくなど、学者としての私の矜持《きょうじ》が許さない。というわけで、この問題を「私らしく」解決することにした。

それは、学術的解決である。魔法遺伝学《いでんがく》において「魔力は必ず父方から受け継《つ》ぐ」ということが証明《しょうめい》されたのは、千年以上も前だ。しかし当時これを証明したハインリヒ・メンデルスゾーンの証明方法は非常に複雑で、専門用語と数式等が多用されている。研究者たちにはそれが疑いようのない事実であるとわかるものの、一般の人にとっては何がなんだかわからないわけだ。故になんとなく言い包《くる》められているような印象を受けるのも、致《いた》し方《かた》あるまい。

そこで私とアレクサンダーはリースリング先生とルートヴィヒ様に協力をお願いし、この事実を誰にでも理解できる形で証明し直すことにした。そしてここでなんと、例の「カリア」が役立った。

この薬草《やくそう》、さまざまな物質を内部に保持《ほじ》できるというその特性故に例の「非合法混合魔法薬《ひごうほうこんごうまほうやく》」に使われていたわけだが、今回の事件でその危険性はもちろん、その有益性《ゆうえきせい》についても見直されることになり、国内での栽培《さいばい》が認可されることとなった（但《ただ》し、栽培と使用の際にいくつもの制約があるが）。

「カリア」は、「魔力」もその中に一定期間保持することができる。その際、遺伝子に組み込む形でその情報を保持するので、魔力そのものが消えても、魔力情報は残るのだ。この特性を利用して、異なる魔力を一時的に保持させた種子《しゅし》から育ったカリア同士を掛け合わせてみたのだ。すると、何度やっても種子は雄側の魔力情報のみが継承《けいしょう》され、例外はなかった。

この実験結果をルートヴィヒ様にまとめてもらい、早急に学会にて発表すると、そのわかりやすい証明方法によって、これまで例の迷信に惑《まど》わされていた人々も「魔力は必ず父方から受け継ぐ」ということの事実をようやく受け入れることができたようである。

この新しい証明方法は実に画期的《かっきてき》であって、今後ほかの魔法遺伝学の実験においても応用《おうよう》がきくだろうと大いに評価された。

さてこの研究、発案《はつあん》こそ私とアレクサンダーだったが、証明に「カリア」を利用するということを思いついたのも、実際に交配《こうはい》実験を行ったのも、結果を研究論文にまとめたのも全てルートヴィヒ様だった。それゆえアレクサンダーはこの証明方法を「リリエンタールの証明」と名づけ、その名はすぐ定着《ていちゃく》することになった。ルートヴィヒ様はすっかり恐縮《きょうしゅく》していたが、王太子直々《じきじき》の命名を拒《こば》むことはできまい！

あの一件でリリエンタール家は汚名《おめい》を着ることになったわけだが、誠実《せいじつ》かつ善良《ぜんりょう》なルートヴィヒ様の行いで今回のように少しずつ、その汚名を雪《すす》いでいってくれることだろう。

ちなみにアレクサンダーとルートヴィヒ様は最近、妙《みょう》に仲がいい。私の最愛《さいあい》の人が私のお兄様と仲よしになってくれたのは嬉しい限りだし、ルートヴィヒ様が以前のようによく笑うようになってきたことに私はものすごくほっとしていたりもする。

あとはルートヴィヒ様にもそろそろ春が来るといいのだけれど。シエナもそのことをずっと気にかけているのだが、彼自身は「家の問題も山積みだし、研究もしたいし、まだしばらくはそんな余《よ》裕《ゆう》はなさそうかな」と言って笑っていたが。

「……お嬢様、リリエンタール侯爵《こうしゃく》様はレモンの蜂蜜《はちみつ》漬《づ》けなんてお召《め》し上がりになるでしょうか」

「へっ？」

「あっ、いえその、実は先日お会いした時にとてもお疲れのようだったので。我《わ》が家《や》秘伝《ひでん》のレモンの蜂蜜漬けを先日たくさん作ったものですから、今度少しお渡しできたらいいなと思いまして……」

「とてもお喜びになると思うわ！　シエナと一緒に甘いものもよく召し上がるようだし！」

私の言葉に、とっても嬉しそうに笑うローラ。うん、やっぱりローラは優しいいし、本当に可愛い！　ローラをお嫁さんにできる男性は幸せ者だなあ……。

ちょうど全ての支度が終わったこのタイミングで、国王陛下と王妃《おうひ》殿下がお越しになった。

本来ここでお二人がお越しになる予定はなかったので少し驚いたが、部屋に入ってきたお二人の本当に嬉しそうなお顔を拝見《はいけん》して、ほわっと胸が温かくなった。

「まあ、なんて美しい花嫁さんでしょう……！　『ファーストミート』の習《なら》わしに感謝しなくては。もし式の前にアレクサンダーが貴女のこの姿を見てしまったら、結婚式なんてすっ飛ばして貴女をどこかに連れ去ってしまうでしょうからね」

満面《まんめん》の笑《え》みを浮かべた王妃殿下に、とても優しく抱きしめられる。

「アマーリエ、急に来てしまってごめんなさいね。実は貴女にどうしても今、渡しておきたいものがあるの」

王妃殿下は抱きしめていた私を解放すると、私の手に何かをそっと握《にぎ》らせた。

いったいなにをとそれに目をやった瞬間《しゅんかん》、涙が込み上げるのを感じた。

「王妃殿下、これは……！」

「クリスタから、最後に預かっていたの。もし転生《てんせい》した貴女に会えたら、これを渡してほしいと」

それはかつて、ずっと父が身につけていたもの。プリングスハイム家に伝わる金のペンダントだ。ペンダントのトップ部分に六角形《ろっかくけい》の金のプレートがあり、そこには「ｌａｂｏｒｅｍｕｓ《ラボレームス》」と刻印《こくいん》されている。

この言葉には古語《こご》で「さあ、働こう！」という意味がある。これはプリングスハイム家の家訓《かくん》で、プリングスハイム家を継ぐ者はこのペンダントを代々《だいだい》受け継いできた。常に勤勉《きんべん》で、学問に貪欲《どんよく》だったプリングスハイムの者らしい家訓で、私も大変気に入っていた。だがまさかこのペンダントを王妃殿下がお預《あず》かりくださっていたなんて……。

「『ｌａｂｏｒｅｍｕｓ《ラボレームス》』、実によい言葉である。アマーリエ、君の名付け親は私だと言ったが、気づいておるかな？　アマーリエという名には『勤勉』『勇敢《ゆうかん》』そして『労働《ろうどう》』といった意味がある。君があのナターリエの転生者だと気づいたとき、私は君があの勤勉で崇高《すうこう》なプリングスハイムの者たちの精神を受け継ぐ存在であるということをその名前に込めたいと思った。それで『アマーリエ』と名付けたのだ」

思いも寄らなかった国王陛下の想いに、胸が熱くなる。

そうだ、私はアマーリエであるが、間違いなくナターリエでもあるのだ。今は亡《な》き両親の記憶も、想いも、愛も、私の中に生き続ける。私はこの記憶ごと、アマーリエとして新たに生きていくのだ。

全ては今に、しっかり繋《つな》がっている――。

「今日という日を迎えられたことを私たち夫婦はもちろん、今のご両親であるローゼンハイム公《こう》爵《しゃく》夫妻も、そして今は亡きプリングスハイム男爵《だんしゃく》夫妻も、心から喜び、祝福《しゅくふく》している。アマーリエよ、誰よりも幸せになりなさい。それが、私たち皆の願いだ」

二人に優しく抱きしめられる。

ああ、私は本当に幸せな人間だ。こんなに素晴らしい人たちから、大切に想ってもらえるなんて。なんとしても、恩返《おんがえ》しをさせていただかなければ。

一度はその恩返しの機会すら、失ったのだ。でも、今は違う。アレクサンダーのおかげで私はまたここに戻ってこられた。そしてこの大切な方々に恩返しができるのだ。それはなんとありがたく、幸せなことだろうか。

澄《す》み切った紺碧《こんぺき》の空には、輝く美しい太陽。快晴《かいせい》の空は、アレクサンダーの笑顔《えがお》とよく似ている。だから私は、この空が特別に好きなのだ。

あの婚約発表から約半年。我らがゾンネンフロイデ王国は太陽の加護《かご》を受ける国であるとされ、最重要式典《さいじゅうようしきてん》は常に輝く太陽のもと、屋外《おくがい》で行われる。それゆえ雨天《うてん》の場合は延期《えんき》になるが、不思《ふし》議《ぎ》なことに、これまで式典の雨天延期が生じた記録はただの一度もない。こうなると、本当に太陽の加護とやらを受けているのかもしれないな、なんて思ったりもするわけで。

そんなわけでこの眩《まばゆ》いほどの晴天《せいてん》の下、あの日と同じく王宮の前の大広場に設営《せつえい》された会場は、世界各国からの来賓《らいひん》を含むものすごい数の参列者《さんれつしゃ》たちで大いに賑《にぎ》わっている。

「アマーリエ、本当にわしでよいのか……？」

式典開始直前、私の隣《となり》に立つリースリング先生はいつになく緊張《きんちょう》している様子だ。タキシード姿も含めこんな先生の姿を見るのは初めてなので、なんだかものすごく新鮮だ。

「ふふっ！　先生、何度同じことを仰《おっしゃ》るのですか？　ええ、もちろんです。私たちからお願いしたのですよ？」

「それはそうだが……しかし君にはちゃんと今のお父上もいらっしゃるだろう。それなのに、わしがこの大切な役目を担《にな》うなど――」

「父はむしろ、リースリング先生にお任せできて嬉しいと申しておりましたよ？　私とアレクサンダーの縁《えん》を結《むす》んでくださったのがリースリング先生だと父にも伝えておりますし、ご存じの通り、私の父は目立つのが全く好きではありませんからね！」

そう言って笑うと、先生もくすっと笑った。実際、私の父であるローゼンハイム公爵は、「薔薇《ばら》姫《ひめ》公爵家」の当主《とうしゅ》らしく、どこまでも控《ひか》えめで温和《おんわ》な人間として有名なのである。

「でもなにより――私とアレクサンダーが、先生にお願いしたかったのです」

「……アマーリエ」

「リースリング先生。先生は私たちにとって、本当に父親のような存在なのです。先生は私の力を誰よりも早く見抜き、教え導《みちび》いてくださった。おかげで私は魔法学者として大成《たいせい》することができ、そしてアレクサンダーとも出会うことができたのです。それにナターリエとして私が死んだ後は、先生がアレクサンダーの心の拠《よ》り所《どころ》となってくださいました。彼は、自分と同じ悲しみを胸に抱く先生のお側《そば》にいるときだけは、孤独感《こどくかん》が随分和《ずいぶんやわ》らいだそうです。先生がいらっしゃらなければ、自分はもっと辛《つら》く、苦しい孤独の中で生きていただろうと。だから、先生には感謝しかないのだと」

先生は今にも泣きそうなお顔で、そんな先生を見ていたら、私も泣いてしまいそうになる。

「まだ、泣いちゃだめですよ？　先生が泣いてしまったら、私も泣いてしまいます。そうしたら、せっかくのお化粧《けしょう》がだめになってしまいますもの」

必死で涙を堪《こら》えながら私がそう言って笑うと、先生もやっぱり必死で涙を堪えて、でもとっても幸せそうに微笑《ほほえ》んだ。

式の開始を知らせる、ファンファーレが鳴り響《ひび》く。

リースリング先生にエスコートされながら、一歩、また一歩と、ヴァージンロードを進む。

その先で待っている、最愛の人のもとへ行くために。

ずっと、本当にずっと、私を待っていてくれた貴方《あなた》。

もう二度と、離れなくていいように。

ずっと貴方の隣にいられるように。

これから先の私の全てが、アレクサンダー、常に貴方とともにあるように。

アレクサンダーの隣まできたところで、リースリング先生から彼に私の手が渡される。

号泣《ごうきゅう》しているリースリング先生を見て、アレクサンダーはとても優しく微笑んだ。

二人で祭壇《さいだん》に上がる。ちょうどその真上には、太陽が燦々《さんさん》と輝いている。

私たちは互いに向き合い、アレクサンダーが私のウエディングベールを上げる。

「……世界一綺麗《きれい》だ」

頬を赤く染《そ》めながら、真顔で呟くアレクサンダー。そんな彼の眼差《まなざ》しと言葉に、頬も胸も一気に熱くなった。

ここで、結婚の誓約《せいやく》を行う。王族の結婚は、新郎《しんろう》が短い定型の「誓約文」を読み上げるだけのはずなのだが、アレクサンダーはにっこりと笑うと、なぜか私の前に跪《ひざまず》いた。

「アレクサンダー……？」

「アマーリエ、私の最愛の人。貴女は私の愛であり、太陽であり、私の全てだ。貴女が私に生きる意味を与え、貴女という光によって私の世界は色づき、輝くのだ。これから先の未来、永遠に私の全てが貴女とともにあらんことを。私、ゾンネンフロイデ王国王太子アレクサンダーはアマーリエ、貴女を我が唯一の『レガリア』とし、我が魂《たましい》の全てで貴女を愛し続けることを誓《ちか》います」

この美しい空と全く同じ色の澄み切った青が、私をまっすぐに見つめる。

誓約文の前に彼自身によって付加《ふか》されたその言葉も、誓約文の、本来なら「命」というべきところをより永続的《えいぞくてき》な「魂」という語に変えて彼が宣言したことも――その全てがあまりに愛《いと》おしくて。

彼が私の手を取り、私の手首の「レガリアの紋章《もんしょう》」に優しく口づけた。

「レガリアの証明」により、彼の力強く、しかしとても優しいその魔力が、私を大きく包み込む。

幸せの涙が、ぽろぽろと溢《あふ》れる。

立ち上がった彼が、優しく私の涙を拭《ぬぐ》ってくれる。

「アマーリエ、愛している。これまでも、これからも、貴女だけを――永遠に」

「アレクサンダー、私も貴方を愛しているわ。これからもずっと、永遠に……」

その瞬間《しゅんかん》、一面《いちめん》に虹色《にじいろ》の蝶《ちょう》が舞い、輝く虹色の城が出現する。歓声と拍手喝采《かっさい》が鳴《な》り止《や》まぬなか、その奇跡のような光景《こうけい》の中に、満足げに微笑むリースリング先生と、私たちの大切な人々が立っている――。

私たちは心からの喜びに包まれながら、どちらからともなく唇《くちびる》を重ねた。

それはどこまでも甘い、この上なく幸せな誓いのキスだった。

エピローグ

数年後。

私は今日も彼の腕《うで》の中で目を覚《さ》ます。少し早く目覚めたらしい彼は、私が目を開けるとすぐに、うっとりとした表情で私に優しく甘いキスをする。

「おはよう、愛《いと》しいアマーリエ」

彼の激甘《げきあま》は結婚後も弱まるどころか強まる一方だが、こちらもいい加減麻痺《まひ》してきているため、エーリカやクラウス様に言われるまでその異常さに気づかないことが多々あって、これまた危険な兆候《ちょうこう》だ……。

彼は、私をぎゅっと抱きしめる。

「今日はもう、ずっと二人でこうしていよう」

「今朝《けさ》もまたそんなこと仰《おつしや》って――。今日も大切な会議《かいぎ》がございますでしょう？」

「では、会議の始まるギリギリまでは二人で――」

と、ここでキャッキャと騒《さわ》がしい声が聞こえてくる。

「おとうさまぁ！　おかあさまぁ！　はやくおおきになってください！」

「またお二人だけでひっついてずるいです！　わたしたちもいれてください！」

「はあ……。どうしていつも私とアマーリエの甘い時間を邪魔《じやま》するんだ、あのちびたちは」

いつもの流れに私は笑ってしまう。

「オズワルド、ナターリエ、私たちはまだ起きたばかりだから少し待ってね。先にポートマン執事《しつじ》のところへ行って、温かいミルクをいただきなさい」

「はぁーい！」

キャッキャとまた嵐《あらし》のように去っていく。

「もう少し君と二人だけの時間がほしいな……」

「毎晩、十分に二人だけの時間を過ごしているではないですか」

「朝と昼にももう少しずつ――」

「朝も昼もずっと貴方《あなた》と一緒にいるではないですか？」

「二人きりでないとできないことがしたいんだけど」

「――さ、起きましょうね！」

「……」

駄々《だだ》を捏《こね》るアレクサンダーは、三人目の子どものようだ。

四人での朝食のあと、二人の子どもたちは私たちに抱っこをせがみ、抱き上げて少し遊んであげると満足して、国王ご夫妻《ふさい》のところへ遊んでもらいに行った。長男《ちようなん》のオズワルドが生まれてすぐに例の「黄金《おうごん》の竜《りゆう》」を見事退治《たいじ》した国王陛下《へいか》は、孫《まご》たちと遊ぶのがなにより幸せな時間とのことだ。

こうして二人になるとまたすぐイチャイチャしようとしてくるアレクサンダーをなんとか制《せい》しながら、会議の準備を少し行う。うまく彼を仕事モードに持っていき、いくつかの公務《こうむ》を片付けさせてから、これまた二人一緒に大会議室へ向かう。

国王陛下は、国王としての実務的《じつむてき》な公務のかなりの部分を王太子《おうたいし》であるアレクサンダーに任せている。ご本人はあと数年で生前退位《せいぜんたいい》をなさって孫たちとゆっくり遊びたいらしく、現在はその移行準備期間ということだ。

アレクサンダーと私は並んで席につく。これまでは王妃《おうひ》あるいは王太子妃がこうした会議に参加することはなかったのだが、ここに参加する重臣《じゅうしん》たち、つまり魔法《まほう》大臣のゲッツや魔法騎《き》士《し》団長のクラウス様をはじめとする我が国の要人《ようじん》たちはみんな私がナターリエ・プリングスハイムの転生《てんせい》者《しゃ》であることを知っているので、私には特別顧問《こもん》という謎《なぞ》の役職《やくしょく》が与えられているのだ。

それにしても、会議中や公務中のアレクサンダーは別人のようにしっかりしている。こういうと彼が普段しっかりしていないみたいだが、まあ私と二人の時はとにかく例の調子《ちょうし》なので私がそんな感覚になるのも仕方がないと思う。

アレクサンダーはその素晴らしい王の資質《ししつ》をすでに遺憾《いかん》なく発揮《はっき》している。特に彼は物事を把握《はあく》してその問題点を見抜く能力に長《た》けており、解決策を素早《すばや》く見つけ出すことができる。本人曰《いわ》く、これは魔法騎士団長時代に身につけた能力とのこと。

また、とにかく人を見る目があるため、人材登用《じんざいとうよう》の際に極《きわ》めて的確な采配《さいはい》を振るう。これには彼の卓越《たくえつ》した感知《かんち》魔法が関係していると思われ、外交《がいこう》問題でも非常に役立っている。

我が国の英雄《えいゆう》オズワルド・グリュンシュタインが実は王太子アレクサンダーであったという事実は今や世界中に知れ渡っており、この国の平和はもはや確固《かっこ》たるものになった。

それもあって、国際社会における魔法大国としての不動《ふどう》の地位はもちろんのこと、ナターリエの頃に夢見ていた学問と文化・芸術の国としての発展《はってん》が大いに進んでいるので、個人的には大満足だ。

ただ……あえていうなら彼が会議中もずっと私の手を握《にぎ》ったり、隙《すき》を見てはキスしてくるのだけ、どうにかしてほしい……。みんなもうとっくに気にしていないが、仕事中の私の頭はいわゆる学者ナターリエモードなので、彼の激甘への免疫力《めんえきりょく》が弱まっていて、毎回しっかり動揺《どうよう》してしまうのだ。

アレクサンダーに会議中のキスはさすがにやめるようお願いしたが、即却下《そくきゃっか》された。禁止されると仕事に集中できなくなって、作業効率《さぎょうこうりつ》が落ちるからだという。「私にしっかり仕事してほしいならキスさせて」と。横暴《おうぼう》だ……。

会議が終わると、グリュンシュタイン公爵《こうしゃく》ご夫妻とその息子《むすこ》で今や魔法騎士団員でもあるエーミール様がやって来た。

「王太子殿下《でんか》！　王太子妃殿下！　また来てしまいましたぞ！　可愛《かわい》いオズワルドとナターリエはいったいどこかな⁉」

「おじさまとおばさまとエーミールだ！」

オズワルドとナターリエが、ポートマン執事に連れられてやってきた。

あとで知ったのだが、グリュンシュタイン家はリタ王妃のご実家で、現公爵はリタ王妃の弟君だった。つまりアレクサンダーは公爵の甥《おい》っ子で、エーミール様とは従兄弟《いとこ》だったわけだ。どうりでこの二人がどことなく似ていたわけである。

ついでに言うと、オズワルドの年齢《ねんれい》がアレクサンダーの実年齢より二歳年上になっていたのは、アレクサンダーがオズワルドになり代わる頃ちょうど病死《びょうし》したグリュンシュタイン家の本当の長《ちょう》子《し》、つまりエーミール様の亡くなったお兄さんがその年齢だったかららしい。名前も違ったが、大《たい》病《びょう》をしたので縁起が悪いから名前を変えたことにしたようだ。

人間関係に疎《うと》いナターリエは仕方ないとして、公爵家の娘に生まれた私も貴族間のそんな繋《つな》がりは全然知らなかった。ローゼンハイム家の歴史も含めて、貴族社会って本当に狭くて複雑な世界だと改めて実感する。エーリカはよくまあこんなことを研究していたものだ。

グリュンシュタイン公爵ご夫妻も、アレクサンダーのことを実の息子のように愛しているので、私たちの子のことも本当の孫のように可愛がってくれている。

……おかげでオズワルドとナターリエは国王ご夫妻と私の両親、リースリング先生、そしてこのグリュンシュタイン公爵ご夫妻から言葉通りに孫可愛がりされており、甘やかされ過ぎているのが心配だ。

「兄上！　今日は魔法騎士団の訓練《くんれん》は休みなのですが、お時間があれば少し団員の集まりにお越しいただけませんか？」

エーミール様の提案に、アレクサンダーがとても嬉《うれ》しそうに笑う。

「ああ、もちろんだ！　今日はクラウスの誕生日だから、それを祝うのだろう？　私も皆と一緒に祝いたいと思っていた」

子どもたちはグリュンシュタイン公爵ご夫妻に任せて、私たちは魔法騎士団の集まりに顔を出した。

「わあ、団長――じゃなかった！　王太子殿下！　それに、王太子妃殿下まで!!」

団員たちが一気に集まってくる。皆、アレクサンダーに会えてとても嬉しそうだ。

「酷《ひど》いんですよ!?　ディートリッヒ団長が新しい訓練だって言って、超スパルタなトレーニングプランを追加するっていうんです！　『あの王太子殿下を守る心意気《こころいき》なら、それくらいできなくてどうする』と！　無茶《むちゃ》ですよ、今でさえ死にそうなのに！」

「ははは！　クラウスは熱い男だからな！」

「我が国最強の魔法騎士団長だった方をお守りするんだ。今のままでは、また王太子殿下に守られてばかりになってしまうぞ！」

クラウス様が、エーリカを伴《ともな》って現れた。

「来たか！　それに、ディートリッヒ伯爵《はくしやく》夫人も！　クラウス、さっきも会議で会ったが、改めて、誕生日おめでとう」

「お誕生日おめでとうございます、ディートリッヒ伯爵」

「王太子殿下、王太子妃殿下！　わざわざこんなところまでお越しくださり、またお祝いの言葉をありがとうございます！」

「王太子殿下、王太子妃殿下、私からも心よりお礼申し上げます。そういえば、今日はオズワルド様とナターリエ様はお留守番《るすばん》ですか？」

「今日はグリュンシュタイン公爵ご夫妻が遊んでくださっているの。でも、お二人があの子たちを甘やかし過ぎてしまうので、少し困っているのですが……」

エーリカは嬉しそうに笑った。

「オズワルド様は魔法騎士団長様時代の王太子殿下に瓜二《うりふた》つですし、ナターリエ様は金髪碧眼《きんぱつへきがん》ですが、顔は王太子妃殿下にそっくり。それはもう、誰だってあのお二人が可愛くて堪《たま》らないと思いますわ！　あのリースリング博士《はかせ》だってメロメロですもの。でもまだ幼いながらお二人とも大層利発《りはつ》ですし、そんなに心配されることはありませんよ」

「でも、アレクサンダーに似て二人とも甘《あま》えん坊《ぼう》だから……んっ！　ん――っ！　もうっ！　どうしてすぐキスなさるんですか！」

「また君が私を子ども扱いするからだ。ほら、顔が真っ赤だよ？　君をそんな風にドキドキさせられるのは、私だけだ。私が大人の男だってことを忘れないでほしいな」

「……相《あい》も変わらずそんな調子ですね、王太子殿下は」

ここで、エーミール様が再び私たちのところにやってきた。

「王太子妃殿下、シエナが貴女《あなた》に少しご相談したいことがあるようなのですが――」

「あら、シエナが？」

「はい。どうも、シエナのお兄様のことで……」

「ルートヴィヒ様の？　一緒に来ているので、こちらに呼んでもよろしいですか？」

「ええ、もちろん！」

実は、エーミール様とシエナは現在婚約中だ。アレクサンダーと私がいわゆる恋のキューピッドになったようだが、私たちとしても、大好きなこの二人が一緒になるのは願ってもないことだ。

それにしても、ルートヴィヒ様がどうしたのだろう？　リリエンタール侯爵《こうしやく》になったあとで王立研究所の所長にも就任《しゆうにん》されてなにもかも上手《うま》く行っているし、先日お会いしたときもすごくお元気だったけれど。

「王太子妃殿下ぁー！　会いたかったです！」

「シエナ！　でも、一昨日《おととい》会ったばかりなのに、いったいどうしたの？　ルートヴィヒ様のことで相談があるとか」

「そうなの！　兄さんね……やっと、結婚の意思《いし》を固めたの！」

「まあ、素晴らしいニュースじゃない！　それで、お相手はどちらの方なの!?」

「それがね……そこが問題で……相手は、ローラなの」

「えっ!?　ローラって、うちのローラ!?」

「そう、貴女の侍女《じじよ》のローラ」

これは衝撃《しようげき》だ！　ローラは私が王太子妃になった後もずっと私専属《せんぞく》で侍女をしてくれているが、

しかしまさか、ルートヴィヒ様がローラとの結婚をお望みとは……！

「それがね、前に貴女とローラが『お忍《しの》び散策《さんさく》』しているときにローラと初めて二人で話したらしいんだけど、そのときに意気投合《いきとうごう》して、いい友人になったんですって。でもあのあと、うちいろいろあったでしょ……。私も、あのとき出会って支えてくれたエーミールと今はこうして想いを通わせ合うことができたわけだけれど、兄さんはそのときどうも、ローラにかなり励《はげ》まされたらしくて。ただ、ローラの方はあくまで身分を超えた大切な友人として兄さんを励ましてくれていたみたいで、兄のそういう気持ちには全く気づいていなかったらしくて――だから兄さんが求婚したら、驚いて逃げちゃったみたい」

「まあ……なんともローラらしいというか、なんというか……」

「あとでローラに直接聞いてみたら、自分は平民《へいみん》で侍女だから、侯爵様と結婚なんてできないって泣いてたの。だから、別に兄さんが嫌《いや》とかそういうわけではないと思うんだけど――」

「そうなのね……。確かにローラは貴族ではないけれど良家の娘さんだし、今だって王太子妃付き侍女として王宮であれだけ立派にやっているわけだから、侯爵夫人としても十分やっていける素質《そしつ》があると思うのよね。あっ！　そういえば少し前だけど、ローラが『ルートヴィヒ様に惹《ひ》かれてはいるのよ！　身《み》分《ぶん》の違いのせいで、その想いを受け入れられないだけで！』」

隣《となり》で静かに話を聞いていたアレクサンダーが、ふっと私を抱き寄せて言った。

「身分が違うからといって愛し合う者同士が結婚できないなど、決してあってはならないな。ノブレス・オブリージュ、より多くを持つ強い立場の者が、弱い立場の者を守るという責任と義務の大きさを表すのが、我が国の貴族制度だ。そして、それ以上の意味はない。アマーリエ、君から彼女に話してあげるといい。彼女にその気があるのなら、ルートヴィヒの気持ちを受け入れてあげるようにと。身分のことでまわりがとやかく言うなら、私たちが力になると」

「アレクサンダー……。ありがとうございます。ええ、そのように伝えます！」

公務のために集まりを抜けた私たちは、また王太子執務室《しつむしつ》に戻り、二人並んで仕事を再開する。アレクサンダーは基本的には真面目《まじめ》に公務に励んでいるが、執務室では二人きりということもあり、隙あらば私へのキスを試《こころ》みる。

私は集中すると周囲が見えなくなりがちなので、彼からの不意打《ふいう》ちのたびにドキドキさせられる上、油断《ゆだん》しているとキス以上のことをしようとしてくるので。堪らない！

そして今この瞬間も、私よりも少し早めに仕事が片付いたらしいアレクサンダーが、隣で仕事を続ける私の横顔を嬉しそうにじーっと見つめている。これは、かまってちゃんモードを発動する、一歩手前である。

くっ……アレクサンダーは、私が彼のこの表情に弱いのを知っているのだ。それで私が少しでも彼のほうを向いてしまうと——ほらまた、こんな風に流されっ……！

と、ここでノックの音が。ふう、危なかった。

「王太子殿下、王太子妃殿下、ご公務中のところ失礼致します。魔法大臣のリルケ様をお通ししてもよろしいでしょうか」

「……ああ、お通ししろ」

キスの直前でお預《あず》けを食らってなんとも不機嫌《ふきげん》そうなアレクサンダーとは対照的《たいしょうてき》に、いつも通り大変機嫌のよいゲッツがニコニコ顔で部屋に入ってきた。

「王太子殿下！　王太子妃殿下！　今朝の会議の件で少しご相談がありましてな！」

そう言って彼はアレクサンダーにいくつかの業務的な確認と許可を取ったが、わざわざ魔法大臣が確認に来るほどのものではない。

……こういう場合、ゲッツは別件で来ているのだ。つまり本題はこのあと。

「――と！　これで確認させていただきたいことは以上です！　ところで……一週間後、例の作品が王立劇場で初演日を迎えるのですが――もちろん、お二人はお越しくださるでしょうな？」

「……あれですね、あのやたら長いタイトルの――」

「あれが今の流行《はや》りなのです！　どういう内容かタイトルを見ただけで想像がつきやすいとかで！　事実、あの作品は『王子と魔女』を遥《はる》かに凌《しの》ぐ、大人気作となったのですぞ！」

「でもあれは内容があまりにもそのまま過ぎて、モデルにしたというレベルではないでしょう！　あの作品のせいで若い人たちは皆、私を『転生者』だと本気で信じているのよ!?」

「――事実ではないですか」

……。

「しかし、そんなこと言って王太子妃殿下も、すっかりお気に召《め》されたんでしょう？　存じておりますよ？　全巻しっかりご愛読いただいていること！」

「……くっ！　それでは、お越しいただけますね!?」

「ああ、もちろんだ」

「アレクサンダー!?」

「いいじゃないか。いいデートになる」

「では、あのときみたいな騒ぎは起こさないでいただけますか……？」

彼は悪戯《いたずら》っぽく笑うと、私にキスをした。


窓から差し込む月明かりの音さえ聞こえそうな静かな夜に、私たちはいつものようにぴったりと寄り添いあって、二人で読書をしている。

こうしてベッドの上で一冊の本を一緒に読みたがるのは彼がまだ幼い頃から変わらないが、あの頃とは違って大人の男性の逞《たくま》しい身体《からだ》が私を後ろから大きく抱きしめている。その優しい温《ぬく》もりと大好きな彼の匂いに包まれているこの安心感が、私は堪らなく好きだ。

「『王子と魔女』もよかったが、こっちはまた格別《かくべつ》だな？」

「ふふっ！　ええ、私もそう思います。私が、一番好きな物語です。こんなに素敵《すてき》なヒーローに恋をしない女性はいませんもの」

「君もそう？」

私から彼にキスを贈《おく》る。幸せそうに微笑《ほほえ》んだアレクサンダーが、私にとっても甘いキスを返す。

「――知ってる？　『転生魔法』の最後の試練を乗り越えた恋人たちは永遠に深い縁で結ばれて、何度生まれ変わっても、また必ず一緒になれるんだって」

「……本当ですか？」

「さあ、どうだろう？」

アレクサンダーは悪戯っぽく、でもとても嬉しそうに笑った。

「いずれにせよ――、私は必ず君を見つけ出すよ」

「では、期待して待ってます。でも、もしかすると次は私が先に貴方を見つけるかもしれませんよ？」

彼にもたれかかりながらそっと見上げた表情は、とろけるほどに甘く優しい。

「アマーリエ、私たちは永遠に一緒だよ」

そうして彼はまた、私にこれ以上ないほど甘いキスをした。

――私は間違いなく、世界中の誰よりも幸せだ。こんなに愛する人から、こんなに愛されているのだから。こんなに愛する人と、いつまでも一緒にいられるのだから。

アレクサンダー、私は、私の全てで貴方を愛します――。

余話一　最高の一日

朝の光が眩《まぶ》しい――。ちょうどカーテンの隙間《すきま》から溢《あふ》れた陽光が、私の瞼《まぶた》の上を照らしているらしい。ゆっくりと目を開けると、私の腕の中でまだ気持ちよさそうに眠っている最愛の女性がいて、この上ない幸福感に包まれる。

結婚からもう三か月と少しが経《た》ったが、こうして毎朝、目覚《めざ》めるたびに夢ではないかと思ってしまう。そしてその度に、もし夢なら永久に覚めないでくれと心から願いながら、君を見つめ続ける。

睫毛《まつげ》がきらきらと揺れ、その美しい瞳《ひとみ》が私を見つけて微笑《ほほえ》むと、私は胸が苦しいほどの喜びを感じる。そしてこれが夢ではないことを確かめたくなって、そのやわらかな唇《くちびる》に口づける――。

「ん――っ、アレクサンダー……」

まだ寝ぼけているようだが、ふわりと微笑む彼女が愛らしすぎて、もう一度、もう一度と口づけると――。

「アレクサンダー！　起きてすぐにそんなにたくさんキスをされては、困ってしまいます……！」

こうして怒られるのも、慣れたものだ。だがその少し怒った表情さえ愛《いと》おしくて堪《たま》らずぎゅっと抱きしめると、少し呆《あき》れながらもいつも優しく抱き返してくれる。

「アレクサンダー、お誕生日おめでとうございます」

「あ……」

「あら、まさかお忘れだったのですか？」

「ああ、すっかり忘れていた。自分の誕生日を祝ったのなんて、貴女《あなた》が――ナタ―リエが生きていた頃までだったからね」

「オズワルド・グリュンシュタインとしてのお誕生日は、別の日だったのですか？」

「いや……そもそも誕生日など祝う気になれなかっただけだ。初めのうちは私の両親はもちろん、グリュンシュタイン公爵《こうしやく》夫妻《ふさい》やエーミールも、私の誕生日を祝おうとしてくれたんだが……貴女のいない世界を生き続けることは、私には苦痛でしかなかったから」

「アレクサンダー……」

私の言葉にショックを受けたらしい君を見て、しまった、と思う。決して、君を悲しませたかったわけではないのだ。ただ本当に、誕生日を祝うという習慣を完全に失っていたというだけで――。

「アマーリエ、そんな顔をしないでくれ。今はもう、違うのだから。君がこうして私のもとに戻ってきてくれて、私の腕の中で目覚め、私の誕生日を祝ってくれるんだよ。こんなに素晴らしい誕生日プレゼントがほかにあると思うかい？」

アマーリエはそれでもまだ少し悲しげな表情だったが、そっと優しく微笑むと今度は彼女のほうからキスをしてくれた。それが私にとってどれほど甘美な贈り物か、君は知っているだろうか？

唇が離れた瞬間、堪らず私のほうからもう一度口づけをしようとしたのだが――。

「よしっ！　決めました！」

「えっ？」

「今日は、アレクサンダーのお誕生日を徹底的にお祝いいたしましょう！」

「なんだって？」

「今日は特別なお仕事はございませんでしたね？　会議などもなく、通常の公務だけだったかと」

「確かにそうだが……」

「では、必要最低限の公務だけ、手早くお済ませくださいませ。それが終わりましたら、あとは全てお休みになさって、お誕生日をお祝いいたしましょう！」

「いや、あえてそんなことをする必要は――」

「いいえ、必要です。本来なら、毎年盛大《せいだい》にお祝いするはずだったのです。それが私のせいでできなかったのですから、どうか今年からはしっかりお祝いさせてくださいませ！」

「だがそれは君のせいなどでは――！」

「私が、お祝いしたいのです！」

本当は彼女がそんな責任を感じる必要は全くない。だが、彼女は言い出したら聞かないところがあるし、それに彼女が私のために祝ってくれるというのを断ってしまうのはもったいないような気もして、結局それを承諾《しょうだく》することにした。

そうと決まればとでも言うようにアマーリエはすぐさまベッドから起き上がって身支度を始めてしまい、もう少し彼女と朝の甘い時間を過ごしたかった私としては、少々残念でもあった。

だが、このところ朝のこの時間を楽しみ過ぎて執事《しつじ》のポートマンに嫌《いや》みばかり言われていたので、たまには仕方ないか。


二人揃《そろ》って朝食に向かうと、いつものようにポートマンが全てを完璧《かんぺき》に準備して待っていたが、

「おお、今朝《けさ》は珍《めずら》しくお早いのですね？　いつも私がお呼びする前にこうしてお越しくださると、本当にありがたいのですが」と結局嫌みを言われた。


と、ここでアマーリエが嬉《うれ》しそうに言う。

「ポートマン執事、貴方《あなた》は今日が何の日か、もちろん知っているでしょう？」

「ええ、もちろん。王太子殿下《おうたいしでんか》のお誕生日でございます」

「でもこれまで、彼が祝わせてくれなかったのよね？」

「仰《おっしゃ》る通りです」

「でもそれはもう終わりです。今年からは、これまでの分までお祝いして差し上げてほしいの」

「いや、今までの分はもう――」

「左様《さよう》でございますか。いや、それは実に喜ばしいことですな。確か、最後に王太子殿下にバースデーケーキをご用意したのは八歳の頃ですから、二十六歳になられたということは十八年ぶり……」

「もう子どもではないのだ、頼むからケーキなど用意するなよ!?」

「いいえ、そうは参りますまい。すぐにパティシエに伝えましょう。あるいは、私と妻でお作りし

ましょうか。ああ、キャンドルも年の数だけ必要ですから、特大のものがよろしいでしょうね」

ポートマンの奴《やつ》、完全に私を揶揄《からか》っているようだ。とはいえ、アマーリエが嬉しそうにしている以上、これ以上は何も言えないが……。

――思えば、八歳の誕生日を祝ったあの日を思い出すことさえ、私にとっては長らく苦痛でしかなかった。まだナターリエとして生きていた彼女が、私を祝ってくれた最後の誕生日。そのほんの数日後に、彼女は逝《い》ってしまったのだ。

誕生日のあの日、私は父上から「あくまで伝承のために伝えるが、決して使うことのないように」と念押しをされた上で、「転生《てんせい》魔法《まほう》」の伝承を受けたのだ。そして私自身もまた、これを使うことなど一生ないだろうと、そう信じていた。まさかほんの数日後に、自分がこれを使うことになるとも知らず――。

「アレクサンダー……？」

最愛の女性が、とても心配そうな表情で私を見つめている。どうやら顔に出てしまっていたようだな。

復讐《ふくしゅう》は終わって、貴女《ナターリエ》は君《アマーリエ》として戻ってきてくれた。今では君は、我が最愛の妃《きさき》として、いつも私の隣《となり》にいてくれる。こうしてすぐ君をこの胸に抱けるし、甘いキスだってできる。

だが、今が幸福であればあるほど、貴女を失ったあの時の恐怖とそれからの絶望と孤独の十七年間を思わずにはいられない時がある。

また君を失うようなことになったら――。そんなことに決してならないようにできることは全てしていつもりだが、それでも不意にそんな恐怖に心が囚《とら》われそうになる。だが……。

「アレクサンダー、またなのですか!?　もうっ！　何度も申し上げているではございませんか。私はもう決して貴方を独《ひと》りにはしません。ですから、そんな苦しそうなお顔はおやめくださいませ！　貴方が仰ったのですよ？　復讐はもう終わったのだから、過去には区切りをつけて、あの頃よりももっとずっと幸せになるのが一番だと。実際、私は間違いなくナターリエの頃よりも今の方がずっと幸せなのです。こうして貴方を一人の男性として心から愛し、そして貴方に深く愛されているアマーリエとしての人生のほうが」

そう言って優しく微笑むと、君は自分からとても優しいキスをしてくれる。

「今日は、貴方のお誕生日なのです。私が心からお慕《した》い申し上げる、世界でたった一人の、貴方の。ですから、目一杯お祝いさせてくださいな。もちろん今年だけでなく、これから毎年、ずっとですよ？　それも、これまでお祝いできなかった分を上乗せで。覚悟なさってくださいね？」

――ああ、やはり君は最高だ。一瞬、過去の孤独と影に囚われそうになった私の心を一瞬にして愛と光で満たしてくれる。私は君をさらに強く抱きしめると、熱い口づけを……。

「あーごほん。お二人が仲睦《なかむつ》まじいことは何よりですが、どうか時と場合を弁《わきま》えるようになさってくださいませ。今は朝で、朝食のお時間です。夜の御寝所ではないのですよ？」

……。

朝食を終えると、私は公務のために一旦アマーリエと別れる。普段は公務の間もなにかと理由をつけて彼女に側《そば》にいてもらうのだが、今日はこのあとの準備もあると言って、彼女はすぐさまどこかへ行ってしまった。――寂《さび》しいが、高速で公務を片付けて彼女のもとに戻らねばと、一心不乱に取り組んだ。

おかげで、本日分の公務を予定よりもかなり早く片付けられたわけだ。

そしてすぐに彼女のもとへ「移動《テレポルタティオ》」で向かう。

「まあ、ずいぶんと早いお戻りですわね！」

私が背後からそっと抱きしめると、少し驚きながらも嬉しそうに笑顔《えがお》でこちらを振り返りながら君は言った。

「最高速度で終わらせてきたからね。ところで今は――」

「よかったですわ！　もう少し早ければ、早過ぎたところです。ちょうど、皆さんもお揃いのようですから」

「皆さん？」

「「アレクサンダー王太子殿下！　お誕生日おめでとうございます!!」」

「――!!」

私が振り返ると、そこには懐《なつ》かしい顔ぶれがずらりと並んでいた。

「なんだお前たち！　訓練を放りだして、いったい何をしてるんだ？」

思わず綻《ほころ》んだ顔で私がそう言うと、みんなとても嬉しそうに笑う。

「団ちょ……ではなく、王太子殿下のお誕生日をお祝いするために集まったのですよ！　昨年までもずっとお祝いしたかったのに、誕生日がいつかさえ、我々に教えてくださらなかったですからね！　王太子殿下、お誕生日本当におめでとうございます」

クラウスはとても嬉しそうに笑いながら私を抱きしめ、私は「ありがとう」と言いながら彼を抱き返した。

「王太子妃殿下《ひでんか》、本日は王太子殿下のお誕生日をお知らせいただき、どうもありがとうございます」

「お礼を言うのは、私のほうですわ。大切な騎士団《きしだん》の訓練があるのに、わざわざこうしてお集まりいただき、本当にありがとう。貴方たちはアレクサンダーにとって家族同然の方々ですから、どうしても一緒にお祝いしていただきたかったの」

「そのようなお言葉、光栄至極《こうえいしごく》にございます！」

ほんの数か月前までこいつらとは本当に毎日顔を合わせ、ともに鍛錬《たんれん》してきたのだ。だから今もときどき不意に懐かしくなって、訓練する彼らの姿を見に行くことがある。

だが、クラウスが新たな団長として皆をまとめ上げようとしているときに下手《へた》に顔を出すのは何だか悪い気がして、遠くから様子を見たら、あとはいつも声すらかけずに帰っていた。

だからこうして彼らと会って話すのは、ずいぶん久しぶりだ。あんな形で急に退団してしまったし、まともに話すのは数か月ぶりだから妙《みょう》に緊張したが……不思議なもので、少し言葉を交わすとすぐにあの頃の空気感に戻れた。それがとても嬉しくて、そのまま私は彼らと長いこと話し込んでしまった。

「……ああ、もうこんな時間か。こんなに長時間、訓練を中断させてすまなかったな。だが、今日こうしてまた皆と話せて、とても嬉しかった」

「俺たちもですよ！　あの……王太子殿下がお忙しいことはよく存じ上げておりますが、お時間のあるときに少しでも構いませんから、ときどきご指導いただけませんか。やはり、殿下の剣からは、学ぶものが本当に多いですので――」

「私としては構わないが、しかし……」

「王太子殿下、団長として私からもお願いいたします。貴方が来てくださると、団員たちの士気も大いに高まりますから！」

「クラウスにこう言われてしまったら、断れないな。ああ、そういうことなら喜んで引き受けよう！」

ナターリエを失ってからの十七年は本当に辛《つら》く、苦しい日々だった。だが、本当に家族同然に過ごしたこの団員たちの存在は、そんな私にとっていつしか大きな心の支えになっていた。だから、こうしてこれからも彼らと交流できることは、本当に喜ばしいことだ。

「それと、そろそろエーミールが正式に入団することになるが、よろしく頼む。剣の腕は間違いないんだが、気の優しい奴だから、しっかり鍛《きた》えてやってくれ」

「「はいっ！」」

私はとても満ち足りた気分で、彼らと別れた。

「ふふっ！　彼らの前では、すっかりオズワルド様に戻ってらっしゃいましたね？」

「そうかな？　――いや、確かにそうだな。あいつらを前にすると、自然とそうなってしまうんだ。

おかしなものだが、本当に二人分の人生を生きているような気がする」

「わかりますわ。私も、ナターリエの頃の人生とアマーリエとしての人生、どちらもはっきりと覚えていて——ときどきとても不思議な気分になります。でも、そのどちらの人生でも、一番大切なのは貴方ですよ？」

「ああ、私もそうだ」

どちらからともなく顔を近づけ合い、そしてキスをする。最初のアマーリエとのキスもそうだったな。惹《ひ》きつけられるように、いつの間にか彼女に口づけて——。

「ごほん。ええと、お取り込み中でしたら一旦《いったん》出直しましょうか？」

はっと振り返ると、そこにはエーミールがいた。

「まあ、もうお越しくださったのね！　——ええと、大変お見苦しいところを……」

「まさか！　お二人の幸福そうなお姿を見られることは、なにより幸せなことですからね！」

エーミールを呼んだのもアマーリエのようだ。それにしても、やけに嬉しそうだ。それもそうか、私が誕生日を祝うのを拒《こば》んでいた間、それをもっとも残念がっていたのは、オズワルドの弟だったエーミールだからな。

それから私たちは、一緒に少し遅い昼食をとった。エーミールは騎士団への入団準備で今は忙しいようだが、それ以上に今の彼の心を占《し》めているのは、彼が想いを寄せるシエナ・リリエンタールのことのようだ。

エーミールはアマーリエの親友である彼女と出会ってからすっかり彼女にご執心《しゅうしん》のようで、彼女の親友であるアマーリエにも協力してもらって、彼女となかなかよい関係を築《きず》いているらしい。

リリエンタール侯爵家《こうしやくけ》は、今は亡《な》き彼女の父の悪行《あくぎよう》によって一時非常に苦しい立場に立たされた。もちろん王太子である私がリリエンタール侯爵位を継《つ》いだ彼女の兄であるルートヴィヒを全面的に支持し、リリエンタール家への制裁《せいさい》などは一切認めないことを宣言したので、表立った非難中傷はなかった。だが、それでも社交界で彼らリリエンタール家に向けられる厳しい目の全てをどうこうすることはできなかった。

そんななか、グリュンシュタイン公爵家の本当の次期当主であり、オズワルドとして生きていた頃の私の弟でもあったエーミールがシエナ・リリエンタールに恋をしたこと、そして素直な性格のエーミールがその気持ちを対外的に少しも隠せなかったことで、リリエンタール家に向けられていた厳しい目がある程度緩和《かんわ》されたのは事実だ。

その上、新たにリリエンタール侯爵となったルートヴィヒの誠実な性格が少しずつ世間の認識を変えていき、「大罪を犯したリリエンタール家」という印象はすでにかなり薄れてきたようで、私としても大変安堵《あんど》している。

あのときルートヴィヒが私たちに勇気ある証言をしてくれていなければ、私たちは真の黒幕が彼の父親であることに気づけなかったかもしれない。つまり、彼には大恩があるのだ。

エーミールと共に穏《おだ》やかな昼食を過ごした後、私たちはリースリング先生のもとを訪ねることになった。アマーリエが先生に知らせたところ、是非《ぜひ》とも二人で家に来るようにと言われたそうだ。

そこで私は久しぶりにあの姿で先生のもとに行くことにした。

「おお……！　まさかその姿でお見えになるとは思わなかったですぞ！」

とても嬉しそうに笑うリースリング先生に出迎えられる。

「先生を少し驚かせたかったのですが、予想以上にいい反応をしていただけましたね。先生はオズワルドの姿のほうがお好きですか？」

私が少し揶揄うようにそう言うと、先生は笑いながら、しかし少しだけ懐かしむような表情で言った。

「いや、そういうわけではないのですが……やはりそのお姿だと、当時を思い出して懐かしくなるのです。わしには子どもがいなかった。だから最初はナターリエが、そしてナターリエが死んでしまった後はオズワルドが、わしにとってはそういう存在でしたからなあ、恐れ多くも」

「先生……」

アマーリエがリースリング先生をぎゅっと抱きしめる。確かにリースリング先生は間違いなく、私とアマーリエにとっての第二の父親のような人物だ。

そういえば、私には父親のような存在が本当に多いな？　実の父である陛下《へいか》はもちろんのこと、リースリング先生にグリュンシュタイン公爵と、アマーリエのお父上であるローゼンハイム公爵もそうだ。自分を息子《むすこ》のように思ってくれる存在がこんなにいるとは、自分は本当に恵まれた人間だと改めて実感する。

先生が用意してくださった特製の菓子をお茶請《ちゃう》けに、三人でゆっくりとティータイムを過ごした。

だがこの三人で集まると、いつだってどうしても魔法学者顔負けの、ディープな魔法学議論大会になってしまう。もちろん、とても楽しい時間ではあるのだが。

それにしても、こういうときのアマーリエは表情が完全にナターリエの頃に戻るな。とても生き生きと楽しそうに最新の魔法学について語っていて、それがとても嬉しくありつつ、しかしかつてナターリエにそう感じていたように、その情熱を魔法学よりも私に向けてほしいという妙な嫉妬心《しっとしん》のようなものを感じてしまう。

それで私は不意《ふい》に君の名を呼び、その唇にキスをした。

「アレクサンダー!?」

こういう真面目《まじめ》な話をしているときのアマーリエは、どうやら恋愛ごとへの耐性が一気に下がるようで、これだけのキスでもすっかり動揺《どうよう》して赤面する。それがまた可愛《かわい》くて再びキスをすると、さすがにリースリング先生に叱《しか》られてしまったが。

リースリング先生のもとで楽しく有意義な時間を過ごした後、私たちは王宮の二人の部屋に戻ってきた。

「夕食までもうしばらく時間がありますから、私からアレクサンダーへのお誕生日の贈り物を先にお渡しいたします」

「贈り物？」

「ええ。最後にお渡ししたのは、リースリング先生の著作である『魔法学を学ぶ者へ』でしたね」

「ああ、そうだったね」

『魔法学を学ぶ者へ』。ナターリエが死の少し前に私に贈ってくれたあの本は、私にとって本当に特別な本だった。

それが貴女からの最後の贈り物であったことはもちろん、あの本のおかげで私は全てを放棄《ほうき》せずに済んだのだ。あの本と、最後の貴女からのメッセージで、私は自分が為《な》すべきことに気づいたのだから。

もしあの本がなかったら私は魔法騎士団に入団することもなかっただろうし、リースリング先生に弟子《でし》入りすることもなかった。それどころか、ナターリエの死を受け入れられないまま廃人《はいじん》となって、最悪の場合は絶望して自死を選んでいた可能性だってある。

あの本のおかげで、私は生きることを諦《あきら》めずに済んだのだ。そう思うと、あの本を贈ってくれた貴女に、改めて深く感謝せずにはいられない。

「今回の贈り物は本ではないのですが、なんだかわかりますか？」

楽しそうにそんなクイズを出してくる君に「見当《けんとう》もつかない」と答えると、君が私に目を閉じるように言ったので、私は素直にそれに従った。君に手を引かれ、少し移動すると――。

「では、目を開けてください」

ゆっくり目を開けると、そこには見覚えのある、とても美しいクラヴィーアがあった。

「これは……！」

「ふふっ！　実は父に頼んで、公爵邸《てい》から持ってきたのです。このクラヴィーア、アレクサンダーがとても気に入っていらしたでしょう？　それに……私たちの思い出のクラヴィーアですもの。私たちのお部屋にあれば、いつだってまた一緒に連弾《れんだん》ができますわね？」

「少し、弾《ひ》いても？」

「もちろんです。是非聞かせてくださいませ」

あの時と同じやりとりに、私たちはくすくすと笑い合う。そしてあの時と同じ曲を弾く。とても美しいクラヴィーアの音色が、室内を満たす。

クラヴィーアを弾くようになったのは、ナターリエが亡くなってからだったな。何かの機会にクラヴィーアのコンサートに連れて行かれて……私はそれまで特段クラヴィーアが好きだったわけではなかったが、そのコンサートでこの曲を聞いたとき、クラヴィーアの優しい音色と美しい旋律《せんりつ》に、ナターリエと過ごした輝かしい日々のことをはっきりと思い出したのだ。そして知らぬ間に、涙が溢れていた。

その日から私はクラヴィーアに魅了《みりょう》され、クラヴィーアを弾きながら、ナターリエとの悲しくも美しい思い出に浸《ひた》った。

それまで、ナターリエとの記憶は思い出すのも辛く、私は極力考えないようにしていた。だが、クラヴィーアの旋律とともに思い出すことで、深い悲しみだけではなく、彼女が私に与えてくれた喜びが、彼女と過ごした幸福な時間が、私の心を優しく慰《なぐさ》めてくれる気がした。

そしてあの日――。ローゼンハイム公爵邸でアマーリエの部屋にあったこのクラヴィーアを弾き、そのあと君と連弾して、それから二人見つめ合ったあの時……君と出会って再び動き出した時間が、本当の意味で前に進み始めるのを感じた。

アマーリエという存在が一瞬にして自分の心の奥深くに入り込んでしまい、自分はこの人を愛しているのだということを実感して……私はあの日、久しく感じていなかった深い喜びと大きな幸せを感じたのだ。

数曲弾いたあと、私たちはあの日と同じように連弾をして、それからあの日と同じように、いつしか指を絡《から》め合った。そのままどちらからともなく顔を近づけ、そして互いの唇が――。

静かな部屋に、甲高《かんだか》いノックの音が響《ひび》き渡《わた》った。

「夕食のご準備ができました」

……ポートマンめ。

キスのお預けを食らってしぶしぶ夕食に向かうと、いつも以上に豪華《ごうか》な夕食が用意されていた。

「もちろん特大のバースデーケーキも準備いたしましたよ」と言って笑うポートマン。

そして食事をとろうとひと口目を口に運んだそのとき――。

「うっ――！」

目の前で口を押さえて苦しそうな表情を浮かべたアマーリエの姿を見て、私は完全に我《われ》を失った。

「アマーリエ!!」

一瞬にして鮮明に蘇《よみがえ》る、恐ろしい記憶。目の前で突然苦しみ出した貴女が血を吐き、そしてそのまま冷たくなった――あの地獄《じごく》のような瞬間が、フラッシュバックする。

「誰か！　誰か早く医者を！」

「アレクサンダー、大丈夫ですから……！　うっ……」

「どこが大丈夫なんだ!?　いったい……！　な、なにか魔法で――！」

「アレクサンダー、落ち着いてください！　その、少し心当たりがありますから……」

「なに――？」

私たちは夕食を中断し、私は彼女を寝室まで抱いて運んで、ベッドに寝かせた。

まもなく駆《か》けつけた主治医が、彼女の様子を確認する。彼女の言う通り、確かに毒を飲んだとかそういう状態ではないようだが、明らかに顔色が悪い彼女の姿に強い不安と恐怖を感じて身が竦《すく》む。

――と、彼女の診察を終えた主治医が私のほうを向くと、にっこりと微笑んで言った。

「おめでとうございます。ご懐妊《かいにん》です」

私ははじめ、その言葉の意味がわからず硬直した。しかしまもなくその意味を理解して――涙が溢れてくるのを感じた。

「アマーリエ!!」

「アレクサンダー……！」

私は彼女を抱きしめた。涙が止まらず、喜びと感動とで胸が破裂してしまいそうだった。

「ありがとう……！　ありがとう、アマーリエ！　本当に……!!」

「嬉しい……アレクサンダー」

私たちはこれ以上ないほど甘く、幸福なキスを交わす。そうして、やはり涙を流しながら微笑む誰よりも美しく愛おしい君と見つめ合い、自分はなんと幸福な人間なのだろうかと、大いなるこの喜びを噛《か》みしめた。

「ここに――貴方と私の赤ちゃんがいるのね」

「ああ……本当に、素晴らしい奇跡だ……！」

二人で、君のお腹《なか》に優しく触れる。それから私は、君のお腹にそっと口づけた。

「……まだもっと、このあともお誕生日のお祝いをして差し上げるつもりでしたのに」

私は彼女を優しくぎゅっと抱きしめる。

「こんなに素晴らしい誕生日祝いはほかにない。アマーリエ……愛してる。そして、本当にありがとう。間違いなく、最高の誕生日だよ」

「アレクサンダー……」

とても幸せそうな顔で微笑む君に、何度も、何度もキスをする。ああ、間違いなく私は、世界で一番幸福な人間だ。

その後、この喜ばしい報《しら》せにすぐさま駆けつけて心底嬉しそうな私の両親と、やはりものすごく嬉しそうなポートマンとともに、アマーリエがこれなら食べられそうだと言ったポートマン特製の特大バースデーケーキを寝室で食べることになった。

私がケーキを食べさせてあげようとすると、恥ずかしがりながらも君はそれを受け入れる。私の腕の中でとても幸せそうに微笑む最愛の君を、私はこの上なく幸せな心持ちで見つめる。

十八年振りのポートマン特製バースデーケーキはものすごく甘かったが――。

余話二

虹

無数の雨粒のガラス窓にぶつかる音だけが、静かな室内に響《ひび》いている。まだ昼すぎのはずだが、分厚い雲に覆《おお》われた空と当面止《や》みそうもない雨に濡《ぬ》れたガラス越しに滲《にじ》む外の景色は、全てが暗く、灰色で、しかし昨日までの快晴よりは遥《はる》かに好ましく感じられた。

どれくらいの間、私はここに座り、ただ外を眺《なが》めているのだろう。一週間前と、昨日と今日の境目《さかいめ》すらも曖昧《あいまい》だ。だが、そんな無為《むい》な時間を自分が過ごしていることさえ、いかなる感情も私に呼び起こさない。

あれから、どれほどの月日が経《た》ったのか。もちろん、誰かに日付を尋《たず》ねればすぐわかることだ。しかし、尋ねようとは思わない。尋ねれば、あの日から何日経ったのかを知ることになるだろう。私の世界から貴女《あなた》がいなくなって、世界が永遠に意味を失ったあの日から、いったいどれくらいの時が経ったのか、思い知らされることになる。

――それなら別に、永久に知らないままでも構《かま》わない。今日でも明日でも、一年後、十年後でも、大した違いはないから。どれだけ時が流れようと、その時間の中にもう貴女はいない。

静かな部屋に、ノックの音が響く。ポートマンが、昼食の準備ができたと知らせにきたのだろう。

本当は何も食べたくはないし、もしそれで死んでしまえるのなら悪くないと思ったが、一切食事をとらないでいたら、母上に本気で泣かれてしまった。

あの優しい人に、二度も息子《むすこ》の死を経験させるわけにはいかない。それからは、出されたものは一応、最低限口にしている。まあ、味も何もしないようなものなので、自分が何を食べているのかまでは理解していないが。

部屋に入ってきたポートマンは、今朝《けさ》座っていたのと全く同じ場所で、その時同様にぼんやりと外を見ている私を見て、悲しげな表情を浮かべた。

「……殿下《でんか》、昼食のご準備ができました」

「ああ、わかった」

窓際から離れ、食堂に向かい、何かを食べて、そしてまたすぐ部屋に戻ってくる。

まだ、雨は降り続いている。

何の気なしに少し窓を開けると、雨の匂いが部屋にふわりと流れ込む。先程より少し強まった雨音だけが、私の耳をいつまでも満たし続ける。何も考えたくなくて、そのままそっと、目を閉じる。


「殿下は、雨はお好きですか？」

「ああ、わりと好きかな。ナタ―リエは？」

「殿下は大人ですね！　私が子どもの頃は、雨が大っ嫌いでしたわ。私は外で遊ぶのが大好きな子だったので、雨が降って外に出られないと退屈《たいくつ》で仕方なくて……」

「そんなに読書や勉強が好きなのに？」

「それとこれとは話が別です。外の世界でしか学べないことはたくさんありますからね。生きてる虫や花を観察したり、いろんなところを探検してみたり！　今も、晴れか雨かのどちらかでしたら、断然、晴れのほうが好きですもの」

「ははは！　ナタ－リエらしいね」

「ふふっ！　ですが――この音と匂いは、とても好きなんです」

「雨の？」

「ええ。雨の日は、わざと窓を少し開けるのです。すると、窓ガラスや屋根にぶつかる雨の音だけではなく、あたり一面に降《ふ》り注《そそ》ぐ、優しい雨の音を聞くことができます。雨の強さで変わるその音を楽しむのは、とても素敵《すてき》ですよ。それに……雨の日には、特別な匂いもします。ほら、まさにこの……水と土と、風と草の匂いが混ざったような、この匂いです。だから雨の日には私は窓の側《そば》に座り、少しだけ窓を開けて、そこで読書をするんです。本の世界を楽しみながら、時折そっと目を閉じて、美しい雨の音と匂いを楽しんで――それで、また本の続きを読みます。すると、とても贅《ぜい》沢《たく》な時間を過ごしている気分になるのです。だから大人になった今は、雨の日も好きです」


ふっと、目を開ける。雨は、今もずっと降り続いている。

声も、表情も、その温《ぬく》もりも全部、はっきりと覚えている。貴女がよく座っていた椅子《いす》のほうに目をやれば、まだそこに貴女の幻影を見る。ノックの音の後にはいつも、貴女の声の幻聴を聞く。

この感覚も、いずれは薄れていくのだろうか。貴女がいない日々にも、いずれは慣れてしまえるのだろうか。人は誰しも、永遠の別れを経験する。それを皆が乗り越え生きているなら、私もまた、いずれは貴女の死を乗り越えて、生きていくのだろうか？

――いいや、無理だ。私には。貴女は、私の全てだったから。

貴女を失った今、私はもう、何も感じない。泣くことすら、できないんだ。まるで抜《ぬ》け殻《がら》かなにかにでもなったように、無為に日々を過ごすことしかできないのだ。

何のために、私はまだ生きている？　あの日まで、私は何を必死になって頑《がん》張《ば》っていたのだろう？　私は――何のために、魔法《まほう》を使えるようになったのだ？

なにが「魔力」だ。なにが「転生《てんせい》魔法」だ。肝心な時には、何の役にも立たなかったではないか。それならせめて「反動」によって、私をあのまま死なせてくれればよかったものを。

貴女のいない椅子から、ふっと視線を外す。するとそのすぐ側に、リボンの掛かった一冊の本を見つける。

ずっと、そこにあるのはわかっていた。だが、どうしても読む気にならず、そのままにして――、ずっと、忘れたふりをしていた。

彼女の死の数日前。私の誕生日《たんじょうび》に、彼女が贈ってくれたその本。私はそれを彼女の隣《となり》でゆっくり読むつもりだったのだ。だが結局、そのときが来る前に、彼女は逝《い》ってしまった。そのせいで、私はこれを目にするのも辛《つら》く、あれから一度も触れてすらいなかった。

――しかし、なぜだろう。このとき私はそれを半ば無意識に手に取ると、リボンを解《ほど》いていた。

そして窓が少し開いた窓際の椅子に座ると、それを静かに読み始めた。

雨のせいだろうか。あの雨の音と匂いが、私をそんな気にさせたのだろうか。

それは『魔法学を学ぶ者へ』という本だった。この国の魔法学の大家にして「特別魔法顧問官《こもんかん》」であるとともにナターリエの師でもあった、ヨハネス・リースリング博士の著作である。

ナターリエは、リースリング博士をまるで実の父のように慕《した》っていたようだ。私もずっとお会いしてみたかったし、そんな話も少し出ていたのだが、結局ナターリエが生きているうちに叶《かな》うことはなかった。

雨の音を聞きながら、ページをめくる。久しぶりに耳にする、紙の軽く擦《す》れるその音。本を読むのさえ、ナターリエの死後は初めてだ。あの日まで、物心ついてからは毎日、決して欠かさず何かしら読んでいたというのに。

ナターリエから私への、最後の贈り物。私はそれを通常の何倍もの時間をかけて、深く心に刻むように読み進めた。ゆっくりと、一文字一文字を大切に。

最後の一行まで読み終えた私は、それを初めて読んだにもかかわらず、言いようもない懐《なつ》かしさを感じていた。彼女自身の著作ではない。だが、ナターリエという人がその人生において大切にしていたものが、そこにはっきりと感じられたから。彼女の行い——その二十五年の偉大な人生の中で彼女が成《な》し遂《と》げた様々なことの根底《こんてい》に、この精神が根付いていたように感じたから。

ふと、裏に少し透けた、インクの色に気づく。ここが最後のページだと思ったが、どうやらそうではないらしい。特に深く考えず、私はその最後のページをめくった。

そうして私は、「それ」を見つけたのだ。その瞬間、その上に熱い水滴がぼろぼろと零《こぼ》れ落ちて、慌《あわ》てて拭《ふ》き取る。何か所か、僅《わず》かに滲んでしまった。今度はこの溢《あふ》れてくるものが紙上に落ちないように持ち上げて、そしてもう一度——それを、ゆっくりと読んだ。

——彼女が私に残した、「最後のメッセージ」。そこには、彼女を失った今も私が生き続けるべき理由が書かれていた。涙が溢れ、止まらない。

ああ、私はなんと愚《おろ》かだったのか。どうして私は、自分の持つこの特別な力を呪《のろ》うなんてことができたのだろうか。私が今これを使えるのは、ナターリエ、貴女がいたからなのに——！

そうか……だから私は生きているのだ。私が生きて、この力で一人でも多くの人を守ることが、ナターリエ・プリングスハイムという偉大な人物が確かに生きていた、その「証《あかし》」となるのだから。

それなら——私は、生きねばならない。彼女が生きた証が決して消えぬように、この命をかけて、この国と民を守らねばならないのだ。

なんということだろう。全てを諦《あきら》め、投げ出し、この命さえ——生きることさえ諦めようとした私に、死してなお貴女は「生き続ける理由」を教えてくれるのか。

あの日、私の前には新たな道が開けたのだ。永遠に続くはずだった暗闇《くらやみ》に一筋の光を差し込み、その道を開いてくれたのは——ナターリエ、やはり貴女だった。

私が初めてリースリング先生のもとを訪ねたのは、「オズワルド・グリュンシュタイン公爵令《こうしやくれい》出ししたが、あっさりと断られてしまった。まずはご挨拶《あいさつ》と、先生のお宅に訪問してもよいかを尋ねるお手紙をお出ししたが、あっさりと断られてしまった。

それで次は無礼《ぶれい》を承知で突撃《とつげき》訪問させていただいたわけだが、完全に門前払いを食らった。それでも諦めずに何度も訪問したが、だいたいは居留守を決め込まれた。

とはいえ、リースリング先生が人嫌いであり、ことに貴族とは関わらないようにしていることはナタ―リエを通してよく知っていたし、彼女の死後その傾向《けいこう》はひどくなったようだと、リースリング先生と親交の深い父上からも聞かされていた。

突撃訪問の際に一瞬だけお顔を拝見した私の目から見ても、先生はナタ―リエの死によって痛々しいほどやつれ、憔悴《しょうすい》しきっていらした。そのためあまり強引なこともできず、一定期間を空《あ》けて何度も訪問しては、門前払いを食らうの繰り返しだった。

いっそ、ナタ―リエの教え子であった王太子《おうたいし》アレクサンダーであると打ち明けてしまえばよいではないかと父上は言った。リースリング先生は信頼できる方であるから秘密が漏《も》れる心配もないし、ナタ―リエが王太子であるお前とどれほど親しかったか先生もよくご存じだろうから、きっと受け入れてくださるだろう、と。

だが、それではだめだと思った。これから自分はオズワルド・グリュンシュタインとして生きていくと決意したのだ。それなのに都合のいいときだけ王太子アレクサンダーであることを利用するなど、それこそ卑怯《ひきょう》ではないか。

私は、リースリング先生とはオズワルド・グリュンシュタインという新しい自分の姿で、一から関係を築きたかった。ナターリエが私にくれた新しい人生の第一歩として、自分の力で先生からのご信頼を勝ち得たいと、そう思った。

一度だけ、先生がご自宅の中ではなく、魔法の泉の前に座っている場面に出会《でくわ》したことがある。これはお話しできるよい機会だと急いで近づこうとしたが、声をかける直前で先生が泣いていることに気づき、足を止めた。

先生が、何かを手に持っているのが見えた。それがナターリエの著書であることは、私にはひと目でわかった。

今、声をかけるべきではない。独《ひと》り、静かに涙を流す先生を遠くからしばらく見守って、私はそっとその場をあとにした。

その足で、私はその日もナターリエの墓を訪れた。その日も、というのは、私はほぼ日課のようにこの公園に足を運んでいたからだ。

そこにあるのは、かつてナターリエだった存在の「抜け殻」のようなものでしかない。そこに、ナターリエが眠っているわけではないのだ。そんなことは百も承知なのに……それでも私は、ここに通うことをどうしても止められなかった。

この日も、私はただナターリエの墓の前に来て、父上がしたためられた墓標《ぼひょう》の碑文《ひぶん》をぼんやりと眺めていた。静かな公園に人影はなく、木々を抜け、葉を揺らす風の音だけが聞こえていた。

それから、どのくらいの時間が経ったのか。遠くで、雷鳴が轟《とどろ》き、風が、少しずつ強くなった。

ひと雨ありそうだと気づいたが、私は墓前に突っ立ったまま、じっと動かなかった。

まもなく、ぽつり、ぽつり、ぽつりとそれが落ちてくる。目の前の墓も、私も、平等に雨に濡れていく。

短時間のうちにそれはものすごい勢いになり、背景の全てをぼんやりと滲ませた。淡い水彩画の風景のなかに、一番近くにあるその墓だけが、はっきりと浮かび上がっているように見えた。

——今ならこの雨の音が、全てをかき消してくれるだろうか。降り止む気配のないこの天の流す涙が、それに比べればごく僅かな量の私のそれを隠し、一緒くたに大地に溶かしてくれるだろうか。

その日、私はあのメッセージを見つけた日以来、初めて泣いた。大きな声を上げて、これでもかというくらい泣き続けた。豪雨の音と激しい雷鳴とが重なり、天と一緒に泣いているような気持ちになりながら、降り止まぬ雨とともに、私はいつまでも泣いていた。


それからまた何度か、先生のお宅に伺った。あの日から先生は、なぜか居留守を使うことはなくなった。ただ「何度来ても同じだから、もう諦めなさい」と言って、結局いつも追い返されたが。

それでも、先生がこれまでとは違い、私に対して一種の同情心のようなものを感じていることをはっきりと感知したので、私はそれまでよりも頻繁《ひんぱん》に、先生のもとを訪れるようになった。

それからまたしばらく経った、あるとても寒い日。

私はまた、ナターリエの墓の前にいた。そしてこの日もまた、急な雨が降り出した。冷たい雨が、少し刺さるような小さな痛みが、妙に心地よく感じた。その痛みが、結局未《いま》だに少しも和《やわ》らぐことなく疼《うず》き続ける、その胸の痛みに似ていたせいかもしれない。それで私は冷たい雨に打たれながら、またそこに突っ立っていた。

「今日は、やめておけ」

その声に、はっと振り返る。

「……この前とは違い、今日は気温がばかに低い。こんな雨の中にずっといては、風邪《かぜ》をひくぞ」

リースリング先生だった。先生から私に声をかけてくださったのは、そのときが初めてだった。

「ちび助が、びしょ濡れじゃないか。そのままでは、風邪をひく。……うちに来なさい」


その日、初めて先生の家の中に入れていただいた。先生は私を暖炉《だんろ》の前に座らせると、魔法で私の服を乾かしたあとで分厚い毛布をかけてくれたばかりか、ものすごく甘くて熱いココアまで作ってくれた。

「本当に……ありがとうございます」

「……お前さんは、ナターリエと親しかったのか？」

私は、一瞬躊躇《ちゅうちょ》した。だが、すぐにこう答えた。

「いいえ、私は一度もお会いしたことがありません」

そうだ、今の私――オズワルド・グリュンシュタイン公爵令息は、ナターリエ・プリングスハイムに一度も会ったことがない。

「……そうか。ではなぜ――」

「ですが、私はあの方を心の師と仰《あお》いでおります」

「ふむ……まあ、そういうことにしておこうか」

納得なさったわけではないようだったが、先生は私にそれ以上、なにも聞かなかった。それからしばらく沈黙が続いたが、飲み終えたカップになみなみとお代わりを注《つ》ぎながら、先生は再び口を開いた。

「……わしはずっと、一人で生きてきた。まあ、信頼する友もおるにはおる。だが、それでも家族は作らなかった。そんなものはわしの人生には全く不要だと……ずっとそう思っていた」

ココアを一口啜《すす》った先生は、小さくため息をついて、それからふっと笑った。

「それなのに、なぜだろうなあ？　あの子は、あの小娘は、私の心の中にいとも簡単に入り込んできたのだ。人と関わることなど必要最低限でいいと思っていたこのわしが、いつのまにかあの子がうちに来るのを楽しみにしていた。あの子は、不思議な魅力のある子だった」

ずっと険《けわ》しい顔をなさっていた先生は、同じ人かと疑うほどに優しい表情でナターリエのことを語った。口数は多くないし、具体的な思い出話をするわけでもなかった。だが、その短い言葉の一語一語に、ナターリエに対する深い愛情をはっきりと感じた。

はっきりとわかる。リースリング先生にとってナターリエは、本当に実の娘のような存在だったのだ。そうだ、この人は私と同じ、彼女を失った深い悲しみの中にいる。

ああ、私は、この人の側にいたい。同じ悲しみを抱くこの人となら、悲しみを分かち合うことができるかもしれない。悲しみは、分かち合うことでその痛みを和らげることができるというから。

「リースリング先生、私はプリングスハイム先生の遺志を継ぎたいのです。そのために、自分の人生の全てをかける覚悟です。ですからどうか、先生のもとで学ばせてください！　ナターリエ……プリングスハイム先生の師であり、『魔法学を学ぶ者へ』をお書きになったリースリング先生、貴方のもとで私はどうしても——！」

「ちび助、ココアはもう全部飲んだな？」

「えっ？　あ、はい……」

「なら、もう帰りなさい」

「先生——！」

「じき、雪になる」

「……雪に」

「ああ、そうだ。この雨は、雪に変わる。大雪になるぞ。だから、今日のところはもう帰りなさい。気温は下がる一方だし、ご両親も心配なさるだろう」

「……それはつまり、また別の日なら来てもよい、ということでしょうか？」

先生は、それに対しては何も答えなかった。だが——。

「そういえばな、あの子に初めて会ったときも、ココアを出してやったんだ。それも、とびっきり甘いのを」

「……」

「そしてわしの特製ココアを飲んだことがあるのは、あの子以外ではちび助、お前だけだ」

そう言ってふっと微笑《ほほえ》んだ先生が、はっと窓の外に視線をやった。

「ああ、ほら。雨音がしなくなったと思ったら……」

雨は、いつのまにか雪に変わっていた。うっすらと全てが白くなった世界は、先程までとは全く別の世界のように見えた。


「お父様、起きてください！　お寝坊《ねぼう》さんですよ！」

はっと、意識が覚醒《かくせい》する。

「だめですよ、ナターリエ。お父様は昨夜、遅くまでお仕事をなさっていたの。だから、ゆっくりと寝かせて差し上げて」

「でしたらお母様だけでも離すようにお願いしてください！　お父様ったら毎朝お母様をぎゅーっと抱きしめて、絶対離してくださらないんだもの！」

「そうだよ！　お父様はいつもお母様を独り占めだ！」

「ふふっ！　でもね、お母様はお父様に抱きしめられてるのが何よりも好きなの。だから『離してください』なんて、嘘《うそ》でも言えないわ」

愛《いと》しいアマーリエ、そんな可愛《かわい》いことを子どもたちの前で言ってはだめだ。

我慢できなくなったら、どうするんだ？

「ではお言葉に甘えて、このまま一生離さない」

その最愛の人を私がぎゅうっと優しく抱き直すと、その美しい薄紫色の目が一瞬大きく見開き、それからとても嬉《うれ》しそうに微笑んだ。

ああ、なんという幸せだ。毎朝こうして彼女の隣で目覚めるたび、私は自分が世界一幸せな人間であることを実感する。

「おはようございます、アレクサンダー。よく眠れましたか?」

「ああ。……とても、懐かしい夢を見たよ」

「あら、いったいどんな夢をご覧《らん》になったのですか?」

「……雨の日の夢だ」

「雨の日、ですか? ああ、昨夜からずっと雨が降り続いていますものね」

「ああ……そうなのか。なら少し、窓を開けてもいい?」

「ええ、もちろんです! だって私、雨の――」

「雨の音と匂いが好き、だろう?」

「ふふっ! ええ、その通りです」

「実は、私もそうなんだ」

くすくすと笑い合う。そんな私たち二人をちびたちは少し不思議そうに見ている。

「ねえお父様、今日は雨ですから、お外で遊べないんです。だから、あとで私たちにご本を読んでくださいませんか?」

「ああ、いいよ。なんの本がいいんだ?」

「私、『ナタ－リエ・プリングスハイム伝』がいいわ!」

「ナターリエはそればっかりだな！」

「そういうオズワルドは？」

「僕は『魔法騎士《きし》団長英雄伝』がいい！」

「貴方だって、そればっかりじゃない！」

「だって、最高にかっこいいだろ！　オズワルド・グリュンシュタインは歴代最強の魔法騎士団長様だったんだぞ！　全ての戦いを勝利に導き、たった一撃で百もの魔物を倒したこともあるんだ！それに――」

「それならプリングスハイム博士だってすごいんだから！　二十歳でこの国の魔法大臣になって、重要な法律をいろいろ作って、そのお陰でこの国は魔法大国として一気に発展したの！　それからね……！」

アマーリエと私は、思わず吹き出してしまう。どうやら周りが二人に読んでやったらしいのだが、それをすっかり気に入ってしまったようだ。ただ、これを自分たちの親の話だとは少しも理解していないらしい。

いずれ勝手に気づくだろうから、今はこのまま放っておくつもりだ。とはいえ、その『英雄伝』とやらの読み聞かせをやらされるのだけは、どうあっても遠慮《えんりょ》させていただきたいな。そんなの、いったい何の拷問《ごうもん》だ。

朝の身支度を済ませて、皆で賑《にぎ》やかな食事をとる。愛する家族と囲む食卓は、何もかもが格別に美味《おい》しく感じる。

そして食事がちょうど終わる頃——外が、急に明るくなった。

「雨が、上がったみたいだな」

みんなで、王宮の庭に出る。差し込んできたばかりの陽光が、花々の上の雫《しずく》をきらきらと輝かせ美しい。アマーリエとナターリエはそれを嬉しそうに見つめ、オズワルドは水たまりに綺麗《きれい》に映る空を覗《のぞ》き込《こ》んでいる。

ふと、私は「それ」に気づいた。

「みんな。ほら、あれをご覧」

三人が、私の指差す方向に視線をやる。

「わああっ、虹だわ！　なんて綺麗なの……！」

「それに、とっても大きい！　あっ、しかも二重だ！　虹が、二重に架《か》かってる！」

子どもたちの楽しそうな笑い声が響く中、私は最愛の君の肩をそっと抱き寄せる。すると君は、虹を見上げていた顔をはっとこちらに向け、薔薇色《ばらいろ》に頰《ほお》を染めてふわりと微笑んだ。

「本当に、美しいですね」

「ああ……本当に」

虹を見て微笑む君は、間違いなくこの世のなによりも美しい。

「雨も好きですが、雨上がりの快晴はやはり格別ですね」

「ああ、本当にそう思うよ」

「私が快晴の空を特に好きな理由をご存じですか？」

「外で遊べるから、じゃなかったっけ？」

「もうっ！　それは子どものときだとお話ししたではありませんか。そうではなくて……快晴の空はアレクサンダー、貴方にそっくりだから」

「えっ？」

そっと、彼女の美しくも愛らしい手が私の顔のほうに伸びて、私の髪に優しく触れた。

「太陽の光とこの澄《す》み切った空の色は、どちらも貴方の色だもの。だから私は快晴の空がとりわけ好きなんです」

「……ああもう、君という人は本当に――」

この上なく美しく微笑む最愛の人の頬に私はそっと手を添え、そして――。

「お母様、いつもの蝶々《ちょうちょう》を出してくださいませんか？　本当の虹が出ているんですもの、とっても素敵だと思うの！」

……このちびたちは、どうしてこうもタイミングが――。

「ええ、もちろんですよ。ちょっと待ってね。……『魔蝶《パピリオ》』」

二重に虹の架かる空に無数の虹色の蝶がきらきらと舞い、子どもたちは歓声を上げる。

「本当に……美しいな」

私の言葉に、とっても嬉しそうに微笑むアマーリエ。

ああ本当に、なんと美しく愛おしいのだ、私の腕の中で笑う、この女性は。

と、アマーリエの視線が何かをとらえ、そしてにっこりと微笑んだ。

その視線を辿《たど》ると、その先には——。

「先生！」

天に架かる大きな虹の橋のほうからまっすぐとこっちへ向かって歩いてくるリースリング先生を見つけ、小さなナターリエとオズワルドが駆《か》けていく。

この上なく嬉しそうな笑顔で二人を抱きしめる先生の姿を、私とアマーリエは微笑みながら見つめる。

——かつて、先生と私は深い悲しみを分かち合った。だが今は、ともにこの大きな喜びと最高の幸福を分かち合えるのだ。

不思議だな、悲しみは分かち合うことで減るが、喜びを分かち合うと、それは何十倍にも増えるのだから。

「……私は、本当に幸せ者だ」

「ふふっ！　ええ、私もです」

そう言って笑う君を抱きながら、私はやはり思うのだ。やはり私は、世界一の幸せ者だと。

目が合うと、自然と惹《ひ》きつけられる。君と、初めて会ったときのように。そして、どちらからともなくキスをする。それはどこまでも甘い、幸せの味だ。

閑話

変わり者伯爵令嬢

変わり者の伯爵令嬢《はくしゃくれいじょう》がいるという噂《うわさ》は、俺が大学で学び始めてすぐ耳に入ってきた。なんでも、二十歳を過ぎても婚約すらせず大学院へ進学し、歴史学の研究に没頭《ぼっとう》しているらしい。

まあ俺自身は歴史に特に興味もなく、魔法騎士《まほうきし》団への入団を希望していることもあって大学では魔法学だけ専門的に学べれば十分と考えていたので、直接関わることはないだろうと思っていた。

だが稀代《きたい》の天才魔法学者ナターリエ・プリングスハイム教授の講義《こうぎ》を受講後、講義内容についていくつか質問があって彼女に声をかけると、説明に時間がかかるので改めて研究室に来るようにと言われたことがあり、そこで俺は、彼女と出会うことになった。

すぐ研究室を訪ねた俺がプリングスハイム教授から全ての質問に対し明快《めいかい》な解答《かいとう》を得られたことに大いに満足してその場を去ろうとしていたとき、彼女はやってきた。

エーリカ・シュペングラーは、第一印象から他の令嬢とは全く違っていた。飾《かざ》り気《け》のない質素《しっそ》なドレスに化粧《けしょう》っ気のない顔、手に抱えた分厚《ぶあつ》い学術書《がくじゅつしょ》。彼女と入れ替《か》わりでそこをあとにしたからごく簡単な挨拶《あいさつ》を交わしただけだったが、ああこれが噂の変わり者令嬢かと、すぐにわかった。

次に彼女に会ったのは、学内の一室だ。課題を終わらせようと適当な空《あ》き教室を探していたら、小さめの教室に彼女が一人でいた。俺はかなり社交的な性格で、たとえ軽い挨拶でも交わしたことのある相手なら無視して去るようなことはしない。だからそのときも、知っている顔を見つけたというだけの理由で、俺は彼女に声をかけた。

彼女は顔見知りでしかない俺に突然声をかけられて少し驚いていたが、ごく軽い挨拶を返すと、すぐまた目の前の学術書に視線を戻した。

それが、俺には妙《みょう》に癪《しゃく》だったのだ。これまで、声をかけた女性にここまでつれなくされたことは、ただの一度もなかったから。

自分で言うのもなんだが、魔力、学力、家柄《いえがら》、容姿《ようし》、そのどれをとっても俺は一目《いちもく》を置《お》かれる存在だった。だから放っておいてもいつも女性のほうから勝手に寄ってくる。そういう女性たちは華やかに着飾《きかざ》っていて綺麗《きれい》だし、少し心地よい言葉を言ってやると素直《すなお》に喜んで可愛《かわい》く甘えてきた。彼女たちと過ごすのは気楽《きらく》で楽しかったたし、なにより勉強と剣術訓練《けんじゅつくんれん》のいい息抜きになった。

——だからこそ、エーリカ・シュペングラーのようなタイプの女性が物珍《ものめずら》しかったのは、事実だ。とはいえ、このときはまだ本当にそれ以上の感情はなかった。まあ、ここまで自分に関心を示されないことが初めてで、多少ムキになっていたことは認めるが。

俺はもう一度彼女に話しかけた。彼女は、今度は少しだけ面倒臭《めんどうくさ》そうに俺のほうに目を向けた。本当は用などなかったが、ちらっと見ると彼女の読んでいる本が『貴族社会史研究』という学術書だったので、あたかもそのテーマに関心があるかのような素振《そぶ》りを見せ、少し話を聞かせてほしいと言ってみた。もちろん本当は「貴族社会史」になど、微塵《みじん》も興味はなかったが。

はじめ、彼女は俺のことを警戒《けいかい》している様子だった。だが、俺が彼女の話を真面目《まじめ》に聞きながら積極的に質問をしていたら、次第に彼女の表情が和《やわ》らいできた。

俺より五歳年上のエーリカ嬢は、どうやら本当に歴史学というものが好きらしい。最初こそ彼女に自分の存在を少し意識させたいなどという子どもっぽい動機《どうき》で彼女にちょっかいをかけたわけだが、自分の研究対象について本当に楽しそうに語る彼女の姿がとても印象的で——そのせいか途中から俺は、真剣に彼女の話に耳を傾《かたむ》けるようになっていた。

彼女と話しているうちに、俺はいろんなことに気づいた。例えば、彼女は装《よそお》いも地味で化粧もしていないが、実はかなりの美人だ。彼女が化粧をしたら、そこら辺の女性たちでは到底敵《とうていかな》わないだろう。

それに、声がすごくいい。落ち着いた少し低めの声は彼女の思慮深《しりょぶか》い性格によく合っていて、なんとなくずっと聞いていたくなった。きっとその声のせいもあって、彼女が話すことはなんでもやけに魅力的《みりょくてき》に聞こえるのだろう。

そうして気づけば、かなりの時間が経《た》っていた。随分《ずいぶん》長いこと、二人で話し込んでいたらしい。俺は長く時間をとらせてしまったことを詫《わ》びたが、「いいえ、とても有意義《ゆういぎ》な楽しい時間だったわ」と言って、彼女はふわりと笑った。

その笑顔を見たとき——俺は一瞬《いっしゅん》、心臓《しんぞう》が止まったような気がしたのだ。その上、次の瞬間には運動をしたわけでもないのに剣術訓練のあとのように鼓動《こどう》が速くなった。それを奇妙《きみょう》に思いつつ、だがそのときの俺はまだ、その意味することを理解してはいなかった。

彼女が「もう行かなければ」と言ったのだが、なんとなく俺は彼女をそのまま行かせたくなくて、「また二人で会えないかな」と声をかけた。女性からはよく誘われるが、思えばこうして自分から誘ったのは、このときが正真正銘《しょうしんしょうめい》初めてだった。

俺の誘いに対して少し驚いたような表情を浮かべた彼女だったが、再び笑顔で俺に何か答えようとしたとき——前に一緒にカフェに行ったことのある女子学生の一人が、俺を見つけて声をかけてきた。

その子はスキンシップが多めの子で、俺の腕《うで》にそっと触れながら、「この間は楽しかったわ。また二人でお茶しましょうね」と言った。

こういうスキンシップもこうして急に話しかけられるのも普段なら全く気にならないのだが、そのときは変な焦《あせ》りを感じてエーリカ嬢《じょう》のほうに視線をやった。すると彼女は——先ほどまでとは全く違う、軽蔑《けいべつ》の眼差《まなざ》しを俺に向けていた。

そのとき俺は、これまでに感じたことのない胸の苦しさを覚えて、なぜか言い訳したくなった。「違うんだ、彼女とは何度かお茶を飲んだことがあるだけで、特別な関係じゃない」——みたいなことを。なぜ自分が彼女にそんな言い訳をしたいと思ったのかさえ、そのときの俺はまだ理解してなかったが。

そんな初めての感覚に困惑《こんわく》した俺が、結局なんの弁解《べんかい》もできないまま固まっていると、「どうやらお取り込み中のようなので、私はお先に失礼しますわね」と言ってエーリカ嬢はさっさとその場を去ってしまった。俺からの誘いに対する彼女の答えも、もちろん聞けずじまいだった。

タイミングが、悪かったのだ。ここであの子が現れなければ、あるいはもう少し早く俺が彼女を誘っていれば、きっと彼女はいい返事を聞かせてくれていたと思うのだ。もはや、後《あと》の祭《まつ》りだが。

その日から、俺の頭の中は彼女のことでいっぱいだった。なんでもないときにふと彼女のことを思い出し、寝る前などはあの日見た彼女の笑顔が自然と頭に浮かんできた。学内を移動するときには彼女がどこかにいないか無意識《むいしき》に探してしまうし、実際彼女を見つけるとすごく嬉《うれ》しかった。

見かけるたび、俺は彼女に声をかけた。だが、あの空き教室でのときのように彼女が俺と話してくれることはもうなくて、俺が尋《たず》ねることには必要最低限《さいていげん》答えてはくれるものの、それ以上の会話は全く期待できなかった。

後で知ったことだが、彼女はいわゆる遊び人タイプが大嫌いだったようだ。そして俺はあの日、彼女に二人で会いたいと誘った直後に別の女性との関係を誤解《ごかい》されたことで、彼女に完全に遊び人として認定《にんてい》されてしまったらしい。

俺はなんとかそのイメージを払拭《ふっしょく》しようと他の女の子たちと個人的に会うのをやめ、彼女にわかりやすく真面目アピールをし始めたのだが、その効果は薄《うす》く、彼女から返ってくるのは冷ややかな視線ばかりだった。

それどころか、彼女のその態度《たいど》はある頃からさらに著《いちじる》しくなった。どうも周囲からこれまでの俺の話を聞かされて、俺の「遊び人イメージ」が彼女の中でさらに強化されてしまったようである。

……噂ほど、遊んでいたわけではないんだけどな。まあ、完全に嘘《うそ》ではないから否定しづらいが。

それでもなんとか彼女の気を引こうと俺は彼女の専門分野の本を読み漁《あさ》り、わざと共通の話題を作って距離《きより》を縮《ちぢ》めようとしたり、あえて学術書を貸してくれと彼女に頼んだりした。だが、いつも冷たくあしらわれるばかりだった。

それどころか、毎日必死で話しかけていたら彼女に「お喋《しゃべ》りクラウス」などという不名誉《ふめいよ》なあだ名までつけられてしまった。そのことを知った日、俺は人生で初めてショックで寝込《ねこ》んだ。

このときにはもう、自分がエーリカ・シュペングラーに恋をしていると、はっきり理解していた。これは俺の「遅めの初恋《はつこい》」であり、つまり俺は初恋相手に完全に嫌われた可哀相《かわいそう》な奴《やつ》だったのだ。

だがどうやら俺は、思ったより一途《いちず》な奴だったらしい。あの日、空き教室で見せてくれたようなあの笑顔を俺にまた向けてほしいという切なる願いを胸に、俺のことを大嫌いな初恋相手に地道《じみち》な自己アピールをし続け——だが結局なんの進展もないまま二年が経ち、俺は二十歳になっていた。

あの忌《い》まわしい事件は、その頃に起こったのだ。それは、こともあろうにエーリカ嬢二十五歳の誕生日だった。

その日、伯爵である父から事件について聞かされたとき、俺はあまりの衝撃《しょうげき》に、父に肩を激しく揺《ゆ》さぶられるまでその場で完全に固まってしまった。しかしそれも当然だ、あのプリングスハイム先生が毒殺《どくさつ》されたというのだから。

魔法学者としても、魔法大臣としても数々の偉業《いぎょう》を成《な》し遂《と》げ、アレクサンダー王太子殿下《おうたいしでんか》からも深く慕《した》われる我らがゾンネンフロイデ王国の宝であるあの方が暗殺《あんさつ》された——このような大事件に動揺《どうよう》しない人間がいるとすれば、それはこの事件の犯人だけだろう。

父から話を聞かされたあと、俺はまだどこかこの事件を現実のこととして受け入れられないまま、心ここにあらずの状態でこの件に関連して父に頼まれた用事を王宮でこなしていたのだが、そこで王宮に着いたばかりらしいエーリカ嬢の姿を認《みと》めたのだ。

彼女はプリングスハイム先生の親友《しんゆう》だ。相当なショックを受けているだろうと思い「大丈夫ですか」と彼女に声をかけたが、そのときの彼女の反応から、彼女がまだ事件について全く知らないらしいことを知った。

俺は、自分の運命を呪《のろ》った。ああなんて俺は、タイミングが悪いんだ。なぜ俺は、こともあろうに自分のことを嫌っている好きな人に、こんな残酷《ざんこく》なことを伝えねばならない立場に置かれてしまったのかと。

だが事実を知っている以上、彼女に告げないわけにはいかなかった。それで俺は彼女に、プリングスハイム先生が王太子殿下の面前《めんぜん》で何者かによって毒殺されたという事実を告げたのだ。

彼女は俺の話を聞いている間、無言《むごん》のままその場に立ち尽《つ》くしていた。だが俺が全て話し終えたとき——彼女はとても小さな声で「嘘よ」と呟《つぶや》いた。

「……えっ？」

「嘘よ、そんなの、嘘に決まってるわ。ナターリエが……ナターリエが死んだ？　彼女が殺されたなんて——そんなこと、絶対ありえないわ。クラウス・ディートリッヒ！　貴方《あなた》、いったいどうしてそんな恐ろしい嘘を吐《つ》くの!?　ねえ、答えなさいよ!!」

「エーリカ嬢……」

「嫌《いや》……嫌よ。絶対信じないわ。だって、ありえないもの。彼女、今日私に会いにくると言ったわ。

私のお誕生日を一緒にお祝いしてくれるって、そう約束したもの!!」

彼女の瞳《ひとみ》にはまず混乱《こんらん》、そして次にはっきりとした怒《いか》りの色が浮かんだ。

「……どうしてよ。なぜ、ナターリエが殺されなければならないの……ねえ、どうしてなのよ!?」

俺は、何も答えられなかった。答えられるはずがなかった。何も答えない俺を彼女は睨《にら》みつけると、「犯人を捕まえて、絶対に殺してやる」と言って、どこかに駆《か》け出そうとした。

それで俺は堪《たま》らず――彼女を、強く抱きしめた。

彼女は驚いて一瞬固まったが、すぐに「離して！」と言って俺の腕の中で暴れ、俺を何度も何度も叩《たた》いた。だがそれでも俺が離さずに抱きしめていると――彼女の動きが、再び完全に止まった。

「……どうしてよ。どうして、ナターリエが……」

とてもか細い声でそう呟いた彼女は、そのときようやく涙を流したのだ。

それから彼女は、俺の胸に顔を埋《うず》めたまま、ずっと泣いていた。そんな彼女の姿に俺は深く胸を痛めつつ、ただずっと、彼女を強く抱きしめていた。

本当に、抱きしめていることしかできなかったのだ。普段はあんなに饒舌《じょうぜつ》なのに、このときの俺は気の利《き》いた慰《なぐさ》めの言葉ひとつ、彼女にかけることができなかった。そんな自分が自分で情けなくて……ただほんの少しでも彼女の痛みが和らぐようにと、心の中で祈り続けることしかできなかった。

この日を境《さかい》に、エーリカ嬢と俺の関係は少し変わった。といって、急激な進展があったわけでもないのだが、少なくとも彼女から避けられることはなくなったし、稀《まれ》にだが、彼女のほうから俺に声をかけてくれることも増えた。俺としては、彼女との距離《きょり》が少しだけ近づいたような気がして、正直嬉しかった。

だが、この関係の進展《しんてん》がプリングスハイム先生の事件をきっかけとしていることもあって、それ以上にはなかなか踏み出せなかった。

そもそも彼女は、プリングスハイム先生以外の人間とは付き合いがあまりなかったし、もとより落ち着いた印象の女性だったが、彼女が亡《な》くなってからはその印象が一層《いっそう》強まっていた。

一方の俺は、女性と個人的に会うことはなくなっていたが、かといって社交的《しゃこうてき》な性格と交友関係が変わる訳でもないので、いつも賑《にぎ》やかな友人たちの中心にいた。以前のように無視されることはなくなったものの、やはり俺と彼女の間には依然《いぜん》として、一定の距離があった。

そんな状態のまま、あの事件の日から一年が経った。

命日《めいにち》のその日、プリングスハイム先生の死を悼《いた》んでの国家行事が執《と》り行われた。このとき、国王陛下《へいか》が行った歴史的な演説《えんぜつ》に人々は深い感銘《かんめい》を受け、これに涙しない者はいなかった。

その帰り、俺はエーリカ嬢の姿をなんとか見つけ出し、声をかけた。彼女は俺に声をかけられると思っていなかったようで、俺の姿を認めると、泣き腫《は》らしたその目を僅《わず》かに見開いた。

「このあと……少し話せないかな」

彼女は少し戸惑《とまど》っている様子だったが、それから小さく頷《うなず》いた。

俺たちは、公園のベンチに並んで腰掛《こしか》けた。夕暮れ空がやけに素晴らしく、俺たちはしばらくの間、ぼんやりとその空を見ていた。

「……寒くはない？」

「ええ、大丈夫よ」

「よかった」

「それで――、私に話というのは？」

少し話したいと彼女に声をかけたのは事実だが、具体的に何か話があるわけではなかった。ただ、今日という日に彼女を独《ひと》りにしたくなかったのだ。だが、さすがにそうは言えないので――。

「ほら……今日は貴女《あなた》の誕生日だろう？　だからその……誕生日おめでとう」

今の彼女は、到底誕生日を祝うような気分ではないだろう。失言《しつげん》したと思いつつ、しかし彼女の誕生日が今日なのは事実なので今更訂正《いまさらていせい》するのもおかしいだろうと、俺はそれ以上何も言えないでいたが……意外にも、彼女は少し表情を和らげて、「ありがとう」と俺に言った。

「……ナターリエはね、お誕生日のときはいつも、私にサプライズを用意してくれたの」

「サプライズ？」

「一昨年《おととし》は、特大のバースデーケーキを焼いてくれた。でも彼女って、料理全般がまるでダメなのよね。で、それはもう酷《ひど》い味だった！」

彼女はほんの少しだけ微笑《ほほえ》みを浮かべて、そう言った。

「その前の年は、すごいものを見つけたから、それをプレゼントしてくれるって言うじゃない？で、何かと思えば、わけのわからない文字と絵の描《か》いてあるボロボロの巻物《まきもの》なのよね。これのいったいどこがすごいのかって聞いたら、『古代《こだい》の財宝《ざいほう》の在処《ありか》を示す古文書《こもんじょ》らしいから、歴史学者である貴女なら読み解《と》けるんじゃないかと思って』ですって！　露天《ろてん》で売ってたらしいんだけど、あの子って、いつもわざと変なものばっかり買ってくるのよね。本当、困った子だったわよ」

　そんな感じで、彼女はプリングスハイム先生との思い出を次から次へと話してくれた。俺はただ彼女の隣《となり》に座り、彼女が亡き親友の話を静かに、だがとても愛《いと》おしげに話すのをずっと聞いていた。

　そして次に彼女が口を噤《つぐ》んだとき、夕焼け空はすっかり美しい星空になっていた。

「エーリカ嬢？」

「……ごめんなさい。私ばかり、ずっと一人で話してしまったわね。貴方のほうが、話があるって声をかけてくれたのに」

「いや、いいんだ。むしろ、プリングスハイム先生と貴女との大切な思い出を俺に聞かせてくれて本当にありがとう」

　俺がそう言って笑うと、「本当に優しいのね」と呟いて、彼女は深いため息をついた。その反応に、自分がまたなにか気分を害するようなことをしてしまったのかと大いに不安になったのだが――。

「実はずっと、貴方に謝《あやま》らなければと思ってたの」

「……えっ？」

「私、ずっと貴方のことを誤解してた。ほら、貴方ってとてもモテるでしょう？　女の子たちともよく遊んでたみたいだし。でも私って、そういう人が苦手《にがて》で……それで、できるだけ貴方みたいなタイプの人とは関わらないようにしようと思ってたの。だから貴方が私に話しかけてきてくれても、何度も貴方に冷たい態度を取ってしまった。本当に……ごめんなさい」

「そんなこと、別に謝る必要なんて――」

「でも、貴方は本当にただ優しい人だっただけなのよね。明るくて社交的な性格だから、ほかの人たちに対してそうするように、私とも仲よくなろうとしてくれたのよね」

「いや、それは違っ――！」

彼女にアピールし続けたあれを、ただ明るく社交的な性格ゆえで片付けられそうになったことに焦《あせ》りを感じて、俺は急いで訂正しようとしたのだが。

「――一年前の今日、ナターリエの死で我を失っていた私を貴方は抱きしめ、腕の中でいつまでも泣かせてくれた。あれが私にとって、どれだけありがたかったか。あのとき、ああして貴方が私を泣かせてくれなかったら、今の私はもっとずっと酷い状態だったはずよ。あのとき貴方が私のことを受けとめ、泣くのを許してくれたから――私は今、ナターリエとの愛しい記憶を思い出しながら、少し笑うことすら、できるようになったの。だから……本当にありがとう」

そう言った彼女はあの空き教室で見せてくれたとき以来初めて、俺自身に笑顔を向けてくれた。その事実が嬉しすぎて、俺は思わず呟いてしまった。

「……好きだ」

「えっ？」

驚いた表情の彼女を前にして、自分が思いもよらぬタイミングで彼女に告白してしまったことに気がついた。

なんてことだ……。彼女本人からそういう男は苦手だと聞かされたばかりなのに、やはりこいつは軽薄《けいはく》男だったのかと、愛想《あいそ》を尽かされてしまうかもしれない！

もちろん俺の想いは、軽薄とは全く逆だ。むしろ、かなり重い。相当重い。遅い初恋を拗《こじ》らせてるせいか、彼女が全く想像していないだろうレベルで、俺は彼女のことが好きだ。

だが、そんなこと彼女は知るはずもないわけで、彼女からすれば、少し優しくしてもらったので礼を言ったら、ここぞとばかりに口説《くど》いてきた、超軽薄野郎に見えているに違いない——！

「いっ、今のはそのっ——！」

「今のは……なに？　クラウス・ディートリッヒ、貴方今、私に『好き』って、言ったの？　だけどまさか、そういう意味じゃないんでしょ？　なら、いったいなんの冗談《じょうだん》——」

「じょ、冗談なんかじゃない！　俺はエーリカ・シュペングラー、貴女のことが好きだ！　本気で好きなんだ！　貴女と空き教室で話したあの日から、ずっと!!」

……こんな形で想いを伝える気なんて、本当に少しもなかったのにな。だが俺の彼女への想いをただの冗談として片付けられてしまうかもしれないと思ったら、大きな焦りを感じてしまったのだ。

その結果、俺はこんななんとも無様な告白をしてしまったわけで。

「……じゃあ、本当にそういう意味での『好き』、なのね」

彼女はなぜか、妙に落ち着いた様子でそう言った。どうやら、よくも悪くも俺の想いは伝わってしまったらしい。あの日のように軽蔑の眼差しとともに即刻《そっこく》立ち去られることも覚悟《かくご》していたので、そうでなかったことにひとまず安堵《あんど》しつつ、しかしどう受け取ってよいかわからない彼女の反応に、なんとも言えぬ不安を感じたわけだが——。

「そう……そうなのね。なら、私に親切にしてくれたのも、優しくしてくれたのも、私のことを好きだったから？」

自分の顔が熱くなるのを感じる。

ああ、最悪だ。さっきまでただのいい奴だと思ってもらえていたのに、突如《とつじょ》として俺が下心満載《まんさい》の男だったことがバレてしまった。これはもう、取り返しがつかなくないか？

「顔、赤いわね」

……はあ。格好《かっこう》悪すぎるな、俺。余裕《よゆう》なさすぎだろ。せっかくやっと少し見直してもらえたみたいだったのに、これじゃあ間違いなくまた彼女に嫌われたよな……。

俺が項垂《うなだ》れていると、突然彼女に名前を呼ばれた。それでふっと彼女のほうを向くと——。

「……えっ？」

俺は、思わず固まった。突如唇《くちびる》に触れ、そしてすぐに離れたそのやわらかなものが彼女の唇だとあとから気づいたとき——俺の混乱は、頂点《ちょうてん》に達した。

「はっ!?　えっ!?　エーリカ嬢!?」

息がかかるほどの距離に彼女の顔があって、星空の映っているとても綺麗なその目が、至近《しきん》距離から俺の目をじっと見つめている。

「……貴方が私に優しくしてくれるたび、無性《むしょう》に苛立《いらだ》ったわ。だけど、その理由がわからなかった。貴方が誰かと仲よくしているのを見るたび、すごく不愉快《ふゆかい》だった。それで私は、きっと貴方のことが嫌いなのだと……そう思い込もうとしたの」

まだとても近い距離感で――ほんの少し顔を近づけたらまたキスできてしまうような距離感で、彼女が言う。

「でも一年前の今日、貴方の腕の中で泣いた後、家に帰ってベッドに寝転んで、そうじゃなかったらしいことにようやく気づいたわ。私って、ナタ－リエよりは鈍感《どんかん》じゃなかったみたいね」

彼女は少しだけ悲しそうに、でもとても優しく微笑んだ。そしてまた私のほうを見つめながら、彼女はこう言った。

「……クラウス・ディートリッヒ、私も、貴方のことが好きみたい」

その言葉を聞いたとき、すでにかなり速くなっていた鼓動が速くなりすぎて、一瞬止まってしまったかのように感じた。

「……本当に？」

「ええ。だから、貴方の優しさに下心があったことが、すごく嬉しかった。その他大勢と同じように優しくされてるんじゃないってことが、とっても嬉しかったの。自分がそんなことを考えるなんて、自分でもびっくり。でも、ファーストキスを強引《ごういん》に貴方に捧《ささ》げてしまうくらいには私も本気みたい」

息がかかるくらいの距離で、伏《ふ》し目《め》がちにそう言った彼女があまりに愛おしく――俺は、今度は自分から、彼女の唇に自分の唇をそっと重ねた。キスが、こんなに甘くてくらくらするようなものだとは思いもしなかった。

ゆっくり唇が離れると、彼女は恥ずかしそうにぱっと視線を逸《そ》らした。

「……その、もう遅いから、今日は帰らなきゃ」

「あっ……ああ！　そうだな、屋敷《やしき》に送るよ」

「ありがとう。それと……あの日の返事、今してもいいかしら」

「……へっ？」

「私も、また会いたいわ。二人だけで」

数年越しに彼女から返ってきたその答えは、俺の心をとても甘く痺《しび》れさせた。


「――というのが、俺と妻のなれそめでだなあ……！」

それから十六年後の夜の王都。

一軒の酒場《さかば》で、魔法騎士団員たちが楽しそうに酒を酌《く》み交わしている。

「はいはい、みんな知ってますよ。副団長の惚気《のろけ》は耳にタコができるほど聞かされてますからねぇ。酔うたびにこれですもんね。団長が飲み会に参加されないのはきっとこれのせいじゃないかな……」

「おい、誰だよ！　また副団長が惚気話始めるまで飲ませたのは！　夫人からも『あんまり飲ませないでくれ、家に帰ってから鬱陶《うっとう》しいほど甘えてきて面倒だから』って言われてただろ！」

「いや、そんなに飲ませてませんよ!?　たった三杯目なのに酔った副団長が弱すぎるんです！　って……あれ、団長!?　うわあ、珍しいですね！　団長が飲みにいらっしゃるなんて！　すぐになにか注文を――」

予想外の人物の登場に、団員たちは大盛り上がりだ。

「いや、私は飲みに来たわけではないんだ。クラウスに用があったんだが……これだけ酔ってたら、今言っても無駄《むだ》かな。私はこのまま帰るが、皆は引き続き楽しんでくれ」

「すぐ帰るなんて、もったいないですよ！　団長も少し飲んでいきませんか？」

「何言ってんだ、団長はお酒を飲まれないだろ。あ、でもこの店のタパスは最高ですよ！　タパスだけでも食べて行かれてはいかがです？　いくつかここのおすすめを注文しますから！」

「本当にいいんだ、私はまだこの後も少しやることがあるから」

「団長、だめですよ！　貴方はそもそも働きすぎなんですから！　第一、貴方ほどの方がどうして今も独り身なんですか!?　エーリカに頼んで、団長に誰かいい子を紹介――」

「貴方、魔法騎士団長様に変な絡《から》み方をしないの。ほら、そろそろ帰りますよ」

「エーリカ！　どうしてここにいる!?　ああ、君に会いたかったんだ！」

「はいはい、私も会いたかったですよ」

夫の扱いにすっかり慣れている彼女はその酔っ払いを上手《うま》くあしらいながら、団員たちに挨拶をしつつ、ここの会計は夫につけるよう店主に言って好きなだけ飲んでくれと彼らに伝えたので、ワーッと歓声《かんせい》が上がった。

団長がここの会計は自分が持つと言ったが、彼女はそれを固辞《こじ》して「うちの人のお喋りに付き合ってくれた団員の方々へのお礼ですので」と言って、朗《ほが》らかに微笑んだ。

「そうだエーリカ、君からも団長にお話ししてくれ！　結婚は本当にいいものだと！」

酔っ払いの夫のその言葉に呆《あき》れ顔を浮かべつつ、しかし彼女は笑いながら言った。

「ええ、おかげさまで本当にそう思いますわ」

彼女が最愛の夫に向けたあまりに優しい笑顔を見て、そこにいた若い団員たちの結婚願望が一気に高まったことは、言うまでもない。

あとがき

この度は『魔法騎士団長様《まほうきし》（仮）は転生《てんせい》した公爵令嬢《こうしやくれいじよう》を離さない！　下』をお手に取っていただき、誠にありがとうございます！

下巻のあとがきをお読みいただいているということは、すでに上巻もお読みいただいているのかと思います。上下巻、余話なども併《あわ》せると三十万字を優《ゆう》に超える拙作《せつさく》をお読みいただき、感謝の想いでいっぱいです。


私が拙作を書いていた頃にはこれを本にして出版していただけることになるとは夢にも思わず、好きなように好きなだけ書かせていただいたので、その時点で二十五万字程度になっていました。そのため、書籍化のお話をいただいたときは、大幅《おおはば》なカットが必要になるだろうと思っていました。ですが、「ヒロインとヒーローのそれぞれの前世《ぜんせ》と今世《こんせ》が複雑に織《お》り成《な》すお話なので、短くしたらもったいない」などと大変ありがたいことを仰《おつしや》っていただき、上下巻で出していただく運びとなり、本当に本当に嬉《うれ》しかったです。

二巻構成となったことと、拙作が本来、女性向けR18小説投稿サイト「ムーンライトノベルズ」

に投稿していた作品だったため、書籍化にあたりR18部分の削除と、その分の大幅な加筆・修正を行うことになりました。

初めは正直不安でしたが、この改稿と加筆によってアマーリエとアレクサンダーの心理面をより深く描くことができて、二人の精神的な結び付きがさらに強く感じられるようになったと感じており、今回こうして改稿と加筆をさせていただけて、本当にありがたく思っています。

唯奈《ゆいな》先生に美麗《びれい》で大変素敵《すてき》なイラストを描《か》いていただけたことも本当に嬉しく、お送りいただいた上下巻の表紙の画像をデスクトップに貼って、ずっとそれを見ながら改稿作業をしておりました。

そのときに気づいたことですが、上巻の一枚目のイラストと下巻の表紙イラストを並べてみると、今にも死にそうなナターリエを小さな身体《からだ》で必死に抱き起こそうとする幼いアレクサンダーの姿と、幸せそうに微笑《ほほえ》むアマーリエを悠々《ゆうゆう》と抱き上げ、自信のある笑顔をみせる大人のアレクサンダーの姿が、綺麗《きれい》に完璧《かんぺき》に対照になっているんですよね……！　そんなわけで、この二枚の絵を眺《なが》めつつ、「アレクサンダー、本当に立派になったなあ！」と、ひたすら幸せな感慨《かんがい》に浸《ひた》っておりました。

こうして「あとがき」を書かせていただきながら、本書を出版していただけることに深い感動と感謝の想いを改めて感じております。

最後になりますが、この本の製作に携《たずさ》わってくださった全ての方、特に、拙作の改稿に際し大変お世話になりました担当編集様、素晴らしいイラストを描いてくださった唯奈先生、そしてサイト掲載時から応援くださった読者の方々と、今本書を手に取ってくださっているあなたに、改めて、深く御礼申し上げます。
またいつかどこかで、素敵なかたちで再びお目にかかれることを、心から願っております。

夜明星良《よあけせいら》

eロマンス ロイヤル

本書は「ムーンライトノベルズ」(https://mnlt.syosetu.com/top/top/)に
掲載していたものを加筆・改稿したものです。
この作品はフィクションです。実在の人物・団体・事件などにはいっさい関係ありません。

●ファンレターの宛先
〒102-8177　東京都千代田区富士見2-13-3　eロマンスロイヤル編集部

魔《ま》法《ほう》騎《き》士《し》団《だん》長《ちよう》様《さま》(仮《かり》)は転《てん》生《せい》した公《こう》爵《しやく》令《れい》嬢《じよう》を離《はな》さない！　下《げ》

著／夜《よ》明《あけ》星《せい》良《ら》

イラスト／唯《ゆい》奈《な》

2023年4月30日　初刷発行

発行者　山下直久
発行　株式会社KADOKAWA
〒102-8177　東京都千代田区富士見2-13-3
(ナビダイヤル) 0570-002-301
デザイン　SAVA DESIGN
印刷・製本　凸版印刷株式会社

●お問い合わせ
https://www.kadokawa.co.jp/ (「お問い合わせ」へお進みください)
※内容によっては、お答えできない場合があります。
※サポートは日本国内のみとさせていただきます。
※Japanese text only

ISBN978-4-04-737451-5　C0093

定価はカバーに表示してあります。